야인의 사랑

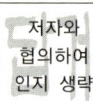

야인의 사랑

지은이 | 이 상 훈
펴낸이 | 장 소 임
펴낸곳 | 도서출판 답게

초판 인쇄 | 2009년 5월 20일
초판 발행 | 2009년 5월 25일

등 록 | 1990년 2월 28일, 제 21-140호
주 소 | 143-838 서울시 광진구 군자동 469-10호(2층)
전 화 | (편집) 02)469-0464, 02)462-0464 · (영업) 02)463-0464, 498-0464
팩 스 | 02)594-0464

홈페이지 | www.dapgae.co.kr
e-mail | dapgae@chollian.net, dapgae@korea.com

ISBN 978-89-7574-235-4

ⓒ 2009, 이상훈

나답게 · 우리답게 · 책답게

* 책값은 뒤표지에 있습니다.
* 잘못 만들어진 책은 구입하신 서점에서 교환해 드립니다.

야인의 사랑

도서출판 답게

머리말

이 글은 이 책의 주인공 김대물 선생님과 교도소에서 함께 지낼 때 선생님의 말씀을 기억해 두었다가 글로 옮긴 것임을 미리 밝혀둔다.

김대물 선생님은 살아 생전에 꼭 한번 서휘라는 분을 만나고 싶어 했지만 끝내 그 꿈을 이루지 못했다. 글로서나마 사랑하는 여인에 대한 그리움을 선생님을 대신해 전한다. 그리고 선생님의 뜻대로 남북이 막힘없는 교류와 사랑을 주고받을 수 있는 날이 하루 빨리 오기를 열망한다.

14년이라는 감방 생활에서 배운 문장이라 조악하더라도 김대물 선생님에 대한 존경과 사랑을 조금이라도 전할 수 있어서 기쁘기 그지없다. 자료논문을 제공해주신 여러 교수님들께도 감사 드린다.

서휘는 1936년 12월 장개석 구금 이후 서안을 탈출해 중국 공산당에 입당하여 주로 연안과 태항산의 팔로군에서 활동했다. 1943년 8월 화북 조선독립동맹 연안지부 맹원으로 활동했으며 1945년 말 입북했다. 그 후 1947년부터 50년까지 최창익, 윤공흠, 고봉기 등과 함께 모스크바 고급 당학교에 유학했으며, 1949년 진의 장군의 부관으로 상해 군사관리위원회 지도위원을 거쳐 조선노동당 중앙위원회 부부장이 되었다. 그러던 중 1950년 6.25 전쟁 당시 조선인민군 총정치국 부국장으로 참전하여 서울에 오게 된다.

한편 대물은 상하이 감옥을 탈출해 고향인 평양으로 돌아간다. 그런데 17년 전 일본의 앞잡이로 자신을 괴롭혔던 사람이 이번에는 공산당의 조직부장이 되어 다시 대물을 체포하려고 한다. 결국 대물은 그를 죽이고 남한으로 내려와 공산당을 증오하며 공산당을 체포하는데 앞장서 혁혁한 공을 세운다.

대물과 서휘가 참여해 장학량이 장개석을 체포한 1936년 12월 12일의 병간(쿠데타)사건은 공교롭게도 우리나라에서 전두환 · 노태우 두 전직 대통령에 의해 1979년에 일어난 유사한 사건인 12.12 사태와 같은 날짜에 발발했다.

그러나 다른 점은 장학량은 민족을 위해 사심을 버린 명예로운 군인으로서 중국 백성들의 가슴 속에 영원히 살아 있지만, 우리나라 12.12 사태의 주역들은 역사 앞에 떳떳하지 못하다는 점이다.

이 책의 주인공은 실존 인물로서, 비록 역사에 등장하는 영웅은 아니지만 민족을 위해 평생을 바치신 분이다. 친일파가 애국자로 둔갑한 경우도 있고, 진정한 애국자는 역사에 기록조차 되지 못하고 있는 경우도 있으며, 애국자의 후손들마저 국가로부터 상응한 보상을 받지 못하고 있으니 부끄러운 일이다.

오늘도 거리에는 민족의 이름을 들먹이며 조작된 영웅이 되어 보려는 패거리들이 난립하고 있다. 이들은 소박한 민초들이 이뤄놓은 민주화의 잔치상이 마치 제것인 양 파리처럼 달겨든다. 그러나 더러운 물에 몸을 담그지 않는 순수한 이름 없는 이들이 이 나라의 진정한 주연이라는 신념에, 저자는 용기를 내어 이 글을 쓴다.

앞으로 후속편도 집필할 예정이다. 후속편에서는 민족의 비극을 그릴 것인지 아니면 한 개인의 기구한 삶을 통해 바라본 이 땅의 야인들의 삶을 그릴 것인지, 저자로서도 아직은 미지수다. 하지만 분명한 것은 격동의 시절 풍랑에 꺾이지 않고 의로운 삶을 살다간 사람들이 많았으며 아직도 그분들의 삶이 올바르게 평가되지 못하고 있다는 사실이다.

이 책을 통해 중국에서 항일운동을 하며 숨져간 이름 없는 애국자들과 그의 후손들이 편견없이 조명되기를 바라며, 분단의 비극을 초래한 일본의 만행을 다시 한번 되새겨 보고자 한다. 김대물 선생님을 애국자로 볼 것인가 그저 의협심 있는 깡패로 볼 것인가는 독자들의 판단에 맡길 일이다. 그러나 한 가지 분명한 것은 선생님이 역사의 전환기에 야인으로서 한점 부끄럼 없이 살다 가신 분이라는 사실이다.

2009년 초여름
이 상 훈

야인의 사랑

차례

1 신의주 상인의 분노 ••• 11

2 도끼파의 습격 ••• 41

3 다케다 대장의 부임 ••• 61

4 대물의 봉천 탈출 ••• 78

5 삼합회 비밀결사대 ••• 99

6 암호명 장개석을 체포하라 ••• 114

7 서안을 탈출하다 ••• 160

8 상하이 밤거리의 황제 ••• 181

9 청방과 삼합회의 결탁 ••• 232

10 상하이 폭력조직을 소탕하라 ••• 255

11 삼합회의 보스 사형수 김대물 ••• 273

12 뻐꾸기 교도소를 탈출하라 ••• 286

차례

1
신의주 상인의 분노

　이른 아침부터 많은 상인들이 장거리로 몰려들고 있었다. 어떤 자리를 차지하냐에 따라 하루 수입이 정해지기 때문에 좋은 목을 잡기 위해 경쟁이 치열했다. 장날이 되면 상인들은 전날부터 장터 근처의 주막에 머물기도 하고 수입이 적은 장사치들은 모닥불을 피워놓고 봇짐을 베개 삼아 노숙을 하기도 했다. 모닥불 주위에서 장사꾼들의 호주머니를 터는 야바위꾼과 다음날 장터에서 팔 물건을 담보로 투전판을 벌여 상인들의 등을 쳐먹는 투전꾼, 깜빡 잠든 사이에 짐 보따리를 훔쳐 가는 들치기, 농염한 몸매를 흔들며 상인들을 유혹하는 색주가 등 각양각색의 사람들이 신의주 장터로 몰려들었다. 5일마다 열리는 장터는 민초들의 텃밭이었다.

신의주는 백두산에서 발원한 물줄기가 압록강을 이루어 흘러내리다가 황해로 빠져나가는 끝자락에 위치한 도시였다. 중국으로 들어가는 관문이기도 했던 신의주는 예로부터 러시아와 중국을 오가는 사람들이 머물다 가는 교통의 요지였다. 이런 역사만큼이나 지역 텃세가 심해 한일합방 이후 일본군이 이 지역을 통치하는데 애를 먹고 있었다.

날이 밝자 상인들은 여기저기에 좌판을 펼쳐놓고 물건을 진열했다. 파는 물건에 따라 터를 잡는 자리도 각기 달랐다. 비단과 같은 고급 물건을 파는 장사치들은 무슨 수를 써서라도 사람들의 왕래가 번다하고 목 좋은 곳을 택했으며, 사소한 잡동사니나 허접한 물건을 파는 장사치들은 비교적 인적이 뜸하더라도 널널한 자리를 차지했다.

장터 근처에는 꽤 큰 주재소가 있어서 장이 서는 날이면 일본 순사들이 어김없이 모습을 드러냈다. 번쩍번쩍 광이 나게 닦은 가죽 장화를 발목까지 올라오게 신은 순사가 손에 채찍을 들고 거드름을 피우며 장터를 한바퀴 돌았다. 이들의 목적은 상인을 보호한다는 명목 아래 자릿세를 뜯는데 있었다. 그 돈이 만만치 않은 금액이라 상인들의 부담이 컸지만 감히 순사에게 싫은 내색을 하는 사람은 없었다. 일본 순사의 위세는 조선인 하나 죽이고 살리는 것은 문제가 되지 않을 정도로 막강했다. 순사 눈에 거슬리는 상인은 장터에서 발붙일 수 조차 없을 정도로 괴롭힘을 당했다. 무엇보다 조선인 앞잡이의 횡포가 더 얄미웠다.

그런데 시끌벅적 해야 할 장은 오늘따라 한산했다. 일본의 중국 침략 전쟁이 본격화되면서 조선에서 쓸만한 물자는 군수물자로 모조리 공출해 갔다. 농작물은 말할 것도 없고 숟가락과 젓가락까지 빼앗아 갔으며, 심지어 부녀자를 강제로 끌고가 성노리개로 삼았다. 세상이 어수선해 사람들의 바깥나들이도 줄어들었다.

나카무라 순사는 상인연합회 완장을 두른 조선인 앞잡이의 뒤를 따라다니며 장터 입구에서부터 순찰을 돌고 있었다. 말이 순찰이지 실은 똘마니들의 뒤를 봐주고 상납을 받는 것이었다. 상인들은 나카무라 순사를 향해 굽실거리며 연신 고개를 숙였다. 순사 앞에서 거드름을 피우며 걸어가는 앞잡이의 행동이 역겨워 보였다. 상인들은 미리 준비한 동전을 그들이 들고 있는 통 속에 던져 넣었다.

갑자기 똘마니가 소리치며 멈춰 섰다.

"영감, 자릿세 날래 내라우?"

똘마니의 큰소리에 깜짝 놀란 노인은 어깨를 움츠리며 비굴한 웃음을 지었다.

"내래 아직 마수도 못했습메, 좀 봐줍세. 이따 마수하면 틀림없이 주갔서."

"이 영감이 지금 무시기 소리함메! 여기서 장사하고 싶지 않으면 마음대로 합세!"

영감이 하는 수 없이 돈통에 동전을 던져 넣었다.

"영감, 지금 동전을 몇 닢 던졌습메?"

똘마니는 벌컥 화를 내며 노인이 팔려고 진열해 놓은 바구니를 냅다 발로 걷어찼다. 물건들이 장터 바닥에 어지럽게 흐트러졌다. 노인은 울먹이는 목소리로 '내 물건! 내 물건!' 하며 여기저기 흩어져 있는 물건들을 집으려고 허둥댔다.

"이놈의 영감탱이, 어따 대고 수작질임메! 내래 이 바닥에서 잔뼈가 굵었습메, 동전 소리만 들어도 몇 닢인지 다 알지비!"

노인은 통 속에 두 닢의 동전을 던져야 하는데 한 닢만 던져 넣다가 들통이 난 것이다. 주변 상인들은 보복을 당할까 두려워 어느 누구도 땅바닥에 흐트러진 물건을 주워주지 못하고, 그저 바라만 보고 있을 뿐이었다. 상인연합회 똘마니들의 횡포가 하루 이틀 된 것이 아니기 때문에 상인들은 무감각해져 이런 일 정도는 외면해 버리는 것이 습관화되어 있었다. 국가도 더 이상 제 국민을 보호하지 못하는 마당에 가슴 속 울분을 호소할 곳은 그 어디에도 없었다. 목숨을 연명하고 가족의 생계를 위해서라면 그 어떤 핍박과 수모도 마다하지 않는 게 조선 백성들이었다.

  똘마니들은 무슨 대단한 일이라도 수행하는 양 우쭐대며 장터를 헤집고 다녔다. 노인의 맞은편에서 장사를 하고 있던 대물은 노인이 당하는 모습에 분노가 치밀어 올랐지만 간신히 참고 있었다. 이번에 또 사고를 치면 더 이상 숨을 곳이 조선 천지에는 없었기 때문이었다. 대물의 눈이 파르르 떨렸다.

  대물은 몇 해 전 평양에서 순사부장을 때려눕히고 신의주로 숨어 들어와 장터에서 장사를 해오고 있었다. 그는 장터에서 의협심이 강한 사람으로 평이나 있어 많은 상인들이 따르고 있었다.

  대물도 아직 마수걸이를 못해 텃세 줄 돈을 마련하지 못하고 있었다. 똘마니들이 대물의 좌판 앞으로 다가왔다. 똘마니 중 하나가 옆구리에 끼고 있던 돈통을 흔들자 쩔그렁 동전 소리가 울렸다. 대물이 고개를 굽실거리며 애절한 표정을 지었다.

  "어이, 대물이상! 자릿세를 내지 않고 뭐하고 있습메?"

  똘마니가 인상을 찌푸리며 소리쳤다.

  "내래 마수를 하면 텃세를 내갔으니 좀 봐달라우."

똘마니들은 텃세가 잘 걷히지 않아 가뜩이나 심기가 불편하던 차에 또 대물이 마수걸이를 못했다며 텃세를 주지 않자 그만 분노가 폭발해 버렸다.

"이 종간나이 새끼! 뒈지고 싶슴메?"

화가 머리끝까지 치솟아 오른 똘마니는 대물의 좌판을 발로 걷어찼다. 좌판 위에 놓여 있던 여인네들의 참빗과 노리개들이 장터 바닥으로 흩어졌다. 똘마니들은 바닥에 떨어진 물건을 발로 밟아 짓뭉개버렸다. 예쁘게 생긴 분갑통이 볼품없이 쭈그러들었다. 대물의 눈에서 불이 튀었다. 동시에 그의 이마가 똘마니의 면상을 향해 날아들었다. '악!' 외마디 비명 소리에 시끌벅적거리던 장터는 순식간에 정적이 감돌았다. 똘마니는 얼굴이 피범벅이 된 채 땅바닥에 큰 대자로 뻗어 버렸다. 상인들은 내심 통쾌해하면서도 무슨 일이 벌어질지 몰라 눈치만 살폈다. 같이 세를 받으러 다니던 똘마니들이 한꺼번에 대물을 향해 달려들었다. 대물은 머리를 뒤로 제치며 고양이가 먹이를 향해 달려들 듯 몸을 날려 똘마니들의 면상을 박았다. 대물의 박치기를 맞은 똘마니들은 하나같이 피를 흘리며 땅바닥에 고꾸라졌다.

조선인 앞잡이 하나가 대물을 향해 소리쳤다.

"곤칙쇼!"

서투른 일본말을 지껄이며 옆구리에 차고 있던 오랏줄로 대물을 묶으려고 달려들었다. 같은 민족으로서 왜놈의 앞잡이가 되어 상인들을 괴롭히는데 앞장서는 놈이 아닌가. 대물은 일본 순사들보다 그놈이 더 얄미웠다. 놈의 옷깃을 잡아당기며 온힘을 다해 박치기했다. '퍽' 하는 둔탁한 소리와 함께 땅바닥에 쓰러졌다. 조금 전에 땅바닥에 짓이겨 졌던 물건들보다 장터에 쓰러져 누운 앞잡이들의 몰골이 더 망가져 보였다.

 이제까지 지켜보고만 있던 나카무라 순사가 허리춤에 차고 있던 칼을 뽑으려고 했다. 그 순간 대물은 잽싸게 몸을 날려 순사의 정수리를 들이받았다. 악명 높은 나카무라 순사가 한마디 비명도 못지르고 나가 떨어지며, 장터 바닥에 얼굴을 처박았다. 그때 누군가의 입에서 갑자기 '만세' 소리가 터져 나왔다. 그러자 장터의 모든 상인들은 그동안 왜놈과 앞잡이들에게 당한 울분을 쏟아내 듯 '대한독립 만세'를 힘차게 외치기 시작했다.

 "대한독립 만세! 대한독립 만세!"

 상인들은 '대한독립 만세'를 목청이 터져라 외치며 그동안 쌓인 민족의 설움을 씻어내고 있었다. 장터의 분위기가 심상치 않게 돌아가자 옆자리에서 장사를 하던 김 노인이 다급한 목소리로 대물을 불렀다.

"어이 대물이, 나 좀 보기요!"

대물이 소매로 얼굴에 묻은 핏자국을 닦으며 김 노인에게로 다가섰다.

"어이 이 사람아, 지금 무시기하고 있습메? 날래 도망치라우."

대물은 도망치고 싶지 않았다. 더 이상 숨을 곳도 없었다. 대물이 김 노인과 실랑이하는 사이 누군가가 주재소로 달려가 장터에서 독립군들이 나타나 순사들을 때려눕히고 상인들과 함께 만세를 부르고 있다고 밀고했다. 그의 말을 곧이곧대로 믿은 순사들은 다급한 나머지 신의주 상반동 경찰서로 긴급 전화를 넣어 조금 전 상황에 대해 보고했다. 그렇지 않아도 요즘 들어 조선 곳곳에서 독립군의 저항이 심해 일본 순사들이 애를 먹고 있는 실정이었다. 순사들은 기어이 신의주에도 올 것이 왔다며 애써 담담한 표정을 지으며 출동했다.

먼저 주재소에서 장터로 달려온 순사들이 핏발을 곤두세운 채 밀고한 사내에게 물었다.

"감히 어떤 놈이 대일본제국의 순사를 때렸는지 당장 말해라!"

"내래 보긴 봤지만 멀리서 봐서리······."

사내는 밀고한 것이 들통날 것이 두려워 말끝을 얼버무렸다. 상인들이 눈살을 찌푸리고 금방이라도 죽일 듯이 험악한 표정으로 그를 쏘아보았다.

"안다는 건가, 모른다는 건가?"

순사가 다그쳐 물었다.

"잘 모르겠습메."

상인들이 안도의 한숨을 내쉬었다.

그 순간 대물이 순사들 앞으로 성큼 나섰다.

"내가 그랬다."

모든 사람들의 시선이 대물에게로 향했다. 아니 저 사람이……. 상인들은 놀라움과 두려운 시선으로 대물과 순사들의 얼굴을 번갈아 쳐다보았다. 순사들은 독기를 품고 대물을 향해 일제히 칼을 뽑아들 태세였다.

그동안 상인들은 순사들이 언성만 조금 높여도 제풀에 기가 꺾여 대들지 못했었다. 어쩌다 순사들에게 대항해 주재소로 끌려가면 매를 맞아 초죽음이 되어 집으로 돌아왔다. 그런 연후에는 불령선인(일본인들에게 반항하는 불순분자)으로 낙인 찍혀 일 년에 몇 차례씩 악명 높은 고등계 순사로부터 사찰을 받아야 했다. 이런 까닭에 순사에게 반항하는 사람은 거의 찾아볼 수가 없었다.

순사가 칼을 뽑으려고 하자 대물은 또다시 전광석화처럼 빠른 몸놀림으로 달려들어 순사의 관자놀이를 들이받았다. 붉은 선혈

이 순사의 얼굴을 타고 흘러내렸다. 순사는 비틀거리며 몸을 가누지 못하다가 앞으로 꼬꾸라지듯 무릎을 꿇으며 쓰러졌다.

옆에 있던 순사도 칼을 뽑으려고 하는 순간 농기구를 파는 상인이 쟁기로 순사의 등을 내리쳤다. 그러자 상인들이 너나 할 것 없이 달려들어 순사들을 때리고 짓밟았다.

이런 와중에서도 대물은 땅바닥에 떨어진 물건을 보자기에 주워 담고 있었다. 길바닥에 흩어진 노리개들은 대물의 전재산이기도 했다. 고향을 떠날 때 대물의 어머니가 남아 있는 전답을 모두 팔아 대물에게 마련해 준 것이었다. 대물은 그 후 어머니가 일본 순사들의 등살에 못견뎌 고향을 떠나 타지에서 남의 집살이를 하고 있다는 소식을 들었다. 장사로 한밑천 잡으면 어머님 모시고 잘살아 보려고 했는데 울분을 참지 못하고 그만 또 사고를 치고 말았다.

보다 못한 김 노인이 애가 타는듯 말했다.

"대물이 큰일 났습메! 순사가 뒈져버리면 님자도 교수형임메, 빨리 도망치지 아이하고 무엇하고 있습메!"

김 노인은 전에도 이런 일을 겪어봐서 일본 순사를 때려눕히고 잡혀 들어가면 반병신이 되거나 죽어서 나온다는 것을 잘 알고 있었다. 조선인이 감히 일본인을 때려 눕힌다는 것은 죽음을 각오하지 않으면 못할 정도로 일본 경찰과 헌병은 조선인들을 엄하게 다루고 있었다.

1910년 일본은 무력으로 한일합방을 체결하고 조선제국을 조선으로 개명시키는 동시에 조선총독부를 설치했으며, 전국 곳곳에 일본 순사와 헌병을 파견해 치안을 장악하고 있었다.

상반동 경찰서를 출발한 순사들을 태운 트럭이 장터 안으로 막 들어서고 있었다. 상인들이 술렁대기 시작했다.

김 노인은 다시 대물을 닦달했다.

"대물이 날래 피하라우! 지금 순사들이 트럭을 타고 이리로 오고 있습메. 왜놈들한테 잡히면 죽습메."

대물은 김 노인이 자기를 걱정해주자 눈시울이 뜨거워졌다. 어려서부터 아버지가 누군지 함자도 모르고 자랐던 대물이기에 김 노인의 진심어린 걱정이 감정을 복받쳐 오르게 했다. 김 노인에게서 어렴풋하게나마 부정을 느꼈다. 대물이 어머니에게 간혹 아버지에 대해 물으면 언제나 똑같은 말만 되풀이하시곤 했다.

"네 아바이는 훌륭한 사람임메."

대물이 어머니에게서 들은 아버지에 대한 정보의 전부였다.

김 노인은 보다 못해 대물의 팔목을 잡아끌었다. 대물이 처음엔 버티다가 마지못해 따라 나섰다. 김 노인은 대물을 데리고 장터를 벗어나 잰 걸음으로 걸어가고 있었다. 얼마쯤 가자 나지막한 구릉 위로 철로가 보였다. 김 노인과 대물은 입을 굳게 다문 채 철로를 향해 묵묵히 걸었다. 대물은 김 노인이 도비노리(달리는 기차에 올라타는 것) 하려는 것임을 직감적으로 알아차렸다.

신의주는 경의선 열차의 종착역이며 압록강을 사이에 두고 중국과 국경을 이루고 있었다. 압록강에는 중국으로 들어가는 철교가 놓여 있었다. 이 철교를 통과하면 북경을 거쳐 할빈역까지 갈 수 있었다. 국경선을 이어주는 교통의 요충지여서 일본군은 이 지역을 철통같이 경비했다.

밀무역꾼들이 배를 타고 중국의 안동으로 넘나들었고, 때로는 독립군과 그의 가족이 순사들의 눈을 피해 도강하는 장소이기도 했다. 밀무역꾼들은 조선 인조견과 개성 인삼 등을 보따리에 짊어지고 안동으로 들어갔다. 그곳에서 물건을 판 돈으로 패물 등을 사서 국내로 가져와 되팔면 많은 돈을 벌 수 있었기 때문에 밀무역에 목숨을 걸고 덤벼들었다. 중국 안동 세관은 압록강 북서부 지역을 순시선으로 감시했으며 남쪽 지역은 일본 경찰이 지키고 있었다. 상인들은 높은 관세를 물지 않기 위해 나룻배를 이용하지 않고 매우 위험한 도비노리를 이용한 밀수를 택했다.

철길 옆에는 봇짐을 짊어진 건장한 사내들이 너댓 명 서 있었다. 사내들은 김 노인을 알아보고 아는 체 했다. 대물도 그들과는 면식이 있는지라 가볍게 눈인사를 했다. 사내들은 가족의 생계를 위해 십 수 년간 목숨을 건 도비노리 밀수를 하고 있는 사람들이었다. 그들 중 한 사내가 걱정이 되는지 큰소리로 말했다.

"잘못하면 뒈집메, 정신 바짝 차리기요!"

멀리서 시꺼먼 연기를 내뿜고 기차가 달려오고 있었다. 사내들은 기차 속도와 비슷한 속도로 뛰어가다가 기차의 출입문 옆 난간 손잡이를 잡고 올라섰다. 열차가 덜컹거리며 심하게 흔들렸다. 자칫 몸의 중심을 잃고 난간 손잡이를 놓치기라도 하는 날엔 기차 바퀴 밑으로 빨려 들어가 다리가 절단될 수도 있었다. 그들은 도비노리로 중국을 누비며 수년간 장사를 해온 터라 시속 70km로 달리는 준급행열차 정도는 쉽게 타고 내릴 수 있었다. 김 노인과 대물도 날렵한 동작으로 기차에 올라탔다.

승객들은 오랜 시간 동안 열차를 탄 탓인지 피로에 지친 모습이었다. 두 사람은 붐비는 승객을 뚫고 객차 한가운데로 들어갔다. 대물은 짐 보따리를 의자 밑에 쑤셔 넣고 나서 열차 안을 둘러봤다. 부산에서 출발해 북경까지 가는 준급행열차라서 그런지 다양한 승객들이 타고 있었다. 객차 앞쪽에는 무장한 순사와 헌병들이 열차 안을 살피며 지나가고 있었다. 중국이나 소련으로 피신하는 독립군이나 범죄자들을 체포하는 것이 그들의 임무였다. 조선인이 중국으로 가려면 일본 순사가 발급한 증명서가 있어야 했다. 도비노리에 성공했어도 일본 헌병이나 순사들에게 걸린다면 안동 조금 못 미친 진강산 유원지 역에서 하차시켜 그곳 순사에게 인계했다. 대물은 장터에서 순사에게 잡히지 않고 무사히 도망칠 수 있었던 것은 모두 김 노인의 보살핌 때문이라는 생각이 들자, 새삼 김 노인이 피붙이처럼 친근하게 느껴졌다.

몇 시간을 달렸을까 김 노인은 대물의 귀에다 대고 살며시 속삭였다.

"다음 역이 진강산 유원지 역임메. 기차가 역에 도착하기 전에 미리 내려야 함메."

김 노인과 대물은 의자 밑에서 조용히 짐 보따리를 끄집어내어 어깨에 메고 출구 쪽으로 걸어갔다. 김 노인은 출입문 맨 아래 계단에 두발을 가지런히 모으고 섰다. 대물에게 싱긋 웃어 보이고는 기차가 달리는 방향으로 몸을 틀었다. 등을 최대한 뒤로 재친 후 왼손으로 난간을 잡고 왼쪽 발부터 선로 바깥쪽으로 내디뎠다. 눈 깜짝할 사이에 김 노인은 기차가 달리는 속도와 비슷하게 뛰고 있었다. 김 노인이 무사히 뛰어내린 것을 보고 대물도 따라 내렸다. 다른 상인들은 모두 안동역 부근에서 내리는데, 김 노인과 대물이 진강산 유원지 역 못 미쳐서 내린 것은 혹시나 있을지 모르는 검문을 따돌리기 위해서였다.

신의주 장터 관할인 상반동 경찰서는 장터 사건으로 비상이 걸렸다. 대일본제국의 순사를 때려눕히고 거기다가 조선인들이 단합해 독립만세를 외쳤다는 것은 엄청난 사건이 아닐 수 없었다. 조선인의 사상을 다루는 고등계 스즈키 과장은 부하직원으로부터 장터 사건을 보고 받고 긴급히 야마다 서장실로 올라갔다.

스즈키 과장은 대일본제국 천황배 유도대회에서 우승을 하고 순사로 특채된 인물로 일본에 저항하는 독립군과 종교인을 탄압하기 위해 경시청의 특명을 받고 신의주로 파견되었다. 독립군을 잡아도 시원찮을 판에 순사들이 조선인에게 맞아 코뼈가 부러지고 머리가 깨져 죽기 일보 직전이라는 보고를 해야 하니 참으로 어처구니없는 일이었다. 스즈키가 서장실 문 앞에 서서 두 눈을 감고 숨을 깊게 들이마셨다가 내쉬었다. 그러고 나서 서장실 문을 노크했다.

"음, 들어와."

야마다 서장의 목소리가 들려왔다. 야마다 서장은 스즈키의 유도계 선배이자 고등학교 선배이기도 했다. 스즈키는 평소와는 다르게 서장 쪽으로 다가가 거수경례를 했다. 스즈키의 목소리에 기운이 없는 것을 느낀 야마다 서장이 먼저 말을 꺼냈다.

"스즈키 과장, 오늘 무슨 일이 있었나?"

스즈키는 오늘 있었던 일을 서장에게 사실대로 얘기했다. 보고를 다 듣고 난 야마다 서장의 얼굴이 붉게 상기되었다. 이마 위로 파란 힘줄이 솟아나 튀어나올 것만 같았다. 그러나 서장은 냉정함을 잃지 않았다.

"스즈키!"

"하이!"

"지금 즉시 전병력을 투입해 신의주와 그 주변을 샅샅이 뒤져 놈이 이곳을 빠져나가지 못하도록 철저하게 검문검색 하라! 인근 미륵동 경찰서와 압록강 철교 수비대, 해상 순시대, 신의주 북부 헌병대에도 긴급 전문을 보내 놈이 중국으로 숨어들지 못하도록 신속하게 조치하라!"

"하이!"

일본 경찰들이 총검으로 무장한 채 트럭을 타고 경찰서 정문을 빠져나갔다. 스즈키는 다친 순사들이 입원해 있는 병원으로 차를 몰았다.

입원실로 들어선 스즈키는 처참한 모습으로 누워 있는 나카무라 순사 앞으로 다가갔다. 그는 아직도 의식이 돌아오지 않아 눈도 뜨지 못하고 있었다. 물끄러미 나카무라를 바라보던 스즈키의 입가에서 알 수 없는 탄식이 흘러나왔다. 신의주로 오기 전 동문인 종로경찰서 마츠오카 경부가 하던 말이 생각났다.

'스즈키, 자네가 가는 신의주는 텃세가 아주 센 곳이라네. 이성계가 중국 놈들과 싸워 승전한 곳이며 반정을 도모한 곳이기도 하지. 특히 시라소니라는 인물을 주의하게나. 싸움으로는 우리 일본의 무사들도 이길 수 없을 정도로 솜씨가 뛰어난 자니 가급적 그와 부딪치는 일은 피하게.'

스즈키는 혹시 시라소니가 범인이 아닐까 하는 의구심을 가져 보았다. 그러나 부하들의 정보에 의하면 왼쪽 목 부위에 화상 자국이 있다는 것으로 봐서 시라소니는 아닌 듯했다.

김 노인과 대물은 열차에서 뛰어 내린 후 진강산 유원지 쪽을 향해 빠르게 걷고 있었다. 중국의 안동 지방에 근접해 있는 진강산 유원지는 경치가 빼어나 중국인들이 많이 찾는 곳이었다. 유원지 입구에는 홍등가와 도박장이 즐비했다. 이곳에서는 아편 거래도 빈번하게 이뤄졌다. 김 노인은 쓰레기더미가 쌓여 악취가 심하게 풍기는 음침한 골목길을 익숙한 듯 성큼성큼 앞서 걸어

나갔다. 대물은 그가 예사롭지 않은 사람이라는 생각이 들었다.

한참을 더 가서 이층집 앞에 멈춰 섰다. 입구에는 빨간 천을 가늘게 잘라 길게 늘어뜨린 장식물이 나풀대고 있었다. 김 노인이 중국말로 누군가를 부르자 안에서 어린 소녀가 달려 나왔다. 대문을 들어서니 잘 가꾸어진 꽤 큰 정원이 있었고, 그 맞은편으로 장식품들이 오밀조밀하게 놓인 거실이 보였다.

방안에는 사십대 초반의 여인과 사내들이 이야기를 하고 있다가 김 노인이 들어서자 일어서서 정중하게 인사를 했다. 대물은 장터의 장꾼 정도로만 알고 있었던 김 노인을 사람들이 너무 정중하게 대하자 무척 당황스러웠다. 대물은 조심스럽게 그들의 행동을 지켜보았다. 김 노인이 자리에 앉자 그들이 대물의 눈치를 살피며 대물에 대해 물었다. 김 노인은 유창한 중국어로 대물에 대해 이야기 해주었다. 김 노인의 말이 끝나자 일행은 대물을 향해 반가운 표정을 지으며 차를 권했다.

잠시 후 눈빛이 날카로워 보이는 건장한 사내들이 들어와 김 노인에게 공손히 인사했다. 식사가 준비되었다는 말에 모두 일어나 옆방으로 자리를 옮겼다. 다양한 음식이 차려져 있었다. 대물은 음식을 보자 입안에 군침이 돌았다. 장터 사건 이후로 제대로 밥을 먹지 못했던 대물은 김 노인이 수저를 들기 무섭게 마파람에 게눈 감추듯 음식을 먹기 시작했다. 사람들은 진지한 표정으로 김 노인이 하는 말을 경청했다. 그들의 눈은 초롱초롱 빛났다.

다음날 아침 햇살이 커튼 사이로 들어와 대물의 얼굴에 비췄다. 어젯밤 과음한 탓으로 누군가의 부축을 받고 방으로 들어왔다는 기억은 어렴풋이 들었지만 자세한 것은 기억나지 않았다. 대물은 술이 취하면 옷을 모두 벗는 버릇이 있어 누군가에게 폐를 끼친 것은 아닌지 걱정이 들었다.

이때 김 노인이 대물의 방으로 들어왔다. 대물은 김 노인을 보는 순간 깜짝 놀라 눈을 비비고 다시 쳐다봤다. 며칠 전, 아니 수년간 장터에서 보아온 꾀죄죄하고 궁핍했던 모습이 아니었다. 언젠가 신의주 시청에서 보았던 일본의 고관대작과 같은 옷차림을 한 김 노인이 자기 앞에 서 있었다. 대물이 자기도 모르게 머리를 굽실거리자 김 노인은 가볍게 미소를 지었다.

"날래 옷이나 입으라우, 잘 맞을지 모르겠습메."

비단으로 만든 중국 전통 복장이었다. 대물의 치수를 미리 재보기라도 한 듯 옷이 몸에 꼭 맞았다. 옷을 갈아 입은 대물은 부유한 중국 상인처럼 보였다.

아침 식사를 마치고 대물은 노인을 따라나섰다. 이른 아침인데도 거리에는 많은 사람들로 붐볐다. 일본군을 가득 태운 트럭들이 연신 지나갔다. 차에 탄 군인들은 지나가는 중국 여자들을 향해 웃음을 날리고 휘파람을 불어댔다.

얼마쯤 걸어가자 상하이 뻰관이라는 커다란 간판이 눈에 들어왔다. 간판 옆에는 일본말로 이랏샤이마세(어서 오세요)라는 글자가 쓰여 있었다. 김 노인은 이곳을 잘 알고 있는 듯 거리낌 없이 문을 열고 안으로 들어갔다. 대물의 모습은 마치 상전의 뒤를 따라가는 하인처럼 보였다. 어제 보았던 중년 여인이 미소를 지으며 노인에게로 다가섰다. 어제 저녁에 머물렀던 집보다 규모가 더 크고 시설도 화려해 보였다. 거실에 들어선 김 노인은 주위에 있는 사람들에게 조용한 어조로 말했다. 중국말로 무슨 지시를 내리는 것 같기도 하고, 그냥 얘기하는 것 같기도 했다. 점점 더 김 노인에 대한 궁금증이 커져갔다. 대물은 그들의 표정을 흘깃거리며 살폈다. 무슨 얘기를 나누는 것일까? 불안한 마음이 들었다. 불현듯 어서 이곳을 벗어나야겠다는 생각이 들었다. 김 노인은 그런 대물의 마음을 꿰뚫어 보기라도 하듯 대물에게 설명해 주었다.

"대물이, 저 사람들은 흑사회 소속인데 나와는 오랫동안 동고동락해 온 동지이자 가족입메. 저 사람들 말이 일본 놈들이 자네를 잡기 위해 혈안이 되었답메. 이곳을 날래 떠나는 게 좋겠습메."

일본은 만주 침략을 계기로 안동을 비롯한 중국의 주요 도시들을 점령했다. 만주국에서는 중국의 마지막 황태자인 부위 황제를 괴뢰정부로 삼아 일본 천황에게 충성케 했다. 상해에는 영국, 프랑스, 이탈리아, 일본 등이 직접 행정권, 경찰권, 사법권을 관할하던 조계지가 있었고, 그 안에서는 매춘과 도박, 아편 등의 온갖 불법이 난무해도 중국 경찰은 범죄자를 처벌할 수가 없었다.

중국은 일본의 침략이 본격화되자 조선 의병이 행하는 항일 투쟁에 대해 묵시적으로 협조하고 있었다. 중국의 공산당과 국민당이 함께 펼치는 항일투쟁과 조선의 독립군이 펼치는 독립운동이 일본에게는 중국을 점령해 나가는데 커다란 장애물이 되고 있었다. 일본군 헌병대와 경찰은 중국의 항일 지하조직인 흑사회 간부 색출을 위해 혈안이 돼 있었다.

그런데 김 노인에게서 중국의 지하 항일조직인 흑사회에 대한 얘기를 듣고 나자, 그들이 무슨 일을 하는 사람인가를 짐작할 수 있었다.

중년의 여인이 대물에게 부드럽게 미소 지으며 말했다.

"봉천행 열차가 들어올 시간이 됐어요. 표는 이미 특실로 준비해 뒀어요."

김 노인과 대물이 인력거에 올라타자 인력거는 곧장 진강산 유원지 역으로 달렸다. 잠시 후 역 앞에 다다르자 김 노인은 대물을 불러 세웠다.

"지금부터 내래 중국말을 쓸 테니까 자네는 그냥 고개만 끄덕이라우."

대물은 연습하듯 고개를 끄덕거리며 노인의 말을 알아들었다는 표정을 지었다.

진강산 유원지 역 앞에는 관광객과 일본 군인들로 혼잡했다. 흑사회 회원을 체포하려고 일본 앞잡이들이 개찰구 앞을 지키고 서서 사람들을 훑어보고 있었다. 김 노인과 대물이 침착하게 개찰구를 향해 걸어나가자 앞잡이들이 날카로운 시선으로 그들을 훑어봤다. 대물의 등에서 식은땀이 흘러 내렸다. 만약 그들에게 수상한 사람으로 보여 헌병대로 끌려가게 되는 날에는 대물의 신상은 금방 탄로날 것이 뻔했기 때문이었다. 다행히 앞잡이는 대물의 앞을 지나쳐 갔다.

역 개찰구를 무사히 통과해 플랫폼에 도착하고 나서야 대물의 입에서 겨우 안도의 한숨이 흘러 나왔다. 사람들의 눈에 띄지 않게 김 노인을 경호했던 일행이 미소를 지으며 돌아갔다. 대물은 그들이 아주 잘 조직된 단체라는 생각이 들었다.

잠시 후 신의주를 출발한 봉천행 기차가 플랫폼으로 들어왔다.

김 노인과 대물은 서둘러 기차에 올랐다. 객실 안에는 특실이라는 팻말이 붙어 있었고, 승객들 대부분은 일본인 가족들과 고급 장교들이었다. 기모노를 입은 일본 여인의 몸에서 향기로운 가루분 냄새가 풍겨왔다.

자리에 앉은 김 노인은 지그시 눈을 감았다. 일본 여인들이 애교 섞인 목소리로 연신 조잘거렸다.

"중국 여자와 일본 여자 중 어느 나라 여자가 더 매력이 있어요?"

남편인 듯한 사내는 여자의 앙증맞은 입술로 뱉어대는 말에 가벼운 웃음을 지어 보였다.

"물론 일본 여성이 더 아름답고 예쁘지."

"중국 여성은 3등 국민이라 미야꼬의 하인으로서는 알맞겠지만 여자로서는 대일본제국 군인들의 육체적 봉사를 위한 도구 외에는 쓸모가 없지."

사내의 말에 여인은 자신이 일본 여성이라는 것을 자랑스럽게 생각하는 듯 우쭐해 보였다.

일본은 막부시대 이전부터 영토 확장을 위한 군주간의 싸움이 많았고 그렇기 때문에 사무라이들의 관리가 어려웠다. 많은 사무라이들을 관리하기 위해 고안해 낸 것이 여자들을 전리품으로 주는 것이었다. 심지어 군주들이 전쟁에 나갈 때 예쁜 남자들을 함께 데리고 나가 동성애자를 승리에 대한 부상으로 부하에게 주는 일조차 허다했다. 성에 있어서는 야만스러운 습성이 배어 있는 민족이었다. 그런 민족이 조선을 점령하고 중국 대륙을 향해 침략의 기치를 높이고 있으니, 그들의 눈에 비친 중국의 모든 여성은 자신을 위한 성적 도구로 밖에는 생각되지 않았던 것이다.

일본군이 중국의 안동과 만주, 남경 등 유서 깊은 도시를 점령하면서 가장 먼저 한 일은 그 지역의 부호나 관리의 저택을 침입해 여자를 집단 강간하고 재물을 약탈하는 것이었다.

대물은 그들이 주고받는 일본말을 귀담아 듣고 있다가 조선이 겪고 있는 아픔을 중국인들도 고스란히 겪고 있다는 생각을 했다. 지금은 참자우. 저들의 오만한 소리에 분노해서는 아니됨메.

기차는 몇 시간 후 봉천 역에 도착했다. 봉천은 옛 중국의 수도였던 역사의 도시로 중국 삼대 도시 중 한 곳이기도 했다. 일본군이 봉천을 점령하던 날 봉천의 유서 깊은 가옥은 대부분 약탈당했으며 집안에 기거하던 수많은 여인들은 일본군으로부터 강간을 당했다. 명문가의 여인들은 강간을 당한 후 자살을 하는 일조차 허다했다.

봉천 역은 중국 각지로 가는 교통의 요충지여서 수많은 사람들로 붐볐다. 인파를 뚫고 역에서 빠져나와 인력거에 올라탔다. 얼마쯤 달리자 역을 끼고 즐비하게 늘어선 윤락가와 크고 작은 식당 간판이 눈에 들어 왔다. 조선에서는 볼 수 없는 네온사인들로 치장된 거리였다. 오가는 사람들도 갖가지 화려한 색상의 의상을 입고 있었다. 거리에 전쟁을 선동하는 현수막만 걸리지 않았더라면 이곳이 전쟁 중인지 알 수가 없을 정도였다. 대물이 또다른 세계를 보는 것 같아 연신 주위를 힐끔거렸다. 김 노인은 대물의 마음을 짐작한 듯 빙그레 미소를 지었다.

"대물이, 조선과 중국은 다른 점이 많지만 일본의 침략을 받고 있다는 점에서는 동질성을 갖고 있습메. 봉천은 중국 각지에서 올라온 사람들이 모여 사는 곳이라 별의별 사람들이 다 모이는 곳이기도 함메. 특히 조선에서 피난 온 사람들이 중국인으로 가장해 많이 모여 사는 곳입메. 요즘은 일본 앞잡이들이 많아 각별히 조심을 해야 됨메!"

김 노인의 말이 끝나기가 무섭게 그 말을 듣기라도 한듯 갑자기 건장하게 생긴 사내가 의도적으로 인력거 앞을 가로막고 나섰다. 사내는 금방이라도 인력거에 타고 있는 김 노인과 대물을 인력거에서 끌어내릴 기세였다. 사내는 욕지거리를 하며 인력거를 끄는 노인의 팔을 잡아당겨 길바닥에 내동댕이쳤다. 길가에 쓰러진 노인이 사내의 앞으로 다가가 연신 머리를 숙이며 알 수 없는 말로 사내에게 무언가를 설명했다. 사내가 다시 한 번 노인의 팔을 잡고 허리춤을 껴안듯이 하여 길바닥으로 내팽개쳤다. 노인은 쓰러져 앓는 소리를 냈다. 주위에서 구경꾼들이 모여들기 시작했다.

김 노인이 사내를 찬찬히 뜯어보다가 대물에게 들릴듯 말듯 하게 말했다.

"저놈은 왜놈의 앞잡이가 틀림없습메. 지금 당장 이 위험에서 벗어나는 길은 저놈을 한 방에 기절시키는 것인데 덩치를 보니 만만치 않게 보이누만. 대물이 자네의 이마로 한 방에 받아 버리는 게 좋지 않갔어. 할 수 있갔음메?"

사내 옆에는 왜놈 헌병이 긴 총을 어깨에 메고 사내가 하는 행동을 주시하고 있었다. 대물도 어차피 이 위기를 넘길 수 있는 길은 놈을 쓰러뜨리는 것 뿐이라고 생각하고 있었다. 사내가 대물에게 다가왔다.

"중국인이오?"

대물이 대답 대신 고개를 끄덕거렸다.

"여행증명서 좀 봅시다."

그 순간 대물의 이마가 사내의 얼굴 정면을 향해 날아들었다. '퍽' 하는 둔탁한 소리와 함께 사내의 커다란 몸뚱이가 길바닥으로 나동그라졌다. 순식간의 일이었다. 옆에 총을 메고 서 있던 왜놈 헌병이 총구를 앞으로 돌리려고 하는 순간 또 다시 대물의 이마가 헌병의 얼굴 정면에 꽂혔다. 헌병이 고목 쓰러지듯 길가에 쓰러졌다. 주위에 모여 있던 중국인들이 눈을 동그랗게 뜨고 바라보고 있었다. 봉천 시가지 한복판에서 왜놈 헌병을 때려눕히다니 이것은 가히 천지가 개벽할 정도로 놀라운 사건이었다.

  김 노인은 인력거꾼을 재촉했다. 주위에 있던 구경꾼들은 인력거가 나갈 수 있도록 얼른 길을 터 주었다. 동병상련이라는 말이 실감났다. 인력거는 쏜살 같이 달려 인파 속으로 사라졌다. 행인 중 누군가가 쓰러진 헌병의 총마저 가져가 벼렸다.

  봉천 역 앞 사건이 일본 헌병대에 알려진 것은 한 시각이 지난 후였다. 봉천지구 헌병대장 요시무라 중좌는 느긋하게 긴자 뻬루바의 후미꼬와 식사를 마치고 그녀의 처소에 머물고 있었다. 조금 전 그녀와 가진 정사로 온몸의 진이 다 빠진 탓인지 후미꼬의 배를 베고 잠들어 있었다.

  후미꼬는 토쿄 이케부쿠로의 작은 술집 종업원으로 있을 때 알게 된 요시무라의 총애 덕택에 봉천에서 제법 커다란 술집의 주인이 되었다.

헌병대의 요시다 소좌는 조금 전 시가지에서 일어난 사건을 보고 받고 요시무라 대장의 사무실로 향했다. 사무실에 없을 것을 뻔히 알면서도 혹시나 해서 와 본 것이었다. 똑똑똑. 요시다가 문을 노크했다. 안에서 아무런 반응이 없자 요시다는 빠른 걸음으로 계단을 내려와 통신실로 향했다. 통신실 안은 본국과 다른 지역으로 통신 내용을 전달하기 위해 분주하게 움직이고 있었다. 요시다가 통신실 안으로 들어서자 다케다 군조가 벌떡 일어나 거수경례를 했다. 요시다는 긴급전화를 걸어 긴자 삐루바의 후미꼬를 찾았다.

따르릉. 전화가 요란스럽게 울렸다. 전화벨 소리에 잠이 깬 후미꼬가 전화를 받았다.

"모시모시, 후미꼬데스."

"요시무라 대장님이 지금 거기 있소? 있으면 좀 바꿔주시오."

후미꼬는 요시다의 목소리가 긴장돼 있어 직감적으로 부대에 급한 일이 생겼다는 것을 알았다. 후미꼬는 요시무라 중좌의 몸을 흔들었다. 요시무라는 긴장을 풀지 않고 있던 탓인지 곧바로 일어났다. 후미꼬가 수화기를 요시무라에게 건넸다. 수화기를 통해 요시다 소좌의 보고를 듣고 있던 요시무라의 얼굴이 굳어졌다.

"아니, 백주 대낮에…… 그것도 시가지 한복판에서 대일본제국의 헌병이 총을 빼앗기고 그것으로도 모자라 의식을 잃고 입원을 할 정도로 당했단 말인가? 요시다! 그래, 누구 짓인가?"

요시무라의 격앙된 목소리가 방 밖까지 새어나왔다. 요시다는 아직 범인에 대해 윤곽을 잡지 못했다는 보고를 했다. 요시무라는 급히 옷을 추려 입었다. 바짓가랑이 사이로 다리를 잘못 집어넣어 뒤뚱거리며 중심을 잃고 넘어졌다. 도대체 어떤 놈들의 소행이란 말인가?

얼마 전 봉천을 지나며 잠시 들렀다가 만주 헌병대 다나카 사령관에게서 들은 충고가 떠올랐다.

"군인이 중심을 잃은 행위를 할 때에는 나라가 망한다. 알겠는가, 요시무라!"

요시무라는 봉천의 전 경찰서와 헌병대 및 첩보대에 긴급 전문을 타전했다. '대일본제국의 헌병을 박치기 한 방으로 쓰러뜨리고 총까지 탈취해 간 것을 보면 분명히 항일운동을 하는 흑사회 놈들의 소행으로 보이니 철저한 수색과 의심이 갈만한 곳은 어느 곳을 막론하고 수색하라'는 내용이었다.

다음날 요시무라 중좌는 봉천 역을 상대로 소매치기 조직을 장악하고 있는 홍진삼을 급히 자신의 사무실로 불러 들였다. 요시무라는 홍진삼이 운영하는 봉천 삔관의 후견자이기도 했다. 홍진삼은 일본이 봉천을 점령하기 이전부터 봉천 역을 무대로 소매치기 조직과 매춘 조직을 관리하고 있던 자였다. 생김새가 간사하고 교활할 뿐만 아니라 음성도 여성 쪽에 가까운 동성애자 같은 자였지만 조직을 관리하는데는 가히 천재적이었다. 홍진삼은 봉천경찰서는 물론이거니와 헌병대, 첩보대 등과 중국 관리들과도 친분이 두터웠다.

요시무라가 홍진삼에게 홍차를 권했다.

"요시무라 대장님, 요즘은 저희 뻰관을 자주 찾지 않으시는데 혹시 저희들에게 섭섭한 일이라도 있습니까? 샤메이가 대장님이 보고 싶다고 안달을 하지 뭡니까. 제가 대장님을 만나러 부대에 들어간다고 하니까 이렇게 맛있는 월병까지 싸주었습니다."

홍진삼은 샤메이가 싸준 월병 보따리를 요시무라에게 건네주었다. 평소 같으면 기쁜 표정을 지었을 요시무라였지만 지금은 그럴 기분이 아니었다. 요시무라는 월병 보따리를 받아 탁자 위에 올려놓았다.

"요즘 샤메이는 잘 있소?"

홍진삼은 기회를 놓칠세라 요시무라의 말을 얼른 받았다.

"아 그러면요, 잘 있고말고요. 샤메이도 대장님이 보고 싶어 요즘 밤잠을 못 이룰 때가 많답니다."

홍진삼은 미인계를 써서 요시무라 대장을 봉천 뻰관의 후견자로 잡아두고 있었던 것이다.

"그래, 홍사장! 지금 봉천에 대일본제국을 상대로 항일투쟁을 벌이는 단체가 몇이나 되오? 혹시 홍사장도 겉으로는 뻰관을 운영하는 척하고 속으로는 적들과 내통하고 있는 것이 아니요?"

요시무라의 목소리가 약간 격앙되어 있었다. 홍진삼은 등골이 서늘해졌다. 요시무라 대장의 말 한마디면 자기 처지가 하루아침에 밑바닥으로 곤두박질 칠 수도 있었다. 홍진삼은 두 팔을 내저었다.

"무슨 서운한 말씀을 그렇게 하십니까? 저는 죽는 날까지 요시무라 대장님의 은공을 잊지 않을 것입니다."

교활한 홍진삼은 요시무라가 어제 사건으로 심기가 매우 불편해 있으며 자기로부터 중요한 정보를 얻기 위해 엄포를 놓고 있다는 것을 알고 있었다.

"그렇지 않아도 어제 일로 저희 조직원들에게 정보를 파악하라고 조치했습니다."

홍진삼이 거느리는 조직원은 수백 명에 달했다. 봉천 역을 무대로 한 소매치기 조직과 역 앞에 즐비한 여관에 상주하는 매춘 여성과 장사치, 양아치 조직 등 홍진삼의 손이 닿지 않는 곳이 없었다.

요시무라는 홍진삼이 자기가 무엇을 요구하는지를 정확히 알아들은 것같아 큰소리로 웃었다.

"역시 홍진삼 사장은 봉천의 오야붕으로서 손색이 없단 말이야! 대일본제국의 황국 신민으로서도 그렇고……. 그래, 어떤 놈이 저지른 일이라고 생각하나? 조센징이라고 생각하나?"

사실 홍진삼도 어제 일은 조선인이 저지른 것이라는 생각이 들었으나, 요시무라의 물음에 선뜻 조선인이 개입한 일같다고 말하고 싶지 않았다. 봉천에는 역전 중심가를 두고 네 개 파가 난립하고 있었다. 그중 홍진삼과 대립관계에 있는 도끼파의 왕따우와는 마찰이 잦은 편이었다.

도끼파는 영국이 18세기 초 중국에 아편을 밀수출할 때부터 영국군의 힘을 등에 업고 영국 조계지에서 하층민을 상대로 마약장사를 일삼아 온 조직이었다. 지금은 항일운동을 하는 사람들을 밀고하고, 그 댓가로 일본군의 보호하에 마약장사를 하고 있었다.

1840년 중국이 영국의 아편업자들을 구속하자 5천명에 달하는 영국군이 천진을 비롯해 광동과 청도를 점령했다. 그 결과 청나라 황제는 굴욕적인 항복문서에 조인을 해야 했고 6백만 불의 배상금을 지불하는 광동협정을 맺었다. 이에 분개한 농민과 하층민으로 구성된 농민 투쟁대(훗날 공산당의 시초)가 영국군을 공격했다. 수많은 사상자가 발생하자 1882년 영국은 또다시 대규모 군사를 파견해 상해와 남경 등 중국의 주요 도시를 점령했다. 청국은 전쟁 시작 이후 몇 개월도 되지 않아 영국의 굴욕적인 항복문서에 조인을 해야 했으니, 그 문서가 유명한 남경조약이었다. 침략국인 영국은 청나라로부터 홍콩을 넘겨받고 상해를 비롯한 중국의 5개 항구를 개항했다. 개항장에는 영사를 주둔시켜 치안을 맡게 했다.

그 외에도 영국은 중국에게 막대한 손해배상을 물게 했다. 세계사에서 유래를 찾기 어려운 부도덕한 전쟁이었다. 중국의 커다란 시장과 이권을 영국에게 다 뺏길 수 없다고 판단한 미국, 프랑스, 일본, 러시아, 독일 등 열강은 연이어 중국에 선교사와 군인을 파견하여 대륙을 잠식해 들어갔다. 청일전쟁에서 승리한 일본은 엄청난 배상금을 획득했고, 열강 중에서도 가장 확실하게 중국에서 주도권을 잡을 수 있게 되었다. 일본은 영국처럼 아편을 취급하여 경제적 이익을 얻는 일 따위에는 관심이 없었다. 오로지 대륙을 점령해 영구히 통치하는데 목적이 있었다.

2
도끼파의 습격

해질녘 봉천 야총회에는 봉천과 인근 지역에서 몰려든 갑부와 상인들이 마작과 주사위 노름에 열을 올리고 있었다. 도끼파는 중국인을 상대로 한 도박장과 카페를 겸한 야총회를 운영해 막대한 자금을 거둬들이고 있었다. 도박꾼들이 테이블 둘레에 걸터앉아 아리따운 여성 딜러가 주사위를 숫자판 위로 던질 때마다 거액의 돈을 걸었다. 테이블 주위에는 도끼파 조직원이 손님과 주사위판을 날카로운 눈으로 지켜보고 있었다. 주사위 게임을 돌리는 기계는 대부분 딜러의 발 안쪽에 숨겨져 있는 장치의 작동에 따라 승패율을 조작할 수 있도록 만들어져 있었다.

야총회 안에는 늘씬한 미녀들이 온갖 애교를 다 부리며 손님들의 비위를 맞추고 있었다. 어떤 손님은 갈라진 치마 사이로 간간이 드러나는 흰 허벅지에 눈길을 돌리며 추파를 던졌다. 어쩌다 돈을 따게 되면 팁을 뿌리며 그녀들을 유혹하기도 했다.

갑자기 야총회 입구가 우당탕하며 소란스러워졌다. 문짝을 부수는 요란한 소리와 함께 총을 겨냥한 일본군이 야총회 안으로 밀려들어 왔다. 문을 박차고 들어온 요시다 소좌는 허공을 향해 총을 한 발 쏘았다. 탕! 손님들은 총소리에 놀라 몸을 움츠리며 총을 들고 서 있는 요시다와 군인들을 바라보았다. 군인들의 눈에는 살기가 번뜩거렸다. 요시다는 누군가를 찾고 있었다.

"왕따우는 어디 있나?"

홀 안에 있던 도끼파의 조직원이 요시다 앞으로 나서며 말했다.

"감히 여기가 어디라고 총을 쏘고 난리를 쳐?"

조직원은 금방이라도 요시다를 공격할 것처럼 보였다. 야총회의 수입 절반 이상을 일본군 간부에게 상납하고 있는 도끼파로서는 일개 소좌 하나 쯤이야 자기들 마음대로 다룰 수 있다고 믿었다. 그러나 요시다 소좌가 그렇게 녹녹한 자는 아니었다. 독기가 올라 있었다. 대낮에 일본 헌병이 머리통이 깨지도록 얻어맞고 총까지 뺏긴 사건으로 요시다는 물론이고 요시무라 중좌까지 만주 헌병사령부로부터 호된 문책을 받았기 때문이었다. 빠른 시일 내에 범인을 잡지 못한다면 자신의 앞날은 풍전등화 격이 될 수밖에 없었다. 요시무라 대장으로부터 왕따우가 거느리는 도끼파의 소행이라는 말을 들었을 때 반신반의하면서도 요시다는 그의 명령을 따르지 않을 수 없었다. 상관의 명령이기도 했지만 요시다의 머리에는 오직 범인을 검거하겠다는 일념으로 가득 차 있어서 사건의 논리를 판단할 겨를이 없었다.

요시다는 큰소리치며 앞을 가로막는 사내를 향해 권총을 잡은 손으로 턱을 후려갈겼다. 조직원은 설마 요시다가 자기에게 일격을 가하리라고는 생각하지 못했는지 무방비 상태로 맞았다. 조직원이 '억' 하는 외마디 비명을 지르며 바닥에 쓰러졌다. 사내의 얼굴은 핏빛으로 물들었다. 주위에 있던 도끼파 조직원들은 가슴에 차고 있던 도끼를 일제히 뽑아 요시다와 헌병들을 향해 던질 자세를 취했다. 여자 종업원들도 치마를 들쳐 허벅지에 차고 있던 작은 도끼들을 뽑아 들었다. 홀 안은 일촉즉발의 상황이었다.

도끼파의 조직원은 30미터 이내에서 도끼를 던지면 목표물을 정확하게 맞히도록 훈련받아서 요시다와 헌병들을 향해 도끼를 던진다면 요시다도 죽음을 피할 수는 없었다.

이에 질세라 헌병들도 총을 겨누며 발사할 자세를 취했다. 요시다의 얼굴에는 굵은 땀방울이 맺혔다. 요시다는 자기가 강하게 밀고 나가면 그들이 복종하고 따라주리라 생각했는데 의외로 반발이 거세자 당혹스러워 했다. 이층에 있던 조직원들도 도끼를 든 채 계단 밑으로 한발한발 내려와 요시다와 헌병들 앞으로 다가서고 있었다. 조직원 한 사람이 빗장으로 문을 잠갔다. 헌병들은 당황하여 자신들도 모르게 총을 잡은 손에 힘이 들어갔다.

요시다는 앞으로 다가서는 조직원들을 향해 소리쳤다.

"멈춰라! 더 이상 접근하면 쏘겠다."

헌병들은 불안한 표정으로 요시다의 얼굴을 쳐다봤다. 요시다는 어떻게 해야 할지 결정을 못 내리고 있었다. 지금 그가 들고 있는 권총에 장전된 총알 수는 서너 발에 불과했고 헌병들이 들고 있는 총 또한 총알을 한 발씩 장전해 사용하는 총이어서 도끼파와 일전을 벌인다면 살아 돌아갈 수 없을 것이라는 판단이 들었다. 동시에 저들에게 비겁함을 보여서도 안 된다는 생각이 들었다.

"좋다!"

요시다는 들고 있던 총을 총집에 넣었다. 도끼파 조직원들은 요시다가 총을 집어넣는 것을 보고 자기들에게 항복한 것으로 착각해 다가서던 걸음을 멈추었다. 요시다는 허리에 차고 있던 칼을 뽑았다.

"나는 대일본제국의 요시다 소좌다. 이 자리에서 죽는 한이 있더라도 너희들에게 굴복할 수는 없다."

요시다 소좌의 가문은 도쿠가와 이에야스 시절부터 무사계급의 집안이었다. 어려서부터 사무라이 정신을 교육받고 자란 탓에 용맹과 기백이 남달랐다.

요시다가 비장한 표정으로 도끼파 조직원들을 향해 금방이라도 칼로 내려칠 자세를 취했다. 홀 안은 조금 전보다도 더 긴장감이 감돌아 숨소리조차 들리지 않았다.

"멈춰라!"

어디선가 여인의 날카로운 목소리가 들려왔다. 요시다는 물론이거니와 홀 안의 모든 사람들의 시선이 그곳으로 쏠렸다. 이층 계단 위에는 한 여인이 백장미가 새겨진 검은색 치파오를 입고 홀 아래를 내려다보고 있었다.

얼굴은 백옥 같았고 머리는 단정하게 빗어 목 뒤로 길게 늘어뜨리고 있었다. 그녀가 계단 아래로 발을 내딛을 때마다 긴 머리가 목선을 타고 찰랑대고 있었다. 요시다는 깜짝 놀라며 그녀를 쳐다보았다. 아니, 저 여인이 왜 이곳에 있지?

백장미는 요시다를 향해 고혹적인 미소를 지으며 말했다.

"요시다 소좌님, 어쩐 일로 저희 집을 찾으셨나요? 요시무라 대장님과 요시다 소좌님이 찾을 곳은 이곳이 아니라 홍진삼의 카페일 텐데요?"

"나는 지금 범인을 찾고 있소!"

"아니, 범인이라뇨? 무슨 범인을 이곳에서 찾는단 말예요?"

순간적으로 백장미의 얼굴이 일그러졌다.

요시다가 간략하게 봉천 역 앞에서 일어났던 사건에 대해 설명해 줬다.

"아니, 그 사건이 우리 가게와 무슨 연관이 있단 말예요? 우리는 대일본제국 황국 시민의 자격을 당신네 상사로부터 부여받았어요. 그런데 이렇게 무단 침입해 가게에 피해를 입혀도 된단 말입니까? 우리 가게 수입의 상당 부분이 대일본제국의 군인을 위해 사용되고 있다는 사실을 알고 있다면 요시다 소좌가 이렇게 할 수는 없을 것입니다!"

백장미는 이어서 홀 안의 조직원을 향해 명령했다.

"모두 제자리로 돌아가거라!"

도끼를 뽑아들고 금방이라도 던질 기세였던 조직원들이 백장미의 말 한마디에 일사불란하게 제자리로 돌아갔다. 백장미는 요시다 소좌를 홀 안의 작은 거실로 안내했다. 거실은 화려하고 값

비싼 고가구와 골동품들로 장식되어 있었다.

"요시다 소좌님, 지금 이곳이 누구의 도움으로 운영되고 있는지 아십니까? 요시다 소좌님이나 요시무라 대장님이 그분을 아신다면 오늘 같은 무례한 행동을 저지르지는 못했을 것입니다."

조금 전의 냉랭하고 차가웠던 목소리가 아니었다. 한층 부드러워진 목소리였다.

백장미는 테이블 위의 수화기를 집어 들었다. 교환수의 목소리가 요시다의 귀까지 들려왔다.

"관동군 내각 정보조사실 이시하라 중좌님을 연결해 주세요."

관동군 내각정보조사실은 중국인은 물론 일본군에게도 악명 높은 첩보부대였다. 특히 이시하라 중좌는 일본 군인의 부정부패와 비리를 파헤치기로 유명했다. 조선과 중국의 침략을 계획한 이토 히로부미의 집안이라 중국 내에서 계급과 상관없이 그의 위상은 감히 어느 누구도 넘볼 수 없을 만큼 높았다.

이시하라는 아침부터 본국의 긴급 전문을 받고 심기가 편치 않았다. 일본의 침공이 중국 전지역으로 확대되자 중국 내에서의 반일 투쟁세력의 활동도 증가되었으며 일본군과 그 가족들의 피해 또한 늘어나고 있었다. 이시하라는 며칠 동안 이 문제를 해결할 방법을 강구하느라 머리가 터질 지경이었다. 그러던 차에 본국에서 극비 명령이 하달되었던 것이다. 그는 혼잣말로 중얼거렸다. 도대체 날보고 어떻게 하란 말인가!

이때 전화벨이 울렸다. 소파에 비스듬히 누워 눈을 감고 있던 이시하라는 짜증스러운 표정으로 수화기를 집어 들었다.

"나 이시하라 중좌다! 누군가?"

백장미는 수화기로 들려오는 이시하라의 목소리를 듣고 이시하라가 몹시 화가 나 있는 상태라는 것을 알아차렸다.

"빠바(아빠), 저 왕링이에요."

백장미, 그녀는 도끼파의 두목인 왕따우의 딸 왕링이었다. 도끼파가 상하이 영국 조계지에서 자국인을 상대로 영국으로부터 공급받은 아편 장사를 하다가 철퇴를 맞고 쫓겨난 이후 일본군에게 빌붙어 봉천으로 오게 된 것이다.

왕링은 봉천에서 북경의 고관대작을 상대로 아편을 취급해 많은 부를 축적했다. 청조의 황후들이 자녕궁에서 사용하던 진귀한 가구들을 암암리에 사들여 집과 거실을 궁궐처럼 꾸며 놓았다. 그녀의 집을 찾은 사람은 분위기에 압도돼 왕링을 황후로 착각할 정도였다.

홀과 방의 내벽은 모두 금박과 은박으로 도배를 했으며 그 위에 각종 동물과 새를 새겨놓고, 금식기와 은식기도 진열해 놓았다. 홀은 수백 명이 식사를 할 수 있을 정도로 컸으며 거실 안에는 대형 욕실을 비롯해 크고 작은 욕실이 서너 개가 넘었다.

이시하라가 반갑게 대답했다.

"왕링, 보고 싶었소. 그래, 요즘 왜 나한테 전화도 안 하고 그랬소? 내가 얼마나 왕링을 보고 싶어 하는지 아시오?"

이시하라는 조금 전과는 전혀 다른 표정으로 왕링의 말에 귀를 기울였다. 언제 들어도 아름다운 왕링의 목소리였다. 이시하라가 왕링을 사랑하게 된 것도 그녀가 유창하게 일본어를 구사할 수 있는 여자였기 때문이었다. 왕링으로부터 오늘 벌어진 일의 자초지종을 듣고 난 이시하라는 요시다를 바꿔달라고 말했다. 왕링은 요시다에게 이시하라 중좌님의 전화라며 수화기를 건네주었다. 수화기를 받아든 요시다는 부동자세를 취하며 말했다.

"봉천지구 헌병대 요시다 소좌입니다."

쩌렁쩌렁한 목소리가 수화기를 통해 이시하라에게 전달되었다.

"나 이시하라 중좌다. 그 여자는 대일본제국의 황국신민이다. 이누카이쓰요시 총리도 아끼고 있는 여인이라는 것을 귀관은 알고 있는가?"

요시다는 얼마 전 중국 방문시 봉천에 들린 이누카이쓰요시 총리와 일본의 고관대작들이 모여 파티를 하는 장소에 왕링이 자리를 같이 했던 일을 떠올렸다. 그때 요시다는 경비 임무를 맡았었다. 이시하라는 전화로 잠시 동안 요시다에게 무슨 말인가를 더 전하였다. 그의 이야기를 듣고 난 요시다는 기세가 한풀 꺾인 채 풀죽은 모습으로 다시 수화기를 백장미에게 넘겨줬다. 샐쭉거리는 표정을 지으며 백장미가 수화기를 받아 들었다.

"빠바, 나 무서웠어요. 요시다 소좌가 얼마나 무섭게 하든지 혼이 났어요. 빠바하고 멀리 떨어져 있으니까 이제는 저에게 헌병대조차도 함부로 대하는 것 같아요. 빠바 다시는 이런 일이 없도록 해 주시는 거죠?"

이시하라는 껄껄 웃었다. 오늘 따라 왕링 앞에서 자기의 존재가 높아지는 듯한 느낌을 받자 긴급전문으로 인해 상했던 기분이 되살아났다. 왕링이 애교 섞인 목소리로 이시하라와 주고받는 전화 내용에 요시다 소좌는 심기가 불편했지만 상관의 명령을 거절할 수가 없어 왕링을 향해 정중히 인사하고 거실에서 물러났다. 홀 안에 있던 헌병들이 요시다에게 잔뜩 기대를 걸고 있었는데 아무 명령도 내리지 않자 의아한 표정으로 물었다.

"요시다 소좌님, 어째서 왕따우를 체포하지 않는 것입니까? 지금 이대로 돌아간다면 대일본제국 헌병의 위상에 막대한 지장을 초래합니다."

요시다도 부하들의 마음을 모르는 바는 아니었지만 그렇다고 부하들에게 이시하라와 나눴던 대화를 전할 수는 없었다.

요시다가 홀을 빠져나가자 왕링은 언제 그런 일이 있었는가 싶게 홀 안을 두루 살피며 손님들에게 가벼운 인사를 했다. 손님들도 그녀가 곁을 지나갈 때마다 두 손을 모아 쥐고 답례했다. 홀 안은 다시 술과 도박으로 찌든 군상이 내뱉는 담배 연기와 도박의 열기로 가득 찼다.

왕따우는 홀 안에서 벌어지는 일을 시종일관 2층 밀실에서 지켜보고 있었다. 왜놈 헌병들이 자신의 가게를 침입했다는 것은 누군가의 밀고가 아니면 있을 수 없는 일이라고 생각했다.

"홍진삼! 분명 그놈이 일본 헌병을 구타한 사건을 우리 조직이 저지른 일이라고 허위 밀고를 했어. 이번에 놈을 제거하지 못하면 놈은 또다시 우리 조직을 얕보고 다른 음모를 꾸밀 것이 틀림없어."

왕따우의 목소리는 부드러웠지만 힘이 실려 있었다.

"봉천의 하늘 아래 두 사람의 영웅은 필요치 않아!"

백장미는 왕따우의 말에 고개를 끄덕거렸다. 옆에 있던 부하들도 보스가 무슨 말을 하는지 알았다는 듯 고개를 끄떡인 후 거실 밖으로 나갔다.

왕따우는 백장미를 쳐다보며 말했다.
"이제 우리 왕링도 조직을 이끌만한 인물이 되었구나!"

봉천 뻰관은 카페와 숙소와 도박장이 함께 붙어 있어서 규모가 제법 컸다. 홍진삼은 샤메이가 요시무라 일본 헌병대장을 잘 구워삶아 그의 정부 역할을 하게 했다. 그리고 영향력 있는 일본 인사들이 봉천을 방문할 때마다 샤메이를 앞세워 성욕에 굶주려 있는 그들에게 봉사하게 했다.

홍진삼은 샤메이와 함께 밀실에서 술을 마시고 있었다. 오늘따라 샤메이의 볼이 유난히 붉게 물들어 보였다. 샤메이는 홍진삼이 따라주는 술을 서너 잔 마셨다. 홍진삼은 곁으로 다가가 두 팔로 샤메이를 끌어안았다. 샤메이의 가냘픈 어깨가 홍진삼의 품 안으로 쏙 들어왔다.

샤메이는 언젠가 홍진삼의 요구를 거부했다가 죽을 만큼 매를 맞았던 기억이 떠올랐다. 홍진삼은 성욕이 끓어오를 때마다 샤메이를 불러 가혹하리 만큼 성적 학대를 했다. 홍진삼이 가죽 채찍으로 샤메이의 등짝을 내리치면 고운 그녀의 흰 살갗은 채찍 자국으로 붉게 물들었다. 그렇게 맞고도 샤메이는 신음소리 한번 내지 않았다. 아니 낼 수가 없었다. 샤메이가 고통에 겨워 신음소

리를 내면 홍진삼은 경멸하듯 소리치곤 했다. '너는 더러운 창부다.'

차라리 맞아 죽으면 죽었지 듣고 싶지 않은 말이었다.

샤메이는 홍진삼의 손아귀에서 벗어날 수가 없었다. 한번은 홍진삼의 눈을 피해 상해로 도망쳤다가 그의 부하에게 잡혀서 끌려온 적이 있었다. 얼마나 매를 많이 맞았는지 그때 일을 생각하면 온몸에 소름이 돋을 정도였다. 두 번 다시 생각하고 싶지 않았다. 두려움과 공포 속에서 갖는 홍진삼과의 성관계에서 때로는 여성적 욕구가 꿈틀대는 자신을 바라보며 여자의 육체적 슬픈 운명을 수없이 학대도 해 보았다. 하지만 이제는 홍진삼의 가학적 행위가 낯설게 느껴지지 않았다. 오히려 그런 행위에 물들어 가는 자신의 모습을 반추하며 홍진삼의 행위가 언제쯤 끝날 것인가를 생각하고 있었다. 홍진삼과 샤메이가 뜨거운 성행위를 하고 있을 그 시각, 삔관 앞에는 여러 대의 승용차가 빠른 속도로 달려와 멈춰섰다.

차 안에서 검은 복장을 한 사내들이 문을 박차고 우르르 쏟아져 나왔다. 손에 총을 든 사내가 입구 쪽으로 쏜살같이 뛰어들자 다른 사내들도 민첩한 몸놀림으로 그의 뒤를 따랐다. 눈 깜짝할 사이에 사내들은 봉천 삔관에 침입했다.

홀 안에서는 홍진삼의 부하들이 느긋하게 테이블에 앉아 술을 마시며 흥에 도취되어 있었다. 홍진삼은 부하들에게 계집을 끼고 마음껏 술을 마시게 허락했다. 오랜 맞수였던 왕따우를 손 한번 쓰지 않고 제거했다는 자만심에 도취돼 경계를 소홀히 한 것이다. 교만은 사람의 이성을 마비시킨다는 것을 홍진삼은 깨닫지 못했다. 도끼파 침입자들은 홀의 구조를 손바닥 보듯 사내 한 명이 1층 내부를 살펴보지도 않고 곧장 2층 계단으로 뛰어올랐다. 홍진삼의 부하 한 명이 낯선 사내가 총을 들고 계단을 올라오자 반사적으로 왼쪽 가슴에 차고 있던 총을 뽑아 들었다. 그 순간 도끼파 조직원의 총구에서 불꽃이 튀었다. 탕! 홍진삼 부하의 가슴에서 붉은 피가 솟구쳤다.

　홍진삼은 2층 밀실에서 샤메이와 격정적인 성행위를 이제 막 마치는 순간이었다. 홍진삼이 총소리에 놀라 벌떡 일어났다. 사내는 홍진삼이 머무르는 밀실 문고리를 힘껏 잡아당겼다. 문은 안으로 굳게 잠겨 있었다. 사내는 한 발짝 뒤로 물러나 문고리를 향해 총을 쏘았다. 탕! 문고리가 총에 맞아 떨어져 나갔다. 사내는 신속하게 문을 열고 밀실 안으로 들어갔다. 홍진삼은 허겁지겁 바지를 올리고 서랍을 뒤지며 권총을 찾고 있었다. 홍진삼이 권총을 찾아 돌아서는 순간 침입자는 방아쇠를 당겼다. 탕탕! 총알이 홍진삼의 가슴을 관통했다. 샤메이가 놀라서 비명을 질렀다. 사내는 샤메이를 향해 총구를 겨눴다.

"너는 우리의 적이 아니니 살려둔다."

복도에서 요란한 발자국 소리가 들려오자 사내는 재빠르게 거실 밖으로 사라졌다. 총에 맞아 침대 위에 쓰러진 홍진삼은 샤메이를 바라보며 무엇인가 말했다.

"샤메이, 고향으로 돌아가서 행복하게 살아라. 다시는 밤거리의 여인이 되지 마라!"

홍진삼은 가쁜 숨을 몰아쉬었다. 방으로 달려온 부하들이 홍진삼의 몸을 담요로 덮어서 들쳐 업고 병원으로 뛰었다. 도끼파의 습격으로 홍진삼의 조직원 네 명이 목숨을 잃었다.

요시무라 대장이 봉천 뻰관의 습격사건을 알게 된 것은 샤메이의 전화를 받고 나서였다. 요시무라와 요시다는 홍진삼이 치료를 받고 있는 병원으로 향했다. 요시무라로서는 매달 홍진삼이 상납하는 돈으로 지금껏 봉천에서 부족함이 없이 살아 왔는데 만약 홍진삼의 조직이 무너져버리면 다른 수입원을 찾아야만 했다. 달리는 차 안에서 요시무라의 머리는 여러 가지 생각으로 가득 차 있었다. 샤메이와의 관계도 이제 끝내야겠군. 아쉽지만 어쩔 수 없었다.

병실 앞에는 홍진삼의 부하들이 삼엄하게 출입자를 통제하고 있었다. 요시무라와 요시다는 홍진삼의 부하들과 평소 친분이 있던 관계로 아무런 제지도 받지 않고 병실 안으로 들어갔다. 침대 위에 가지런히 누워 있던 홍진삼이 요시무라와 요시다를 쳐다봤다.

"아니, 봉천 제일의 보스인 홍진삼 사장을 이렇게 만든 놈이 누군가? 이 요시무라가 용서치 않을 것이다."

요시무라는 두 마리의 토끼를 잡기 위해 중국의 고사인 이이제이(以夷制夷) 수법을 쓴 것이었다. 옆에 있던 요시다는 요시무라 대장이 참 가증스럽다는 생각이 들었다. 요시무라가 병실을 나서자 홍진삼은 호흡이 가빠졌다. 밖에 있던 부하들이 모두 안으로 들어왔다. 홍진삼은 부하들을 둘러보았다. 수십 년 간 생사고락을 함께 해 온 부하들이었다. 홍진삼은 꺼져 가는 목소리로 부하들을 향해 말했다.

"우, 우리 조직은 더 이상 일본 놈들의 앞잡이가 되어서는 안 된다."

홍진삼은 말을 마치고 눈을 감았다.

홍진삼의 장례식에는 봉천 일대는 물론 상해와 광동, 대련, 북경 등 중국 전역에서 활약하는 조직의 보스들이 대거 참석했다. 조선인으로는 평양의 두목 이화룡, 봉천의 이상대, 신의주의 두목 정팔 등이 참가했다. 중국과 조선의 내로라하는 보스들이 다 모였기 때문에 일본 경찰에는 비상이 걸렸다.

홍진삼의 장례식이 끝나고 이화룡과 정팔은 이상대가 운영하는 카페에서 홍진삼의 죽음을 애도하는 애도주를 마시고 있었다. 봉천의 이상대는 평양 선교리에서 어린 시절을 보내고 평양고보를 나온 인텔리였다. 평양을 주름잡는 이화룡과는 의형제 사이이기도 했다. 몇 해 전 이상대는 평양 선교리 유흥가에서 왜놈 경찰을 이마로 들이받고 봉천으로 피신해 왔다. 조선인을 규합해 조선상인회라는 조직을 만들어 조선에서 피신해 오는 사람과 상인들을 도와주고 있었다. 이상대가 봉천에 첫발을 내딛었을 때 역 앞에서 소매치기를 당한 일이 있었는데 이를 계기로 홍진삼과 알게 되어 많은 도움을 받았다.

한편 김 노인과 대물은 봉천의 조직폭력 조직들 간에 벌어지는 싸움이 자신들로 인해 빚어지게 된 것을 무척 가슴 아프게 생각하고 있었다. 하지만 섣부르게 자신의 신분을 노출시킬 수는 없었다. 은신처에 숨어 지낸 지도 벌써 여러 날이 지났다. 헌병대의 요시무라 대장도 도끼파와 홍진삼파 간에 벌어질 복수극이 어떤 형태로 전개될지 감을 잡지 못했다. 그래서 김 노인과 대물의 사건에는 아예 신경을 쓰지 못하고 있었다.

이상대가 운영하는 카페 안에는 서너 명의 조선인이 술을 마시며 잡담을 하고 있었다. 그중 한 사내가 도끼파와 홍진삼파 간에 벌어진 싸움 얘기를 실감나게 말하고 있었다. 사내는 평양 말을 써가며 자기가 마치 싸움 장소에 있었던 목격자처럼 여러 가지 싸움 동작을 해 보이며 말했다.

"기거이 백주 대낮에 말이야, 봉천 시내 한복판에서 왜놈 헌병을 니마로 한 방에 받아 버려서 뻗게 해 버렸지 뭐네. 왜놈들은 도끼파가 저지른 일이라고 해서 기곳 도끼파가 운영하는 야총회를 습격해버렸지비. 기린대 거 뭐시기냐, 기곳이 닐본놈들 대장의 애미나이가 운영하는 바라는 기야 거럼. 기린대 기 애미나이가 얼마나 예쁜지 백장미라는 별명이 붙었다는 기야."

옆 테이블에서 술을 마시고 있던 이화룡과 정팔이가 이상대의 얼굴을 쳐다보았다.

"내래 그일 땜에 골치 아파 죽갔시오. 일본놈들 감시도 예전가티 않고 이짓도 더 이상 못 해먹갔시오."

"상대, 그래 님자도 누가 그랬는지 정말 모르간? 니마로 들이 받았다면 조선인이 아니갔서? 정팔이, 혹시 성순이가 아니간? 중국 천지에서 니마로 들이받아 한 방에 뻗게 만들 사람은 댓보가 대단한 사람이야, 기럼 기리쿠 말구."

상대는 이화룡의 말에 대답을 할 수가 없었다.

이화룡은 봉천에서 오랜 세월동안 모진 풍상을 다겪은 상대가 누가 그랬는지 모를 리가 없다고 생각했다. 이화룡과 정팔이 생각하는 사람은 신의주의 시라소니 이성순이었다.

김 노인과 대물이 머물고 있는 집은 청나라 관리가 살던 관사였다. 대문 앞에는 큼지막한 글씨로 써 붙인 병원이라는 간판이 붙어 있었다. 집은 안채와 사랑채로 나뉘어져 있었으며 그 규모가 조선의 대갓집을 방불케 했다.

김 노인은 봉천에서 벌어지는 일을 소상하게 알고 있었다. 하루에도 십여 명의 사람들이 드나들며 김 노인과 환담을 나누고 돌아갔다.

하인들이 빗자루를 들고 집 안팎을 깨끗이 청소하고 있었다. 여느 날보다 움직임이 부산해 무슨 일이 있다는 것을 눈치 챈 대물이 거실 바깥으로 나와 김 노인이 거처하는 방으로 다가갔다. 김 노인은 이른 아침부터 누군가와 들릴듯 말듯한 작은 목소리로 대화를 나누고 있었다. 대물이 방 앞으로 다가가 기침소리를 내자 김 노인은 창문을 활짝 열고 대물을 안으로 들어오라고 했다.

방안에는 앳돼 보이는 청년이 정좌를 한 채 앉자 있었다. 청년의 모습은 대물이 몇 해 전 더부살이를 할 때 보았던 대갓집 아들 같이 귀티가 났으며 기품이 있어 보였다. 대물은 고개를 약간 숙여 인사를 했다. 청년도 가벼운 목례로서 대물에게 예를 표하자 김 노인이 청년을 소개했다.

"대물이, 이쪽은 독립운동을 하며 상해의 김구 선생님을 돕고 있는 이봉창이라는 청년임메. 그리고 이쪽은 대물이라고 부름메."

실상 김 노인도 대물의 성도 이름도 정확하게 알지 못하고 있었다. 이봉창은 김 노인으로부터 얘기를 들었다며 신의주와 봉천에서 왜놈 순사와 헌병을 한 방에 뻗게 한 것을 자랑스러워했다.

"대물 선생님, 우리는 지금 나라를 빼앗기고 민족의 뿌리는 갈기갈기 찢기어 왜놈의 손아귀에서 놀아나고 있습니다. 이대로 몇십 년이 지난다면 우리 민족의 뿌리는 영원히 되찾을 수 없게 됩니다. 선생님 같은 분이 우리 민족을 위해 헌신하는 기둥이 되어 주시기 바랍니다. 훗날 좋은 세상이 우리 앞에 펼쳐졌을 때 마음껏 회포를 풀어 봅시다."

이봉창은 김 노인에게 무엇인가를 받아 품 안에 집어넣고 문 밖으로 쏜살같이 사라졌다. 대물은 그가 떠난 이후 한참 동안 이봉창이 자신에게 했던 말을 곱씹어 보았다. 민족을 위해 헌신하는 기둥이 되어 주십시오. 민족을 위한……

김 노인은 이봉창이 돌아간 후 조용히 대물에게 말했다.

"대물이, 이제 우리도 이곳을 떠나야 하겠서! 우리로 인해 봉천에 거주하는 조선 상인들이 왜경으로부터 핍박을 받는다 하니 우리가 떠나야 하지 않겠습메? 우리가 우리 민족에게 도움이 되지 못한다면 같은 동포라고 부를 자격이 없습메. 자네는 큰일을 할 사람입메. 자네의 가슴 속에 동포를 품어 안으라우."

대물은 김 노인의 말에 가슴이 벅차올랐다. 김 노인은 대물에게 항일운동을 통해 민족을 생각할 수 있는 새로운 세계를 열어 주려고 했다.

3
다케다 대장의 부임

요시무라는 긴자 뻬루바에서 후미꼬와 술을 마시고 있었다. 그는 머릿속으로 후미꼬와 샤메이의 벌거벗은 모습을 비교하고 있었다.

두 여자 모두가 아름다운 몸매와 백옥같이 흰 피부색을 지니고 있었다. 기모노 속에 감추어진 후미꼬의 갸름한 허리와 둔부, 도톰하게 살집이 붙은 음부, 하지만 후미꼬는 너무 많은 사람들의 손길이 닿은 여자였다. 샤메이의 탄력 있는 몸매가 오히려 요시무라와 같은 군인에게는 더 흥분을 돋구어 주는 여자라는 생각이 들었다.

그러나 홍진삼의 죽음으로 당분간은 샤메이를 만날 수 없다는 아쉬움에 요시무라의 성욕이 후미꼬에게 옮겨갔다. 후미꼬는 온갖 애교를 다 부리며 칸막이 넘어 종업원들이 있는데도 가느다란 손으로 요시무라의 허벅지를 더듬고 있었다. 요시무라의 하체는 근육으로 잘 발달되어 있었다. 바지 자크를 열자 후미꼬의 손에 우뚝 솟은 요시무라의 남성이 닿았다. 후미꼬는 샤미센(일본의 전통악기)의 줄을 튕기듯 요시무라의 남성을 흔들며 앵카(일본의 전통음악)를 연주했다. 그녀의 손이 현을 타듯 움직일 때마다 요시무라의 남성은 돌덩어리처럼 단단해지며 힘줄이 뱀처럼 꿈틀거렸다. 요시무라는 며칠간이나 계속해서 긴장해 있던 탓에 후미꼬의 손놀림에 온몸이 나른해졌다. 이대로 허무하게 발사하기 전에 빨리 방으로 들어가 그녀의 깊은 곳에 자신의 남성을 꽂고 싶은 욕망밖에 아무런 생각도 들지 않았다. 언젠가 다나카 헌병 사령관이 했던 말을 요시무라는 잊고 있었다.

그때 긴자 뻬루바의 문을 열고 한 사내가 살그머니 들어왔다. 말쑥하게 차려입은 용모가 단정해 보이는 사내는 후미꼬와 요시무라가 앉아 있는 칸막이 안쪽 소파 옆으로 다가서고 있었다. 홀 안의 어느 누구도 그를 주시하지 않았다. 요시무라는 후미꼬의 연주에 눈을 지그시 감고 끓어오르는 성욕으로 흥분해 있었다.

사내는 가슴에 손을 넣어 총을 꺼냈다. 그리고는 요시무라를 향해 발사했다. 탕탕탕! 요시무라의 가슴과 머리에서 붉은 피가 흘러내렸다. 후미꼬는 두려움에 의자 밑으로 머리를 숨겼다. 그리고 사내는 재빠르게 홀 밖으로 사라져 버렸다. 밖에서 대기하고 있던 서너 명의 헌병이 총소리를 듣고 홀 안으로 뛰어 들어 왔을 때 요시무라는 이미 숨을 거둔 뒤였다.

기골이 장대한 군인이 다나카 만주헌병사령관 앞에 서 있었다. 다나카는 요시무라의 암살로 이글거리는 분노를 억제하며 말했다.
"다케다 대좌, 대일본제국의 헌병 중좌를 살해한 범인을 기필코 잡아야 한다. 지위 고하를 막론하고 의심이 가는 자는 모두 잡아들여 조사하라!"
"하이!"
다케다 대좌는 다나카 사령관으로부터 특명을 받고 봉천 헌병대 대장으로 임명되었다. 다케다 대좌를 태운 짚차가 뽀얀 먼지를 일으키며 봉천 헌병사령부 앞에 멈춰 섰다. 초소 앞에는 서너 명의 군인들이 착검을 한 채 보초를 서고 있었다. 그 중 한 명이 다케다 대좌를 태운 짚차 앞으로 다가와 거수경례를 하며 철책을 올려 주었다. 다케다는 지휘봉으로 초병의 몸을 쿡 찌르며 말했다.

"귀관의 복장이 흐트러졌다. 주의하라! 다음부터는 용서치 않겠다, 알겠는가?"

"하이!"

짚차가 현관 입구에 도착하자 다케다는 차에서 뛰어 내려 날쌘 걸음으로 안으로 들어갔다. 복도 맨 끝에 요시무라 대장이 사용하던 '대장실'이라는 팻말이 보였다. 다케다는 사무실로 들어서자마자 부관인 요시다 소좌를 불렀다. 그날 요시다 소좌는 봉천 헌병사령부의 대장으로 다케다 대좌가 부임한다는 것을 알고 있었다. 다케다 대좌는 일본 육군사관학교 삼년 선배여서 그의 성격에 대해 요시다는 누구보다도 잘 알고 있었다. 군인으로서 한 치의 오차도 없는 철저한 사람이었다. 요시다 소좌가 문을 열고 안으로 들어서서 우렁찬 목소리로 거수경례를 했다.

"요시다 소좌입니다."

"음, 귀관이 요시다 소좌인가?"

"네, 그렇습니다!"

"다나카 대장님으로부터 귀관에 대한 얘기를 들었다. 대일본제국의 충성스러운 군인이라고 대장님께서 칭찬이 자자하시던데……. 용맹해 보이는군. 그래 집안이 요시다 가문인가?"

"네, 그렇습니다."

"음, 나도 요시다 가문의 요시다 시게루 사마님을 존경하고 있지. 그동안 봉천에서 일어난 사건에 대해 하나도 빠짐없이 얘기해 보게."

요시다는 그동안 봉천에서 일어났던 사건들을 자세하게 보고했다. 다케다는 한 쪽 팔을 턱에 괴고 요시다의 얘기를 듣다가 가끔 웃기도 하고 고개를 끄덕거리기도 했다. 다케다는 쓸만한 헌병 몇을 추려 사복으로 갈아입게 한 후 요시다의 안내를 받으며 왕따우가 경영하는 야총회로 차를 몰았다. 다케다 대좌를 태운 차가 야총회 앞에 다다랐을 때 다케다는 요시다에게 말했다.

"자네는 차에서 내리지 말고 부대로 돌아가라."

"대장님, 이곳은 위험한 곳입니다. 이 요시다가 대장님을 보호하겠습니다."

다케다는 요시다의 말에 빙긋이 웃으며 요시다의 어깨를 가볍게 두드려주었다.

"요시다! 나는 지금 군인으로서 야총회를 방문하는 것이 아니다."

다케다 대좌는 요시다를 남겨둔 채 사복을 입은 부하들을 데리고 야총회 안으로 들어갔다. 야총회는 여느 날과 다름없이 도박꾼들이 도박에 심취해 붉게 충혈된 눈으로 주사위판을 주시하고 있었다. 다케다는 조용히 주사위가 돌아가는 모양을 예리하게 관찰했다. 도박꾼들이 주사위 숫자판에 돈을 걸기 시작했다. 다케다도 주머니에서 몇 장의 지폐를 꺼내 숫자판 위에 올려놓았다. 힘차게 돌아가던 주사위가 멈춰섰다. 도박꾼들은 자기가 건 숫자의 번호가 주사위에 드러난 번호와 일치하자 환호성을 지르며 기뻐했다. 어떤 사내는 거액을 배팅하고 돈을 잃어버리자 투덜거리며 자리를 떴다.

  다케다가 건 숫자가 주사위의 숫자와 일치했다. 딜러는 다케다에게 한 묶음의 돈을 건네주었다. 다케다는 다시 배팅을 했다. 이번에도 다케다가 건 숫자가 주사위의 숫자와 일치하자 딜러는 다케다를 매섭게 째려보며 다른 사람으로부터 딴 돈을 모두 다 다케다 쪽으로 밀어주었다. 딜러가 주위에 있던 도끼파의 조직원에게 눈짓으로 신호를 보냈다. 조직원이 딜러의 사인을 받고 다케다에게 다가서서 그의 어깨를 가볍게 두드렸다. 다케다가 부드러운 표정으로 사내를 바라보자 사내는 험상궂은 표정을 지으며 다케다에게 자리에서 일어나라고 했다. 다케다는 사내의 표정이 아무렇지도 않다는듯 다시 판 위로 돈을 걸었다. 주사위가 돌아가다 멈추어 섰다. 이번에도 다케다가 건 숫자가 일치했다. 손님들에게서 딴 돈보다 다케다에게 지불할 돈이 더 많게 되자 딜러의 얼굴이 창백해졌다. 딜러가 조직원의 얼굴을 쳐다보며 뭔가 조치를 취해주기를 바라고 있었다.

다케다가 얼굴을 찌푸리며 말했다.

"아가씨, 왜 돈을 주지 않지? 건 돈의 다섯 배를 줘야지."

"네, 손님의 말씀이 맞습니다. 잠시 기다리시면 지배인께서 돈을 지불하실 겁니다."

딜러는 재차 조직원의 얼굴을 쳐다보았다.

도박장에서는 돈을 잃고 밖으로 나갈 수는 있어도 따서는 나갈 수 없는 것이 그들만의 법칙이었다. 어떤 구실을 부쳐서라도 딴 돈을 모두 도박장에서 잃게 만들었다. 설령 돈을 따서 도박장 밖으로 가지고 나간다 해도 집에 도착하기 전에 테러를 당해 돈을 빼앗겨 버렸다. 대여섯 명의 건장한 사내들이 다케다를 에워싸고 의자에서 일제켜 세웠다. 그중 한 명이 다케다의 팔을 뒤로 꺾으려고 하는 순간 다케다의 주먹이 사내의 얼굴에 작렬했다. 전광석화 같은 빠른 몸짓이었다. 사내는 털썩 뒤로 나자빠졌다. 입에서는 붉은 피가 흘러내리고 있었다. 다케다 주위를 둘러쌓고 있던 조직원들이 일제히 다케다를 향해 덤벼들었다. 다케다는 사내들 사이를 날렵하게 넘나들며 발과 주먹으로 옆구리와 허벅지를 강타했다. 다케다의 주먹과 발이 사내들의 가슴과 옆구리 등에 꽂힐 때마다 사내들이 '윽' 하는 고통스러운 비명소리를 지르며 바닥에 쓰러졌다. 그야말로 눈 깜짝할 사이에 네다섯 명의 조직원이 홀 안에 널브러졌다. 다케다는 딜러에게 지배인을 부르라고 말했다. 딜러가 누군가를 향해 위기를 알리는 듯한 말을 했다.

홀에서 소란스러운 소리가 들리자 거실에서 왕따우와 차를 마시고 있던 백장미가 요염한 자세로 홀로 걸어 나왔다. 조직원들은 백장미를 보자 낯선 사내로부터 당한 모습이 쑥스러운지 고개를 숙였다. 백장미가 손을 들어 조직원들을 제지하며 다케다 앞으로 다가섰다.

"저희 애들이 실례를 많이 한 것 같군요. 손님에게 이런 폐를 끼쳐서 어쩌나? 어디 다치신 데는 없나요?"

백장미는 방금 전 벌어진 싸움에 대해 전혀 알지 못하고 있는 듯한 표정이었다.

"그래 무슨 일이냐? 왜 손님이 게임 도중에 화가 나시게 하느냐? 그게 다 너의 실수야!"

백장미는 딜러를 질책했다.

"게임 도중 무슨 불편한 일이 있으셨다면 저를 보고 용서하시죠. 다음부터는 불미스러운 일이 일어나지 않도록 주의를 주겠습니다. 어머! 대단하시네요. 오늘 게임에서 따신 금액이 많으신 것 같군요."

 백장미는 부지배인을 불러 다케다에게 지불할 돈을 가져오게 했다. 잠시 후 나이 어린 소녀가 쟁반 위에 한 뭉큼의 화폐를 얹어 가지고 백장미 앞으로 왔다. 딜러가 돈을 계산하여 지불하자 다케다는 백장미에게 가벼운 눈인사를 하고 자리에서 일어나 밖으로 걸어 나갔다. 그의 뒷모습을 바라보며 백장미는 입가에 싸늘한 미소를 머금은 채 혼잣말로 중얼거렸다.

 "봉천에서는 보기 드문 사내로군, 배짱도 있고 말야. 하지만 위험한 인물이야. 적이 아니었으면 좋겠군."

 무사히 부대로 돌아온 다케다 대장을 보고 좌불안석이던 요시다가 말했다.

 "대장님, 별일 없으셨습니까? 놈들이 도끼를 꺼내지는 않던가요?"

 "아니 무슨 도끼? 도끼는 커녕 이렇게 많은 돈을 따 가지고 왔지 않나."

 다케다는 주머니에서 돈다발을 꺼내 탁자 위에 올려놓았다. 수북이 쌓인 돈을 보고 요시다는 물론 다른 사병들도 놀라는 표정이었다.

"역시 듣던 대로 야총회의 백장미는 여우같은 계집이다. 그 년의 가랑이 사이에 대일본제국의 군인들이 머리를 처박으려고 싸움박질이니 놈들이 우리를 두려워하지 않는 것도 무리는 아니다. 그러나 이 다케다가 봉천에 있는 한 내 손아귀를 벗어날 순 없다. 나는 군인이다. 명예로운 군인! 군인이란 말이야!"

다케다는 비장한 각오로 탁자를 내리쳤다. 탁자 위에 놓여 있던 지폐 뭉치가 여기저기로 흐트러졌다. 요시다는 군인다운 선배를 대장으로 모시게 된 것을 흐뭇하게 생각했다.

다케다는 매일 홍진삼파를 비롯해 봉천에서 이름 께나 있는 조직이 관리하는 홀이나 도박장을 찾아 조직원들을 손보자 차츰 그의 별명이 저승사자로 불리게 되었다.

김 노인과 대물은 다케다에 대한 풍문을 하나도 놓치지 않고 듣고 있었다. 다케다가 대물을 잡기 위해 조직을 찾아다니며 일부러 싸움을 걸고 있다는 것을 김 노인은 이미 간파하고 있었다. 대물은 다케다와 한판 붙어보고 싶은 충동이 들어 김 노인에게 넌지시 의사를 내비치자 김 노인은 버럭 화를 냈다.

"대물이, 일전에 이봉창 군이 했던 말을 기억하지 못합메? 민족을 위해 기둥이 되라고 한 말 말입메. 지금은 자네가 나설 때가 아닙메."

김 노인은 차분한 어조로 대물을 설득했다. 대물은 끓어오르는 욕망을 가슴 속에서 잠재워야 했다.

이상대가 운영하는 카페는 조선 상인들이 조선과 중국을 넘나들며 자주 찾는 곳이었다. 이상대와 평양의 이화룡과 신의주의 정팔은 다음 날이면 헤어질 생각에 초저녁부터 술잔을 기울이고 있었다. 술이 거나하게 들어가자 상대가 화룡을 향해 말했다.

"형님, 형님은 술도 안 하시고 기럼 뭐를 좋아하십니까? 계집을 좋아하십니까? 기릿타면 이 봉천에 예쁜 계집들이 만타우요."

상대는 술이 취해 화룡 앞에서 객담을 늘어놓기 시작했다. 홀 안에는 몇몇 조선 상인들이 술을 마시고 있었다. 이때 조용히 문을 열고 대여섯 명의 건장한 사내들이 홀 안으로 들어왔다. 그들은 술을 주문하고 주위를 둘러봤다. 상대는 처음 보는 사람들이라 취중에도 날카로운 실눈으로 그들의 행동을 주시했다. 예사롭지 않은 놈들이라는 것을 감지했다.

조선 상인들은 술을 마시며 봉천에서 근간에 일어난 사건에 대해 열변을 토하고 있었다. 한 사내가 요시무라의 죽음은 중국인이나 조선인 모두에게 통쾌한 일이라고 말하며 술잔을 연거푸 비웠다. 그의 말이 끝나기도 전에 옆에 있던 한 사내가 조선인들이 앉은 테이블로 다가와 조금 전 요시무라의 죽음은 당연한 것이라고 말했던 조선 상인의 멱살을 잡고 자리에서 끌어냈다. 조선 상인은 힘 한번 제대로 못 쓰고 끌려나왔다.

"빠가야로! 감히 조센징이 대일본제국의 군인을 욕해?"

사내는 멱살을 쥔 손으로 다리를 걸어 상인을 메다 꽂았다. 그리고 쓰러진 상인에게 발길질을 해댔다. 함께 술을 마시고 있던 상인들이 겁에 질린 표정으로 슬금슬금 자리를 피하며 상대와 화룡을 쳐다봤다. 그들의 얼굴은 도움의 손길을 간절히 바라고 있었다. 상대가 자리에서 벌떡 일어나 사내 앞으로 다가섰다.

"여기서는 싸움을 할 수 없으니 그만 나가는 게 좋겠소. 그리고 사람을 이렇게 팼으면 치료라도 해줘야 되지 않겠소?"

사내는 상대를 향해 얼굴을 찌푸렸다.

"고노야로! 너도 조센징이라 편을 든단 말이지!"

사내는 상대의 멱살을 잡으려고 손을 내밀었다. 조선과 중국에서 산전수전 다겪은 싸움꾼인 상대가 놈에게 멱살을 잡힐 리가 없었다. 상대는 손을 뻗는 사내 앞으로 다가서며 재빠른 동작으로 그에 얼굴을 들어 받았다. 사내가 홀 바닥에 쓰러졌다. 옆에 있던 일행이 의자를 박차고 일어나려고 하자 다케다 대좌는 오른손을 들어 그들을 향해 자리에 앉으라는 지시를 했다. 그들은 다케다의 얼굴을 바라보며 의아한 표정을 지으며 자리에 앉았다.

다케다가 서서히 자리에서 일어나 상대 앞으로 다가서며 말했다.

"조센징인가? 조센징치고는 싸움을 잘하는구나."

다케다의 걸음걸이에는 조그만 빈틈도 보이지 않았다. 이 광경을 지켜보고 있던 화룡이 급히 상대를 불러 세웠다.

"이보라우 상대! 넘자는 지금 취했어! 내래 나설 테니까니 넘자는 그만 쉬라우! 내말 알갔서?"

상대는 평양 제일의 싸움꾼인 화룡 형님의 말을 거역할 수가 없었다. 상대가 자리에 앉자 화룡이 의자에서 일어나 다케다 앞으로 다가섰다.

"여기는 자리가 비좁으니 바깥에서 붙는 것이 어떻겠나?"

다케다가 화룡에게 제안했다. 화룡도 내심 바라는 바였다. 화룡이 고개를 끄덕이자 다케다가 문 밖으로 성큼성큼 걸어 나갔다. 화룡은 주머니에서 가죽 장갑을 꺼내 손에 끼고 다케다의 뒤를 따라 나섰다. 길거리를 오가던 행인들이 두 사람을 번갈아 쳐다보며 그들의 행동을 주시했다.

화룡이 유창한 일본어로 다케다에게 말했다.

"우리 둘 중에 누군가 심하게 다쳐도 책임을 묻지 않는 것이 어떻겠나? 자네도 사내답게 보이니 싸움에 지면 비겁하게 왜놈 헌병 따위는 부르지 않겠지?"

다케다는 화룡의 말에 호탕하게 웃었다.

"좋다! 네놈의 말대로 둘 중에 한사람이 죽는다 해도 책임을 묻지 않기로 하자."

다케다는 옆에 있는 사복 헌병을 바라보며 웃음을 지어 보였다. 다케다는 전 일본 공수도 대회의 우승자였고, 화룡은 어려서부터 대동강과 모란봉을 오르내리며 갈고 닦은 평양 제일의 싸움꾼이었다. 다케다가 서서히 화룡에게 다가서며 오른발로 찰 기세를 보이자, 화룡은 이미 그가 공수도 유단자임을 간파하고 다케다의 왼쪽으로 돌던 방향을 바꾸어 갑자기 오른쪽으로 돌기 시작했다. 순간 다케다는 당황했다. 오른발로 화룡의 명치를 겨냥해 발을 날리려는 차에 화룡이 오른쪽으로 바꿔 돌자 발차기를 하지 못하고 다시 화룡의 몸이 돌아가는 방향을 따라 돌기 시작했다. 화룡은 놈이 오른발잡이임을 간파한 것이다. 오른발잡이들의 허점은 왼쪽으로 도는 척 하다가 상대방이 공격해 오는 순간 오른쪽으로 날쌔게 몸을 틀며 다리 바깥 부분을 파고들어 얼굴을 공격하는 것이었다. 그러면 한 쪽 발이 들린 상태라 얼굴을 방어하기가 어려웠다.

평양 제일의 싸움꾼이라는 이름이 하루 이틀에 만들어진 것이 아니었다. 다케다는 오른쪽으로 돌다가 화룡을 향해 필살의 일발을 날렸다. 다케다의 발이 화룡의 몸통을 향해 날아들었다. 화룡은 오른쪽으로 살짝 몸을 틀어 다케다의 가슴팍 안으로 파고들었다. 그러면서 동시에 다케다의 얼굴을 향해 주먹을 날렸다. '퍽' 하는 둔탁한 소리와 함께 다케다의 비명소리가 들렸다. 코가 터져 피가 흘러내렸다. 주위에 있던 사복 헌병들이 놀라서 피투성이가 된 다케다의 얼굴을 쳐다봤다. 다케다는 두 눈의 초점을 잃고 다리가 풀려 비틀거렸다. 금방이라도 주저앉을 것만 같았다. 화룡이 다케다에게 재차 일격을 가하기 위해 앞으로 접근하자 옆에 있던 사복 헌병이 총을 꺼내 화룡을 향해 겨누었다.

"멈춰라! 네놈이 감히 저분이 누구인줄 알고 주먹질이냐?"

사복 헌병들은 총으로 위협하며 상대와 화룡에게 수갑을 채웠다. 다케다는 부하들에게 무슨 말인가 하려고 했으나 콧등에서 피가 계속 흘러내리는 바람에 말이 입 밖으로 잘 나오지 않았다. 뒤늦게 헌병을 잔뜩 실은 트럭이 사이렌을 울리며 카페 앞으로 달려왔다.

상대와 화룡과 정팔은 조선 상인들과 함께 헌병대로 연행되어 유치장에 갇히는 신세가 되었다. 헌병이 화룡을 끌고 취조실 지하 계단을 내려가며 말했다.

"네놈이 일전에 우리 헌병을 이마로 받은 놈이구나! 잘 걸렸다!

오늘은 네놈의 제삿날이 될 거다."

 화룡은 봉천에서 일어난 헌병 구타 사건의 덤터기를 쓰게 될지도 모른다는 생각이 뇌리를 스쳤다. 그렇게 되면 죽음을 면하기가 어려웠다. 지하실에 이르자 취조실 안으로 화룡을 밀어 넣었다. 방 안에는 갖가지 고문 도구들이 즐비했다. 한 쪽 구석에는 전기선이 연결된 의자가 보였다. 분위기가 으스스했다. 화룡은 자신도 모르게 몸서리가 쳐졌다. 몸집이 큰 헌병이 화룡을 의자에 앉히고 굵은 포승줄로 화룡의 몸과 팔을 의자에 묶었다. 화룡은 몸을 움직여 봤으나 꿈쩍할 수가 없었다.

 헌병은 굵은 가죽 채찍을 집어 들고 옆에 있던 물통에 채찍을 푹 담그며 화룡을 흘낏 쳐다보았다. 화룡은 놈이 무슨 짓거리를 하려고 하는지 알고 있었다. 채찍을 꺼내 든 헌병이 화룡을 향해 씩 웃고는 힘차게 내리쳤다. 화룡은 물에 적신 가죽 채찍의 고통이 얼마나 심한지를 일찍이 평양 경찰서 고등계 형사로부터 경험해 봐서 잘 알고 있었다. 채찍이 '짝' 소리를 내며 가슴팍을 쳤다. 가슴이 찢어질 듯 아팠지만 화룡은 이를 악물고 참았다. 그러기를 여러 차례. 얼마를 맞았을까. 오히려 때리는 놈이 지쳤는지 숨을 씩씩거리며 채찍을 옆으로 내던졌다.

 "조센징치고는 지독한 놈이구나! 신음 소리 하나 내지 않다니……."

화룡은 의식이 희미해져가는 가운데에서도 놈을 향해 말했다.

"일본의 사무라이 정신은 살아 있다고 하는데, 아까 네놈의 상관인가 하는 놈이 싸우기 전에 한 약속을 너는 모르고 있었구나!"

화룡은 가물가물 한 의식 속에서도 싸우기 전에 다케다와 한 약속을 놈에게 말해 주었다. 화룡의 말을 들은 헌병이 문을 열고 어디론가 사라졌다. 다른 헌병이 화룡의 얼굴에 물을 한 양동이 퍼부었다. 화룡의 정신이 번쩍 들었다. 화룡이 의식을 차리고 헌병의 눈을 쏘아봤다. 그 눈빛은 마치 자식을 잃은 어미 호랑이가 포수를 바라보는 증오의 눈빛 같았다. 헌병이 채찍을 들어 때리려고 하다가 주춤했다. 이때 구둣발 소리가 들리며 요시다 소좌가 취조실로 들어왔다. 요시다 소좌가 물에 흠뻑 젖은 화룡을 지그시 쳐다봤다.

"네놈이 우리 다케다 대장님의 콧등을 뭉개버린 놈이냐? 조센징치고는 배포가 센 놈이구나. 그래, 다케다 대장님이 네놈에게 무슨 약속을 했다는 거냐?"

화룡은 싸움을 하게 된 동기와 싸우기 전 다케다와 했던 약속을 요시다 소좌에게 말해 주었다. 요시다는 화룡의 말을 다 듣고 난 후 옆에 있던 헌병에게 더 이상 때리지 말라는 명령을 남기고 나갔다. 헌병은 요시다 소좌의 명령이 이상하다는 듯이 고개를 갸웃거리며 채찍을 바닥에 팽개쳤다.

화룡은 온몸이 쿡쿡 쑤셔대는 고통을 어금니를 깨물며 참고 있었다. 약한 모습을 왜놈들에게 보이고 싶지 않았다. 얼마간의 시간이 흐르자 여러 사람들이 방으로 들어와서 화룡의 얼굴을 찬찬히 뜯어봤다. 요시다가 그 중 한 사람에게 물었다.

"잘 봐라, 이놈이 그때 너를 이마로 들이받은 놈이 아닌가?"

사내는 고개를 가로 저었다. 요시다는 고개를 갸웃거리며 사내를 데리고 나갔다.

식사라며 갖다 주는 음식이 개밥보다도 못했다. 얼마나 지저분했던지 밥통에 파리들이 다닥다닥 달라붙어 있었다. 헌병이 화룡 앞에 밥통을 던져주고 개처럼 먹으라는 시늉을 했다. 화룡은 굶어 죽는 한이 있더라도 밥을 먹지 않겠다고 결심했다. 얼마 쯤 지나 화룡이 깜박 잠이 들었는데 잠결에 다시 요란한 구둣발 소리가 들렸다. 취조실 문이 벌컥 열렸다. 이번에는 코에 반창고를 붙인 다케다 대좌와 요시다 소좌가 함께 들어왔다. 화룡이 눈을 뜨고 다케다를 경멸하듯이 쳐다보았다.

"나는 네가 일본의 헌병 대좌인지 몰랐다. 설사, 헌병 대좌라도 우리는 사나이로서 싸우기 전에 약속을 했다. 그런데 너는 그 약속을 어겼다. 나는 너에게서 사무라이 정신을 보았는데 이제 보니 사무라이의 시종보다도 못하다는 생각이 드는구나. 더구나 일본제국의 헌병 대좌가 말이야. 하하하!"

다케다는 입을 굳게 다문 채 화룡의 말을 끝까지 듣고 있었다. 지금껏 다케다는 어느 누구한테도 이렇게 치욕스러운 말을 들어 본 적이 없었다. 그런데 오늘 이 조선 사내에게서 그런 말을 들어야 했다.

옆에 있던 헌병이 화룡을 때리려고 채찍을 집어 들었다.

"멈춰라! 너는 밖에서 대기하라!"

다케다가 소리치자 헌병은 깜짝 놀라서 문 밖으로 나가버렸다.

"요시다 소좌, 저 자의 몸을 풀어 줘라!"

"하이!"

요시다는 다케다의 마음을 읽었는지 신속하게 화룡의 포박을 풀어주었다. 화룡이 의아한 표정으로 다케다를 바라보자 그는 화룡을 향하여 고개를 숙였다.

"미안하다! 나의 부주의로 자네와 한 약속을 지키지 못한 점을 부끄럽게 생각한다. 어제는 내가 자네에게 졌다. 그리고 부하들이 저지른 잘못을 대신하여 사과한다!"

다케다는 거듭 화룡을 향해 고개숙여 사과를 했다. 그리고 나서 반박하듯 차분하게 말했다.

"조금 전 자네가 일본의 사무라이를 욕보이는 말을 했다. 그것은 자네가 일본의 사무라이 정신을 제대로 알지 못하기 때문에 한 말이다. 내가 자네에게 진심으로 용서를 비는 것이 사무라이 정신이다."

화룡도 고개를 끄덕였다.

"당신이야 말로 진정한 일본의 사무라이다! 나의 좁은 소견을 용서하시오."

다케다는 화룡에게 다가와 부축했다. 옆에 있던 요시다 소좌는 비록 나라는 다를지라도 두 사람이 지닌 사나이다움에 감탄했다.

그 일로 다케다와 화룡은 친분을 맺게 되었고 며칠 후 상대도 헌병대에서 풀려나게 되었다. 이 사건은 봉천은 물론이거니와 조선인들이 거주하는 곳에서는 오랫동안 화젯거리가 되곤 했다.

4
대물의 봉천 탈출

대물은 다케다가 화룡에게 당했던 일을 통쾌하게 생각하고 있었지만 김 노인의 생각은 달랐다.

"대물이, 조선인 한 사람이 왜놈 한 놈과 싸워 이겼다고 해서 왜놈들 전체를 이겼다는 헛된 망상을 가져서는 절대 안 됨메. 그리고 화룡이처럼 신분이 드러났을 때는 그 만큼 행동반경도 좁아진다는 것을 알아야 함메. 아직 우리는 해야 할 일이 많습메. 자네의 신분이 노출될 수 있는 경거망동은 앞으로 철저하게 삼가야 됨메. 더 큰 세상을 바라보며 그 날이 올 때까지 말입메."

대물은 김 노인의 말을 깊이 이해할 수는 없었지만, 그가 관리하고 있는 조직이 예사롭지 않다는 것만은 짐작할 수 있었다.

일본은 만주침략을 시작으로 북경과 봉천, 대련을 거쳐 중국 전지역을 파죽지세로 밀고 들어갔다. 중국군은 남경을 교두보로 삼아 일본군과 치열한 전투를 벌이고 있었다. 남경 인근의 농민 의병대가 일본군을 배후에서 교란해 남경전투에서는 일본군이 대패했다. 거기다가 마적패와 비적의 습격으로 일본군의 수송 물자가 탈취당하는 일이 빈번해졌다. 일본군은 계획대로 일이 풀리지 않자 한층 더 포악해졌다. 농민이나 수공업자같은 일반 백성들에게조차 항일의 책임을 물어 총검을 휘두르며 살상을 일삼았다.

이른 아침 병원을 찾아 온 사내와 김 노인은 머리를 맞대고 긴요한 대화를 나누고 있었다. 사내 옆에는 중국 전통 복장인 치파오를 입고 있는 젊은 여자가 그들이 나누는 얘기를 귀담아 들으면서 연신 고개를 끄덕이고 있었다. 대물이 김 노인의 방 가까이로 다가서자 여자가 입술에 손을 얹으며 대화를 중지시켰다. 여인의 동작은 절도있고 매우 민첩했다. 대물이 방문을 노크했다. 김 노인이 헛기침을 하며 안으로 들어오라고 했다. 대물은 평소와 다름없이 방안으로 들어섰다. 사내와 여자는 대물을 날카롭게 쏘아보았다. 김 노인이 대물을 소개하자 그제야 긴장을 풀며 대물의 손을 잡고 반가워했다. 여자가 조금 전 자기의 행동이 어색했던지 쑥스러워 하며 대물에게 공손하게 인사를 했다. 김 노인이 심각한 표정을 지으며 말했다.

"대물이, 이 사람들은 나의 절친한 중국 식구들임메. 저들에게 자네를 내 아들이라고 소개했습메. 이제부터는 내게서 떠나 저들에게 좋은 가르침을 받는 것이 먼 훗날 자네를 위해서나 조선을 위해서도 큰 도움이 될 것이라 믿습메."

김 노인의 말에는 거역할 수 없는 힘이 실려 있었다.

"제가 지금 떠난다면 언제 영감님을 다시 뵐 수 있습메?"

"대물이, 민족이 자네를 필요로 하는 사람이 되었을 때 만날 수 있갔지비."

"민족이 필요로 하는 사람은 어떤 사람입메?"

"그건 저 사람들을 따라가 좋은 가르침을 받고 난 뒤에 스스로 알게 될 것입메."

김 노인은 말을 끊고 식구들에게 일행을 배웅할 준비를 하라고 일렀다. 문 밖에는 이미 그들이 가지고 떠날 여러 가지 물건이 담긴 가방들이 놓여 있었다. 대물이 방으로 돌아가 짐을 꾸려 가지고 오겠다고 말하자 김 노인은 대물을 향해 빙그레 웃었다.

"이들을 따라가면 개인짐 같은 것은 쓸모가 없다네."

말이 끝나자 일행은 가방을 들고 대문 밖으로 걸어 나갔다. 이미 문 앞에는 검정색 승용차 한대가 시동을 건 채 대기하고 있었다. 대물이 이별을 아쉬워하자 김 노인은 조용한 미소를 머금고 대물을 쳐다보았다. 대물의 눈에는 작은 눈물방울이 맺혀 있었다. 대물과 일행이 차에 오르자 차가 요란한 소리를 내며 출발했다. 김 노인은 대물이 탄 차가 시야 밖으로 사라지고 나서도 한동안이나 바라보며 서있었다. 아직은 너에게 나를 알릴 때가 되지 않았습메.

대물을 태운 승용차는 황량한 중국 대륙을 힘차게 달려갔다. 얼마나 달렸을까. 어른 키만큼이나 크게 자라 누렇게 익은 수수밭이 창 밖으로 보일 뿐 아무 것도 눈에 띄지 않았다. 수수밭이 끝나자 눈 앞에 작은 마을이 나타났다. 차는 마을로 들어가 홍등이 주렁주렁 매달려 있는 자그만 음식점 앞에 멈춰섰다. 일행이 차에서 내리자 운전사는 오던 길로 곧장 되돌아갔다. 일행은 음식점 안으로 들어갔다. 안에 있던 몇몇 사람들이 반가운 표정을 지으며 그들을 맞이했다. 전부터 알고 있는 듯했다. 중년의 사내가 그들 앞으로 다가오며 빠른 중국어로 무슨 말인가를 했으나 대물은 알아들을 수가 없었다. 잠시 후 여종업원이 접시 위에 수북이 담은 음식을 가지고 나와 일행이 있는 탁자 위에 내려놓았다. 음식에서는 뜨거운 김이 모락모락 피어올랐다. 식사가 끝나자 여자가 대물을 향해 손짓으로 문 입구 쪽을 가리켰다. 밖으로 나가자는 싸인 같았다. 대물이 그녀의 뒤를 따라 밖으로 나오자 말 두 필이 끄는 마차가 그들을 기다리고 있었다.

　마차 위에는 털모자를 쓴 사내가 앉아 있었다. 사내는 여자를 향해 정중하게 인사를 했다. 대물은 마차 안으로 들어가 여자와 마주보고 앉았다. 마차가 서서히 움직이기 시작했다. 차츰 속도가 빨라지자 안에 타고 있던 일행의 몸도 마차의 움직임에 따라 흔들렸다. 마차 속도가 승용차 못지않게 빨라지자 덜컹거리는 바퀴의 소음이 심하게 들려왔다. 대물을 바라보는 여자의 눈길은 전혀 동요됨이 없어 차가움마저 느껴졌다. 마차가 험한 길로 접어들었는지 더욱 요동이 심해졌다. 마차 안에서는 바깥을 볼 수 없도록 차단되어 지금 어디를 달리고 있는지 알 수는 없지만 험한 산악지대를 달리고 있는 것만은 틀림없었다. 몇 시간을 달려 목적지에 도착했다. 첩첩산중에 나무로 지어진 큰 막사가 대여섯 채 보였다. 막사의 울타리는 높은 나무로 막아 여간한 외부의 침입은 막을 수 있게 설치되었다. 입구에는 높은 망루를 설치해 먼 곳까지 감시할 수 있도록 되어 있었다. 아주 잘 갖추어진 요새같은 느낌이 들었다. 대물은 대기하고 있던 사람을 따라 막사 안으로 들어갔다. 막사 안은 밖에서 보기보단 꽤 넓었다. 벽에는 큰 초상화가 걸려 있는데 누군지는 모르겠지만 그 모습이 인자해 보였다.

대물을 막사 안으로 데리고 들어간 사내가 안에 있던 중년 사내를 향해 힘찬 거수경례를 하자 사내는 빠른 동작으로 손을 들었다가 내렸다. 대물은 그들의 움직임을 하나도 놓치지 않으려고 애썼다. 도대체 저들은 무엇을 하는 사람들인가? 김 노인이 왜 나를 이런 곳으로 보냈을까? 도무지 알 수가 없었다. 중년의 사내가 손을 내밀자 대물은 어정쩡한 표정으로 그의 손을 잡았다. 사내의 힘이 묵직하게 느껴졌다. 사내가 옆에 있는 여자에게 무슨 말인가를 하자 얘기를 다 듣고 난 여자가 조선말로 대물에게 그의 말을 전했다.

이곳은 규율이 엄하기 때문에 그 규율을 따르지 않으면 죽을 수도 있으며, 일정 기간의 훈련을 마치지 않고서는 이곳을 나갈 수 없다고 했다. 그리고 명령에 불복종하면 죽음만이 기다릴 뿐이라고도 말했다. 아니, 저 여자가 조선말을 하다니! 그럼 지금까지 왜 나한테는 한마디도 하지 않았지? 대물은 여자의 정체가 궁금해졌다. 그녀의 얼굴을 빤히 쳐다보며 말했다.

"아니, 내래 당신들에게 좋은 가르침을 받기 위해 이곳까지 따라 왔습메. 그런데 이렇게 강압적이라면 내래 가르침을 받지 않고 돌아가갔서!"

대물의 말을 전하는 순간 사내의 표정이 일그러지며 큰 소리로 뭐라고 말을 했다. 그러자 옆에 있던 부하들이 곧바로 대물에게로 달려들어 마룻바닥에 꿇어앉히고 굵은 동아줄로 몸을 묶었다. 대물이 발버둥 치며 소리를 지르자 사내들이 우르르 달려들어 옆에 있던 몽둥이를 집어들어 사정없이 팼다. 사내들의 힘이 어찌나 좋은지 고통이 심했다. 대물은 한동안 그들이 때리는 매를 고스란히 맞아야 했다. 옆에 있는 여자는 눈하나 깜짝 하지 않고 대물을 바라보고 있었다. 대물은 정신이 몽롱해져 의식을 잃었다.

누군가 찬물을 끼얹자 대물은 차가운 냉기에 눈을 떴다. 사내가 부하들과 함께 대물을 물끄러미 쳐다보고 있었다. 사내가 또 한 번 여자에게 말을 하자 그녀는 매를 맞고 쓰러져 있는 대물을 안쓰러운 표정으로 바라보며 말을 전했다.

"대물씨!"

처음으로 자기의 이름을 부르는 소리에 대물은 그녀의 작은 입을 바라봤다. 입이 오물거리며 말이 흘러나왔다.

"또다시 대장이 지시하는 명령에 따르지 않는다면 오늘밤 저 막사 밖에 당신을 묶어두겠다고 했어요. 이곳은 사나운 짐승들이 많은 곳이라 한 시각만 밖에 있어도 짐승들의 밥이 되고 말아요."

대물은 그녀의 섬뜩한 말에 등골이 오싹해졌다. 그러나 평소 장터에서 온갖 잡놈들과 부딪치며 살아온 탓에 오기와 고집이 매우 강한 편이었다. 이제 와서 항복할 수는 없었다.

"나는 내가 싫은 일은 하지 않는 사람입메. 당신들이 무엇을 하는 사람들인지도 모르는데 어떻게 이곳에서 좋은 가르침을 받을 수 있갔서? 나를 돌려보내 달라고 전해주기요."

그녀가 대물의 말을 그대로 전하자 사내는 벌컥 화를 내며 부하들에게 대물을 밖으로 끌어내 맹수의 밥이 되게 하라고 지시했다. 부하들은 대물을 울타리 밖으로 끌고나가 나무 기둥에 묶었다.

곧 어둠이 내리기 시작했다. 겹겹이 산으로 둘러싸인 깊은 산속의 밤은 칠흑같이 어두워 한 치 앞도 보이지 않았다. 사람 냄새를 맡은 산짐승이 하나 둘 모여들기 시작했다. 산짐승들이 어둠 속에서 파란 안광을 내뿜으며 대물의 주위를 맴돌았다. 대물은 산짐승이 사람의 생명 정도는 쉽게 해칠 수 있다는 것을 경험한 적이 있어 뒤로 묶인 몸과 손을 풀려고 안간힘을 써가며 몸을 움직여 보았다. 워낙 단단히 묶여서 옴짝달싹할 수가 없었다.

몇 마리의 짐승들이 대물의 주위를 맴돌며 공격하기 시작했다. 짐승들이 사납게 달려들었다. 대물은 덤벼드는 짐승들에게 발길질을 해가며 있는 힘을 다해 고함을 질렀다. 짐승들이 짖어대는 소리보다 대물이 포효하는 소리가 훨씬 더 컸다. 짐승들은 때로는 자기보다 더 큰소리를 내는 동물에게는 위축감을 갖는다는 말을 언뜻 들어본 적이 있는 것 같았다. 대물의 고함소리에 달려들던 짐승이 멈칫하는 것 같았다. 대물은 팔에 힘을 주어 밧줄을 힘껏 잡아당겼다. 굵은 오랏줄이 '우두둑' 소리를 내며 끊겨져 나갔다. 대물은 몸을 움츠리며 두 손을 더듬어 돌을 집어 들었다. 한 마리가 대물의 다리를 물었다. 날카로운 이빨이 대물의 살갗을 파고들었다. 대물은 다리를 물고 있는 짐승의 머리를 돌로 힘껏 내리쳤다. '깨갱'하는 신음소리를 내며 대물의 몸에서 떨어져 나갔다. 또 한 마리가 달려들어 대물의 팔을 물고 늘어졌다. 이번에도 대물은 돌로 힘껏 놈의 머리를 내리쳤다. 오직 이 순간 살아남기 위해 싸웠다. 셀 수도 없이 달려드는 짐승들과의 싸움은 그야말로 목숨을 건 사투였다. 칠흑같이 어두운 밤에 살기 위한 대물과 먹이를 잡기 위한 짐승들의 싸움은 한 치의 양보도 없었다. 얼마동안 싸웠는지 짐승들의 공격이 뜸해졌다. 그러나 긴장을 풀 수는 없었다. 약육강식의 법칙대로라면 먼저 힘이 빠지는 쪽이 지는 것이었다.

 막사 쪽에서 누군가가 대물이 있는 쪽으로 다가와 횃불을 비추는 순간 '으악' 하는 여자의 비명소리가 깊은 산을 타고 메아리쳤다. 대물은 피투성이가 되어 있었고, 그 주위에는 몇 마리인지 알 수 없는 짐승들이 죽어 널브러져 있었다. 대물의 눈에서는 짐승에서 나는 파란 광채가 번뜩거렸다. 막사 쪽에서 여러 사람이 횃불을 들고 달려오는 모습이 대물의 눈에 희미하게 보였다.

 그 날 이후 대물은 몇날 며칠을 의식을 잃은 채 누워 있었다. 온몸을 붕대로 칭칭 감아 움직일 수조차 없었다. 옆에 있던 여자가 대물이 의식이 돌아오자 깜짝 놀라며 대물의 눈을 쳐다보았다. 그녀의 눈에는 눈물이 고여 있었다.

 "어머 살아 나셨군요! 정말 죽은 줄만 알았어요. 모든 게 다 제 잘못이에요."

 그녀는 울먹였다. 눈물이 볼을 타고 흘러 내렸다. 대물은 아무 말도 할 수가 없어 물끄러미 그녀의 얼굴을 바라볼 뿐이었다. 잠시 후 대물이 살아났다는 말을 듣고 한 무리의 사람들이 방 안으로 들어왔다. 대물을 처음 막사 밖에 묶으라고 명령했던 사내도 보였다. 대물은 의식이 뚜렷치 않은 가운데에서도 그 사내를 증오의 눈빛으로 쳐다보았다. 사내는 자기의 명령이 잘못된 것이라고 생각하지 않는 듯 옆에 있는 여자의 이름을 불렀다.

"쉬후웨이, 그래 지금 이 자의 건강은 어떠냐? 언제 쯤이면 완치될 수 있겠니? 이번에는 운이 좋아 살아 난 것이다."

"이 사람이 정상적인 몸으로 돌아오려면 서너 달은 걸리듯 해요."

"뭐, 서너 달씩이나. 지금이 어떤 시기인데 서너 달씩이나 자리에 누워 허송세월을 보내게 한단 말이냐."

사내는 쉬후웨이를 향해 큰 소리로 꾸짖듯 말했다. 누워서 그들이 나누는 대화를 듣고 있던 대물은 몸만 성하다면 이마로 한방 받아버리고 싶었다.

"저자에게 한낱 미물인 짐승과 싸워 이겼다는 자만심을 가지지 않도록 네가 잘 교육시켜라."

사내는 짐승에게 갈기갈기 찢겨 상처투성이로 누워 있는 대물에게 매몰찬 말을 남기고 밖으로 사라졌다. 부하들 역시 어느 누구도 동정 따위는 하지 않았다. 대물은 오기가 솟구쳤다. 그래 하루 빨리 몸을 완치해 한 방에 날려버리자. 꼭 그렇게 하겠다고 생각했다.

쉬후웨이의 정성 어린 치료는 점차 대물의 얼어붙은 마음을 녹여줬다. 쉬후웨이가 달인 약으로 온몸에 칭칭 감은 붕대를 풀고 몸을 치료할 때마다 대물의 가슴 속에서는 그녀를 향한 연정의 싹이 돋아나고 있었다. 대물이 근육으로 다져진 강인한 몸이었기에 망정이지 다른 사람 같았으면 벌써 죽었을 것이라고 쉬후웨이는 생각했다. 도대체 이 사람의 정체는 무엇일까! 왜 김 노인이 많은 군자금까지 줘가면서 이 사람에게 혹독한 훈련을 시키려 드는 것일까? 쉬후웨이는 누워 있는 대물을 바라보며 이런 저런 상상을 해보았다. 쉬후웨이의 정성어린 치료 덕분에 대물은 한 달 만에 붕대를 풀고 자리에서 일어날 수 있었다. 아직까지 완치가 안 된 탓인지 온몸이 욱신욱신 쑤셔왔다. 쉬후웨이는 대물이 병석에서 일어나 앉은 것을 보고 기뻐하며 말했다.

"어머, 대물씨! 아직은 몸을 움직여서는 안 돼요! 오늘 내일 사이에 따거가 약을 가지고 오실 거예요. 지금 몸을 움직이면 짐승에게 물린 상처가 악화돼 독이 몸으로 퍼질 수도 있거든요."

쉬후웨이는 일어서려는 대물의 어깨를 눌러 앉혔다. 쉬후웨이의 몸에서 아름다운 여인의 향기가 풍겼다. 대장이 돌아왔는지 막사 밖에서 시끄러운 소리가 들려왔다. 잠시 후 대장이 대물의 방으로 들어와 비스듬히 앉아 있는 그의 모습을 보고 쉬후웨이를 향해 말했다.

"그래, 이 자의 몸은 좀 어떠하냐? 여기 페니실린과 의약품을 좀 가지고 왔으니 완치되도록 치료를 잘 해주려무나. 짐승에게 물리면 그 후유증도 오래 간다더구나."

쉬후웨이는 사내가 건네주는 의약품을 받았다.

"따거! 고마워요. 이 약이면 충분히 완쾌될 수 있어요."

쉬후웨이는 기쁜 표정으로 사내가 건네주는 약을 받아들고 주사를 놓을 준비를 하고 있었다. 사내는 쉬후웨이의 양부였고, 이곳의 대장이었으며, 장학량의 부하라는 것을 먼 훗날에야 알았다. 페니실린을 맞은 탓인지 대물의 몸은 하루가 다르게 회복되어 갔다. 이제는 치료를 받지 않아도 될 정도로 몸을 자유롭게 움직일 수 있었다. 쉬후웨이의 정성스런 치료 덕택에 몸은 쾌차되었지만 앞으로의 일이 더욱 더 큰 문제였다. 어떻게 이곳을 빠져나간단 말인가? 대물은 이곳에서 도망치다가 걸려들었을 때에는 대장의 성격으로 보아 살아남기 어렵다는 생각이 들었다.

대물은 아침 새소리에 잠이 깨어 방문을 열고 밖을 내다보았다. 이른 아침부터 연병장에는 군복 차림에 배낭을 짊어진 사람들이 연단 위에 서 있는 대장으로부터 무슨 명령을 받는 듯했다. 대장은 그들을 향해 연신 지휘봉을 흔들며 격렬한 지시를 하는 것 같았다. 그 일행 중에 쉬후웨이의 모습도 보였다. 군용 모자를 푹 눌러쓴 쉬후웨이는 그들과 같은 복장을 하고 있었다. 등에 짊어진 배낭이 축 늘어져 측은하게 보였다. '아니! 저 여자는 쉬후웨이 아닙메! 도대체 왜? 군복을 입고 배낭을 짊어지고 있단 말입메……'.

대물은 그들의 행동이 궁금해서 조바심이 났다. 수개월동안 쉬후웨이의 치료를 받으며 그녀에 대한 고마움을 가지고 있던 대물이었다. 그녀가 자기를 어떻게 생각하든 그건 중요하지 않았다. 대물이 밖으로 걸어나가 그들을 바라보자, 연병장에 모여 있던 대원들의 시선이 일제히 대물 쪽으로 향했다. 그들의 얼굴에는 비장감마저 감돌았다. 대원 중에는 쉬후웨이를 비롯한 십여 명의 여자들이 남자들과 함께 섞여 있었고, 그들의 눈빛에서 자신에 대한 적의가 느껴졌다. 대물은 순간 자신의 몰골이 초라하다는 느낌이 들어 그들의 시선을 애써 피해 버렸다. 쉬후웨이는 단 한 번도 대물에게 눈길을 주지 않고 울타리 밖으로 사라졌다.

십여 일이 지나자 대 여섯 명의 대원이 초죽음이 된 모습으로 막사 안으로 들어오고 있었다. 그들의 몰골은 비참할 정도로 남루했고 갈기갈기 찢긴 군복 사이로 상처투성이의 피부가 드러나 보였다. 짐승에게 물렸는지 발을 절뚝거리는 사람도 있었다. 그러나 쉬후웨이의 모습은 보이지 않았다.

대물이 쉬후웨이에 대한 걱정으로 막사 안의 이곳저곳을 기웃거리며 방금 전 막사 안으로 들어간 일행들을 찾아보았으나 그들의 모습은 보이지 않았다. 진작부터 대물의 등 뒤에서 대물의 행동을 바라보고 있던 대장이 조용한 소리로 불렀다.

"대물 군!"

대물이 깜짝 놀라 뒤돌아보니 대장이 자신을 지긋이 바라보고 있었다.

"누구 찾는 사람이라도 있나?"

대물이 어정쩡한 표정을 짓자 대장은 대물의 속마음을 꿰뚫어 보기라도 한 듯 말했다.

"자네가 찾아야 할 것은 쉬후웨이가 아닌 자네의 조국이고, 걱정해야 할 것은 조선과 조선 민족의 앞날이 아니겠나? 나는 자네가 그런 큰 뜻을 가지고 있는 젊은이로 알았는데 자네에게서 더 이상 그런 기대를 할 수 없다는 생각이 드니, 이제는 자네 뜻대로 돌아가도 좋네. 조국과 민족의 앞날을 위해 자신을 연마해도 모자랄 판에 고작 계집의 소식이나 알기 위해 이곳저곳을 기웃거리는 사람은 이 곳에서 더 이상 필요로 하지 않네!"

대장의 말이 비수와 같이 대물의 가슴을 파고들었다. 대물은 지금까지 어느 누구에게도 들어 보지 못했던 말을 대장으로부터 듣고 수치감으로 양 볼이 화끈 달아올라 얼굴을 들 수가 없었다.

"자네가 걱정하는 쉬후웨이는 조국과 백성의 앞날을 위해 지금 어두운 산악지대 어딘가에서 산짐승과 살아남기 위한 사투를 벌이며 버티고 있을 것이네. 자네가 진정 쉬후웨이에 대한 걱정을 한다면 먼저 이곳에서 자신과 싸워 이길 수 있는 힘을 키우게."

 대장의 말은 대물에게 혼란을 가져다주었다. 그동안 살아온 삶을 되돌아보는 계기가 되었다. 이제까지 아무 가치도 없는 헛된 삶을 산 것 같았다. 대물은 막사에 누워 눈을 감았다. 고요한 정적 속에 산짐승의 울음소리와 대장의 말이 함께 어우러져 잠을 이룰 수가 없었다.

 뿌연 안개가 막사 주위를 감싸 한 치 앞도 보이지 않았다. 서너 명의 대원이 이른 아침부터 어딘가로 급히 나설 차비를 하고 있는 듯했다.

 "안개가 많이 끼여 앞도 볼 수가 없는데 좁은 계곡을 타고 오르는 것은 무리지. 쯧쯧쯧! 많이 다치지 않았으면 좋을 텐데!"

 "그러게 말이야! 무리를 하지 말아야지. 하긴 오늘까지 부대로 돌아오지 못하면 또 다시 반복 훈련을 받아야 하니 강행할 수밖에 더 있었겠어?"

 대원들은 사고를 당한 자들을 구조하기 위해 서두르고 있었다. 매년 두 차례씩 펼치는 산악 극기훈련은 어느 대원들에게나 목숨을 건 사투였다. 대물이 막사 안으로 들어서자 대장과 대원들의 시선이 일제히 대물에게 쏠렸다. 대장은 여러 대원들에게 지휘봉으로 지도 위를 가리키며 사고가 발생한 지점을 짚고 있었다. 그들의 얼굴에는 비장감마저 감돌았다.

대물이 대장을 바라보며 서툰 중국말로 떠듬떠듬 말했다.

"어젯밤 대장님께서 조국과 백성을 생각하는 삶을 살라고 말씀하셨습니다. 저는 조국과 백성의 삶도 중요하지만 지금 이 시간 이곳에서 살고 있는 나와 동료들의 삶도 소중하다고 생각합니다. 조난당한 대원들을 도울 수 있도록 해 주십시오! 산이라면 내 조국 조선에서 밥 먹듯이 오르고 내린 경험이 있어 조난자들을 충분히 구조해 낼 수 있을 겁니다."

대장은 대원들을 둘러보며 대물이 한 말에 대한 반응을 살피고 있었다. 아무도 그의 말을 반박하려 들지 않자 대장은 엄숙한 표정으로 말했다.

"지금 대원들이 사고를 당한 지점은 깎아지를 듯한 기암절벽을 이루고 있는 곳이라 구조가 어려우며 어쩔 수 없이 절벽을 타지 않고 막사까지 되돌아오는 길을 택한다면 반나절은 더 걸릴 것이다. 그러면 일본군 토벌대나 의용군의 눈을 피하기도 쉽지 않을 것이다."

일본군은 계속 되는 항일투쟁으로 피해가 속출하자 토벌대를 만들어 농민과 앞잡이들의 정보를 근거로 그들의 뒤를 추적하고 있었다. 만약 대원의 모습이 노출될 경우 부득이 전투를 하거나 막사를 옮겨야 하는 사태가 발생할 수도 있었다. 아무에게도 노출되지 않는 구출 방법을 택해야만 했다.

대물은 조난자를 구조하라는 대장의 허락을 받고 밖으로 나가 보니 이미 대원들은 갖가지 무기와 장비들을 갖추고 출발명령을 기다리고 있었다. 그들은 일본군이 사용하고 있는 것과 같은 장총과 대검을 갖추고 있었다. 대물은 지금껏 총을 쏴 보거나 만져 본 적이 한 번도 없었다. 오직 만져 본 것이라고는 도끼와 칼과 낫 뿐이었다.

대물에게 낡은 배낭과 대검 한 자루와 쭈그러진 모자가 지급되었다. 총과 칼은 지급되지 않았다. 대물이 모자를 푹 눌러쓰자 옆에 있던 대원이 '킥킥' 웃음을 터트렸다. 대물도 그런 자신이 우스웠지만 지금까지 느껴보지 못했던 뿌듯함이 가슴 속에서 뜨겁게 솟구치고 있었다.

일행은 막사를 벗어나 험한 산길로 접어들었다. 막사 뒷편은 산세가 험해 적들이 공격할 수 없는 천혜의 지형이었다. 한참을 걸어 올라가자 깎아지른 듯한 절벽 아래로 강물이 흐르고 있었다. 그동안 대원들은 밧줄을 타고 이 절벽을 오르내리는 훈련을 반복해 왔다. 훈련의 마지막 날은 절벽을 타고 올라와 막사로 되돌아오는 것이었다. 대원 하나가 품 속에서 무엇인가를 꺼내 불며 신호를 보내자 잠시 후 절벽 아래에서 똑같은 신호음이 새소리 비슷하게 들려왔다. 대원들은 입술에 손가락을 갖다 대며 대물에게 아무런 말도 하지 말라는 신호를 보냈다. 막사를 벗어나서 대원들은 일체 어떤 말도 하는 사람이 없었다.

잠시 후 대원 중에 인솔자인 듯한 사내가 나무숲 속에 감춰 놓은 굵은 밧줄을 꺼내들고 계곡 아래로 내리고 있었다. 한참을 내리자 그 끝이 몇 그루의 굵은 소나무에 매듭져 있었다. 사내는 밧줄을 타고 아래로 내려가기 시작했다. 계곡을 타는 솜씨가 능수능란해 보였다. 대물도 산이라면 함경도와 평안도의 깊은 산들을 안 타본 곳이 없었을 정도로 자신이 있었다. 얼마 쯤 지나 아래에서 신호음이 들려왔다. 한 사내가 대물에게 계곡 아래로 내려가라는 눈짓을 했다. 대물은 밧줄을 잡고 여기저기 삐쭉하게 튀어나온 바위를 발로 디디며 조심스럽게 내려가기 시작했다. 밧줄만 잘 잡고 내려가면 그다지 위험하지는 않았지만 밤에 오르기는 무척 위험하겠다는 생각이 들었다.

대물이 아래에 도착하자 강 옆의 작은 동굴 속에 다쳐 누워 있는 사람이 보였다. 대물이 동굴 안으로 들어가자 누워 있던 사내가 대물을 쏘아보았다. 본능적으로 경계하는 눈빛이었다. 대물은 그의 눈빛에서 산짐승 같은 동물적 광채가 빛나고 있음을 느낄 수 있었다. 옆에 있던 인솔자가 사내에게 무슨 말을 하자 그제서야 사내는 고통스러움을 참으며 가벼운 미소를 보였다. 상처가 심한지 다리는 퉁퉁 부어 있었고 얼굴색이 검게 변해 있었다.

 대물이 다리가 부러졌느냐고 묻자 사내가 고개를 끄덕였다. 대물은 부목을 대고 다리를 동여맸다. 잠시 후 대물이 동굴 밖으로 나가 절벽을 기어오르자 대원들이 대물을 바라보며 의아한 표정을 지었다. 대물은 계곡 위에 올라오자 칡넝쿨 줄기를 칼로 잘라 무엇인가를 엮기 시작했다. 한참 동안 그의 손이 분주하게 움직였다. 남의 집 더부살이 할 때 익힌 솜씨로 큰 망태기를 만들었다. 사람 하나는 충분히 들어가고도 남을 만큼 큰 망태기였다. 대물이 계곡 아래로 내려와 다친 사내를 망태기에 싣고 밧줄의 끝을 망태기에 묶었다. 사내는 불안한 표정을 지으면서도 자신이 계곡 위로 올라 갈 수 있다는 안도감으로 잠깐이나마 미소를 띠었다. 대물이 계곡 위로 오르기 시작했다. 벌써 몇 차례나 절벽을 오르내린 탓에 다리의 힘이 풀려 그만 바위를 헛디디고 말았다. 한 손으로 밧줄을 잡은 채 그의 몸이 허공에 대롱대롱 매달렸다.

아래 쪽 바닥이 까마득하게 보였다. 동료들이 긴장한 시선으로 대물을 바라보며 눈을 떼지 못했다. 여자대원의 비명 소리가 들렸다.

대물은 언젠가 이런 급박한 상황에 놓여 있었던 때를 생각했다. 신의주에서 도비노리를 할 때 실수로 달리는 기차에 올라타지 못하고 한 손으로 기차 난간을 잡고 매달린 상태로 다음 역까지 간 적이 있었다. 죽을 힘을 다해 난간을 잡고 있었기 때문에 살아난 것이었다. 그때와 비슷한 일이 여기서 벌어졌다. 밧줄을 놓치면 죽는다는 생각이 그를 지배했다. 대물의 몸이 허공 위에서 허우적거렸다. 몸을 움직여 바위 위에 발을 올려놓아야 하는데 중심이 제대로 잡히지 않았다. 다시 한 번 대물이 몸을 움직여 그 탄력으로 바위 위에 발을 올려놓으려고 시도했지만 허사였다. 안간힘을 쓰며 몸을 움직여 보았으나 바위 위에 발을 올려놓을 수가 없었다. 점점 대물의 팔 힘이 빠지고 있었다.

갑자기 어머니의 얼굴이 떠올랐다. 일본 순사를 때려눕히고 도망치던 날 어머니는 모든 가산을 털어 대물에게 주며 어디를 가든 살아만 있으라고 신신당부하시던 모습이 눈 앞에 있는 듯 선했다. 살아야 한다. 어머니를 위해서라도 꼭 살아야만 한다.

대물은 심호흡을 하고 몸을 크게 움직였다. 이번에도 발을 바위 위에 올려놓지 못한다면 더 이상 기력이 쇠진해 지탱할 힘이 없을 것이 분명했다. 기회는 딱 한 번 뿐이다. 죽고 사는 것이 이 한 번의 기회에 달렸다. 이렇게 생각하니 몸에서 힘이 솟는 것 같았다. 대물은 몸을 크게 움직였다. 그 반동을 이용해 절벽에 발을 내밀었다. 가까스로 절벽의 튀어나온 바위에 발을 올려놓았다.

　가슴을 졸이며 지켜보던 대원들이 안도의 한숨을 내쉬며 대물이 절벽 위로 올라가는 모습을 바라봤다. 대물은 겨우 절벽에 올라섰다. 다리가 후들거렸다. 온몸의 힘이 한꺼번에 빠져나가는 것 같았다. 위에 있던 대원들이 밧줄을 조심스럽게 끌어올리고 있었다. 망태기 안에 쭈그린 채로 앉아 있는 부상자가 두려운 표정으로 연신 위 아래를 힐끔거리며 쳐다봤다.

　부상자를 담은 망태기가 바위에 부딪쳐 허공에서 이리 저리 움직이고 있었다. 줄을 잡아당기는 대원들의 이마에는 굵은 땀방울이 맺혔다. 망태기가 절벽 위로 올라오자 대물은 빠른 손놀림으로 부상자를 망태기에서 들어올려 들것에 옮겨 실었다. 대물이 신속하게 부상자를 처리하자 대원들은 감탄의 시선으로 그의 움직임을 바라보았다.

　잠시 후 대물과 일행이 부대로 돌아올 수 있었다. 망루 위에서 망을 보고 있던 보초가 이들을 발견하고 신속하게 문을 열어주었다. 일행이 막사 안 쪽에 있는 의무실로 향했다. 부상자를 눕히고 나자 피로가 엄습해 왔다. 대물은 자기 방으로 돌아와 방바닥에 널브러지자 쉬후웨이에 대한 생각이 그림처럼 천장 위에 펼쳐졌다. 험난한 세파 속에서 오직 자기 한몸 지키기에만 급급해 하며 살아왔던 대물이었다. 내가 누군가를 좋아하다니…… 쉬후웨이를 그리워하는 기다림의 시간이 이처럼 길게 느껴지고 초조할 줄은 정말 몰랐다.

저녁 늦은 시간에 대장이 그의 방으로 찾아와 며칠 전 대물에게 한 말을 사과하며 내일 대원으로 받아들이는 입회식을 거행할 예정이니 그리 알라고 일러줬다. 대물은 그의 말을 듣는 순간 짐승의 공격으로 죽을 고비를 넘겼던 기억이 새롭게 되살아나 불끈 두 주먹을 쥐고 새로운 각오를 다졌다.

삼합회 비밀결사대

대물은 뜬눈으로 밤을 새웠다. 새소리가 유난히도 아름답게 들려왔다. 대물이 막사 밖으로 나가보니 대장과 대원들이 바쁘게 움직이고 있었다. 연병장 한가운데에는 고사 제구들이 정갈하게 차려져 있었다. 대장이 대물에게 손짓으로 가까이 와서 옆에 있는 옷으로 갈아입으라는 신호를 했다. 제단 옆에는 붉은 색으로 지은 옷이 한 벌 놓여 있었다. 대물이 겸연쩍어 피식 웃음을 짓자 옆에 있던 사내의 얼굴이 굳어졌다. 대물도 바로 웃음을 거두었다.

입회식 분위기는 엄숙했고 대원들도 입을 굳게 다문 채 굳은 표정으로 서 있었다. 제단 앞에서 예복을 입은 대장이 제문을 읽어나갔다. 한참동안 대장은 주문을 외우며 대물의 머리와 옷 위로 금방 잡은 닭피를 뿌리면서 어깨를 흔들며 말했다.

"삼합회에 들어온 후로는 너의 부모는 나의 부모이며, 너의 형제 자매는 나의 형제 자매이다. 너의 처는 나의 형수이고, 너의 자손은 나의 자손이다. 부모 형제가 죽었을 때 장례비가 없는 대원에게는 다른 대원이 돈을 대어 장례를 치러줘야 하며, 형제의 처를 간음하고 그 자녀와 사통하는 자는 사형에 처한다. 부모에게 효도하지 않는 자는 태형 108의 매를 때려 다스린다. 삼합회에 입회한 모든 대원들은 형제 자매이며 동생동사를 맹세하고 삼합회의 율법 36서 21적 10금 10적에 복종해야 한다."

1674년 삼합회가 창립된 이래 그 규율은 국가의 헌법 이상으로 엄히 실행되며 전수되어 왔다. 대물은 정식으로 삼합회의 비밀결사대원이 되었다.

한편 훈련에 나섰던 쉬후웨이와 대원들은 훈련 규정을 위반해 곤궁에 빠지는 결과를 초래했다. 비밀결사대는 산악 훈련 도중에는 남의 눈에 띄지 않도록 낮에는 나뭇잎과 풀 등으로 몸을 가린 채 은신하고 있다가 밤에만 걸어야 함에도 불구하고 규정을 어기고 행군하다가 사냥 나온 포수들에게 발각된 것이었다.

북중국 일부를 지배하고 있던 군벌 장작림이 일본군 장교에게 살해당하고, 그의 아들 장학량은 만주지역을 통치하다가 일본의 경고를 무시하고 남경에 새롭게 결성된 민족주의 정부와 손을 잡았다. 그러자 일본은 장학량의 군대를 무력으로 만주에서 몰아내고 이 지역을 점령해 버렸다. 일본은 장학량 세력을 뿌리 뽑기 위해 돈으로 농민과 상인을 매수해 장학량의 잔류 부대원을 색출해 내고 있었다. 밀고하거나 생포하는 자는 은자 열 냥을 받을 수 있어 농민과 상인 또는 의용군들은 그들을 색출하기 위해 눈에 불을 켜고 있었다.

앞서가던 포수가 쉬후웨이 일행을 발견할 수 있었던 것은 그들이 남기고 간 배설물 때문이었다. 사냥꾼은 남들보다 후각이 몇 배는 더 발달돼 있어서, 숲이 무성하고 험한 산악지대라고 할지라도 웬만한 거리에서는 배설물의 냄새만으로도 짐승들의 종류를 구별할 수 있었다. 포수 하나가 숲 주위를 찬찬히 살피며 걷다가 갑자기 걸음을 멈추고 나뭇가지로 땅을 이리저리 헤집었다. 다른 포수들이 의아해 하며 쳐다봤다.

"자네들은 이 냄새가 안 나는가? 인분 냄새가 코를 찌른단 말일세."

포수들은 인분 냄새라는 말에 귀를 쫑긋 세웠다.

"틀림없이 인분 냄새가 풍긴단 말이지?"

"그럼, 오늘 횡재했구먼."

만약 사내의 말대로 인분 냄새가 틀림없다면 장학량의 부대원이 이 부근을 지나갔을 것이라는 추측에서였다. 한 포수가 그들을 발견하면 총으로 죽여서 데려가자고 말하자, 다른 사내는 누렇게 바랜 이빨을 드러내며 말했다.

"생포해 가면 한 사람당 은자 열 냥을 받을 수 있는데 무슨 소리야!"

한 사내가 숲을 뒤지다가 땅 속에 파묻힌 인분을 찾아냈다. 사내가 인분을 찍어 코끝에 대고 냄새를 맡자, 다른 포수들의 눈길이 그 사내에게로 쏠렸다.

"조금 전에 이곳을 지나간 것이 틀림없구먼."

사내들은 눈을 부릅뜨고 산길을 잰 걸음으로 내닫기 시작했다. 수십 년을 산짐승 뒤를 쫓으며 사냥해 온 그들의 발걸음은 대원들 못지않게 민첩하고 빨랐다. 사냥감을 발견한 포수들은 인분 배설의 주인공이 특수훈련을 받은 비밀결사대원이라는 것을 알리가 없었다. 오직 은자 열 냥을 받을 수 있는 사냥감 그 자체로밖에는 생각하지 않았다.

대원과 사냥꾼과의 거리가 점점 좁혀지고 있었다. 대원들의 뒤를 쫓고 있는 사냥꾼들은 마음이 급한 만큼 몸을 움직이는 동작과 발걸음의 폭도 넓어져 발에 차이는 돌소리와 나뭇가지 스치는 소리도 클 수밖에 없었다. 앞서 가던 쉬후웨이가 걸음을 멈추고 바람을 타고 들려오는 소리에 귀를 세웠다. 동료들도 누군가 자신의 뒤를 쫓고 있다는 감을 받았는지 귀를 기울이며 바람이 불어오는 쪽을 향해 그 정체를 파악하려 했다. 쉬후웨이의 얼굴에 가벼운 미소가 번졌다. 수신호로 대원들에게 뒤를 쫓고 있는 자들이 서너 명은 될 것이라고 말했다. 대원들은 고개를 끄덕거렸다. 자기들의 뒤를 쫓는 이상 결코 살려보낼 수는 없었다. 비밀결사대의 수칙이 그랬다.

  쉬후웨이와 대원들은 각자 흩어져 전투 태세를 갖추고 그들이 다가오기를 기다렸다. 수풀을 헤치며 오고 있는 포수들의 모습을 발견한 쉬후웨이의 눈에서 불꽃이 튀었다. 포수들은 총구를 겨누고 금방이라도 발포할 것 같은 자세로 걸어오고 있었다. 포수들이 쉬후웨이와 대원들의 앞을 지나치는 순간 대원들이 기습했다. 쉬후웨이는 포수의 등 뒤로 달려들어 나뭇가지를 깎아 만든 표창으로 오른쪽 경동맥 부분을 관통시켰다. 사내는 비명 소리 한번 지르지 못하고 그 자리에 쓰러졌다. 동시에 다른 대원들도 포수들을 단 한 번의 공격으로 쓰러뜨렸다. 흉기에 찔린 포수들의 입에서는 붉은 피가 울컥울컥 쏟아졌다. 숨들이 끊어지지 않았는지 괴로운 표정을 지으며 그들에게 살려달라는 애원의 눈빛으로 쳐다보고 있었다. 쉬후웨이는 눈을 깜박거리며 가쁜 숨을 몰아쉬고 있는 포수에게 다가가 옆구리에 꽂고 있던 나무 표창을 뽑아 사내의 왼쪽 경동맥을 다시한번 힘껏 찔렀다. 사내의 몸이 파르르 떨리다가 이내 숨을 멈췄다. 대원들이 보기에도 쉬후웨이의 표정은 미동조차 없어 보였고 얼음장처럼 차가운 얼굴은 섬뜩해 보이기까지 했다. 대원들은 죽은 시체를 재빠르게 숲 속에 묻고 돌과 나뭇가지로 주위를 덮은 후 자리를 떠났다.

그들이 막사에 도착한 것은 늦은 밤이었다. 대장은 막사에 도착한 대원들의 보고를 받으면서 얼굴이 일그러졌다.

"너희들은 이미 죽은 목숨이다. 비밀결사대가 적에게 신분이 노출된 이상, 설사 그들을 죽였다고 해도 너희들은 죽은 몸이나 다를 바 없다. 단 한사람의 신분 노출로 조직 전체가 위협받을 수 있다는 것을 왜 모르는가? 훈련수칙을 어기고 대낮에 행군을 강행했기 때문에 다른 사람에게 발각된 것이 아닌가? 너희들은 장학량 장군이 총애하는 마지막 비밀 결사대원들이다. 일당백의 전투력을 키우기 위해 이곳에서 뼈를 깎는 훈련에 임하고 있다는 사실을 명심해야 한다. 너희들은 장작림 장군님의 한을 풀어줘야

하는 비밀결사대란 사실을 잊어서는 안 된다!"

대원들은 대장의 말을 듣는 순간 자신들의 행동 하나하나가 얼마나 중요한가를 깨달았다.

대물이 훈련에 임한 지도 어느덧 몇 개월이 흘렀다. 그동안 칠흑같이 어두운 밤 산길을 걸으며 별자리를 보고 방향을 찾는 방법에서부터 나뭇잎 하나로도 동서남북을 알아맞힐 수 있는 실력을 쌓았다. 산짐승과 사람의 인분 냄새를 구별하는 훈련을 통해 깊은 산에서 후각과 청각만으로도 사람과 산짐승을 구별할 수 있게 되었다. 몇 개월 동안의 기초훈련은 고되고 어려웠다. 쉬후웨이의 얼굴을 본 지도 몇 개월이 지났는지 생각이 나지 않을 정도였다. 매일 밤 수십 킬로의 산악 지대를 걷는 암행법으로 이제는 눈을 감고도 걸을 수 있을 만큼 숙달이 되어 있었다.

대물에게 중급 훈련을 받아도 된다는 대장의 명령이 떨어졌다. 대물은 가슴이 뿌듯했다. 중급 훈련의 교관 중 한 사람이 그토록 보고 싶던 쉬후웨이였기 때문이었다. 대물은 밤새 몸을 뒤척이다가 날이 채 밝기도 전에 훈련장으로 나갔다. 아직 훈련을 받을 시간이 멀었지만 쉬후웨이를 볼 수 있다는 기대감이 그를 안절부절하지 못하게 만들고 있었다.

교육실 막사 안으로 대원들이 모여들기 시작했다. 중급 훈련을 받을 수 있는 자격을 가진 대원은 대물을 비롯해 서너 명밖에 되지 않았다. 부대 안에서 대물의 지위도 맨 아래 직급인 '초혜'에서 벗어나 '선봉'이라는 두 단계 승진한 직위가 되었고, 쉬후웨이는 대물보다 몇 단계 높은 중간 간부인 '상꺼'라는 위치에 올라 있었다. 대물이 방안으로 들어가자 함께 훈련을 받았던 여자 대원과 남자 대원들이 대물에게 눈인사를 했다.

언젠가 이곳에서 훈련이 끝나면 명령에 따라 각자의 임무가 주어지는 곳으로 떠나야 하지만, 형제 자매로서의 우애는 어떤 곳에 가 있더라도 변함없이 지속되는 것이 삼합회의 비밀결사대가 갖고 있는 특징이었다.

쉬후웨이가 방 안으로 들어왔다. 얼굴이 약간 수척해 보였다. 쉬후웨이는 가볍게 인사를 했다. 대물에게는 눈길 한번 주지 않고 교육을 시작했다. 수개월간 그녀를 보고 싶은 마음으로 애를 끓였던 대물은 그녀가 자신에 대해 아무 반응도 보이지 않자 훈련에 대한 의욕이 생기지 않았다. 너무나 매몰차고 매정한 여인이구나! 도대체 무엇이 저 여자를 저토록 차갑고 냉혈한 여인으로 만들었단 말인가. 대물은 관심조차 가져주지 않는 여자에게 마음을 빼앗기고 있는 자신을 되돌아봤다. 그러자 남자로서 오기가 발동했다. 그래 내가 당신보다 못하라는 법이 어디 있어! 나도

삼합회 비밀결사대 ●●● 115

열심히 훈련하면 언젠가는 당신보다 높은 지위에 오를 수 있겠지. 그런 날이 하루라도 빨리 다가올 수 있도록 열심히 훈련에 임하자. 마음을 바꿔먹으니 대물의 교육 태도는 확연히 달라지기 시작했다.

쉬후웨이는 작은 돌 두 개를 두드려서 나는 신호음으로 먼 거리에 있는 대원들끼리 서로 대화를 주고받을 수 있는 신호기법 등을 가르쳐 주었다. 삼합회의 비밀결사대원들은 위급한 상황에 처하게 되면 두 개의 돌을 이 신호기법에 따라 두드리면 그 주위에 있는 삼합회 대원들이 알아듣고 도와주도록 되어 있었다. 대물은 쉬후웨이로부터 신호음을 다루는 방법을 배운 그날 밤 늦은 시간에 막사의 문을 조용히 열고 나와 쉬후웨이가 머물고 있는 막사 근처에서 품 속에서 두 개의 돌을 꺼내 두드리기 시작했다.

'따닥따닥…… 닥닥닥…… 따닥따닥닥…….'

돌 소리가 막사 안에 들릴 듯 말듯하게 울려 퍼졌다. 그 날 대물이 보내는 신호음에 대한 답신은 오지 않았다.

다음날 훈련장에서 쉬후웨이의 반응을 살피던 대물은 그녀가 조금도 변함없는 태도로 교육에 임하자 자기의 신호 소리가 잘못 전달된 것이 아닐까 하는 의구심을 가지고 쉬후웨이로부터 배운 신호음을 훈련실 안에서 한번 두드려 보았다.

'따닥딱닥. 쉬후웨이, 이 세상에서 당신같이 차가운 여성이 또 어디 있겠소? 나는 당신이 하찮은 연정 따위로 마음을 쏟을 겨를이 없는 여자라는 것을 안 지 이미 오래요. 단지 나는 당신이 가슴으로 안고 있는 그 슬픔을 함께 나누고 싶을 뿐이오.'

교육이 끝나자 쉬후웨이가 대물을 불러 세웠다. 대물은 그녀가 자기의 이름을 불러주자 들뜬 기분에 자기가 그녀로부터 교육을 받고 있는 대원이라는 것을 깜박 잊었다.

"대물씨, 내가 왜 조국을 떠나 이역만리에서 그것도 여자의 몸으로 감내하기 어려운 고통을 감수하며 강인한 훈련을 받고 있는 줄을 당신은 이해하기 어려울 거예요. 내가 조선을 떠나기 얼마 전 사랑하는 언니가 왜놈의 성노리개감으로 끌려가는데도 우리 부모님과 내가 할 수 있었던 일은 고작 마루 밑 토굴로 숨는 것 뿐이었어요. 언니가 얼마나 통곡하며 왜놈의 손에 끌려갔는지 알아요? 나는 그때 언니의 울부짖음과 눈물을 잊을 수가 없어요! 언니를 찾고 빼앗긴 내 조국의 모든 것을 되찾을 수 있는 길은 힘을 키우는 것이라고 생각해요. 왜놈을 조선에서 몰아내고 온 백성들이 행복하게 살 수 있는 그 날을 만들기까지 이 한몸을 바칠 각오예요. 이런 의지가 없었더라면 지금의 이 고통스러운 훈련을 참고 견딜 수 없었을 거예요."

쉬후웨이는 심호흡을 한 번 하고 나서 계속 말을 이었다.

"우리는 서로 다른 환경에서 태어났지만 조국이라는 한울타리 안에서도 형제 자매이고, 장학량 장군의 비밀결사대 조직 안에서도 형제 자매라는 것을 잊어서는 안 돼요. 우리는 중대한 임무를 목전에 두고 그 임무를 성실하게 수행하기 위해 피나는 훈련을 해왔어요. 다시 한 번 말하는데 저를 여자로서 보지 말고 생사를 같이 하는 동료로서 봐주기를 바래요."

그녀의 두 눈은 끓어오르는 분노로 가득 차 있었다. 대물은 그녀가 겪고 있는 고통의 무게가 얼마나 무겁게 그녀의 가슴을 짓누르고 있는가를 알 수 있었다. 자신이 한순간 그녀에게 불손한 연정을 품었다는 것이 부끄러웠다. 대물이 쉬후웨이를 향한 연정의 마음을 접고 진정 그녀의 아픔을 이해하게 되자, 그의 마음도 한결 가벼워졌다.

쉬후웨이, 그녀의 조선 이름은 서휘였다. 그녀는 1916년 함경북도에서 태어났다. 집안은 부유한 편으로 중학교를 마치고 서울로 유학와서 고등보통학교를 다니는 동안 반일 학생운동에 참여했다. 크고 작은 반일 학생운동의 참여로 그녀는 일경으로부터 추격을 받게 되었다. 일경의 추격을 피해 고향으로 돌아갔으나 이미 그곳에도 일경의 손길이 뻗쳐 있었다. 일본 순사들에게 잡혁 언니가 정신대로 끌려갈 때 마루 밑 토굴 속에 숨어 있던 그녀가 할 수 있었던 일이라곤 고작 입을 틀어막고 숨소리조차 내지 않는 것 뿐이었다. 그 후 그녀는 북경으로 피신해 독립운동을 하고 있던 조선의용대 한위건 선생으로부터 항일운동의 지휘를 받고 1934년 장학량의 유격부대에 입교했던 것이다.

대물이 인간병기라고 불릴 만큼 혹독한 훈련을 받은 지도 어느덧 몇 해가 흘렀다. 그동안 독살과 독침사용법 등 사람을 단 몇 초 만에 죽일 수 있는 특수훈련을 받았다. 그의 몸과 정신은 초인적인 상태로 변해 있었다. 지난 날 이마 하나로 왜놈 순사를 때려 눕혔을 때와는 전혀 차원이 달라진 모습이었다.

장학량의 동북군은 주근거지인 만주지역에서 일본군에 대패하고 서북지방으로 쫓겨나 있었다. 1935년 10월 국민당 사령관 장개석은 장학량을 서안으로 보내 모택동과 주은래가 이끄는 공산당을 섬멸하라는 명령을 내렸다. 그러나 동북군의 대다수 병사들이 만주 태생이었고 일본군의 침략으로 고향을 빼앗긴데 대해 극심한 반일감정을 가지고 있던 터라 내전에는 별 관심이 없었다. 오히려 중국 공산당이 펼치는 항일 공동전선에 동감해 공산당에 가담하는 사람이 늘어나고 있었다. 장학량 자신도 그의 부친 장작림이 일본군에 사살당한 뒤로는 강한 반일감정을 지니고 있었다. 장개석의 명령으로 공산당과 몇 차례 전투를 치뤘지만 최선을 다하지 않은 결과 당연히 패했다.

장학량은 서북군 장군 양호성을 자기 부대로 불러들였다. 양호성은 장학량과는 친분이 두터웠고 장학량의 부친 장작림의 휘하에서 군사훈련을 받고 장군이 된 인물이었는데, 민족의식이 투철해 젊은 장교들로부터 존경을 받고 있었다. 수개월 전부터 장학량 휘하의 젊은 장교들은 장학량 장군과 함께 중국의 앞날을 위해서는 남경정부가 내전을 종식하고 항일 공동전선을 구축하는 방법만이 일본을 몰아낼 수 있는 길이라는 의견일치를 보았다.

젊은 장교들은 일본군이 만주를 점령하며 저지른 만행을 생생하게 기억하고 있었다. 자신의 가족을 반군에 협력한 것으로 몰아 잔혹한 방법으로 죽이고 여자들은 잡아다가 온갖 해괴한 방법으로 강간한 후 죽여 버렸던 그 악몽을 잊을 수가 없었다. 젊은 장교들은 공산당에 대한 반감보다는 오히려 일본의 침략에 적극 대응하지 않고 있는 국민당 당수 장개석 사령관에 대한 반감이 더 높았다.

양호성은 장학량이 국가와 민족의 앞날을 위해 자신의 모든 것을 초개처럼 버릴 수 있는 인물임을 눈꼽만큼도 의심해 본 적이 없었다.

"양 장군."

"네, 말씀하십시오."

"우리는 서로가 눈빛만 봐도 무슨 생각을 하고 있는지 알 수 있을 만큼 오랜 세월을 함께 해온 벗이오. 나는 오늘 중대한 사안을 장군께 말하려고 하오. 나의 결단에 대해 장군이 뜻을 함께 하지 않는다면 장군의 총으로 나를 쏘아도 괜찮소."

장학량의 표정에서 굳은 결의를 엿볼 수 있었다.

"오랜 세월 동안 수많은 군벌들과 정치가들은 백성의 안위를 볼모로 하여 혁명을 일으켰소. 그리고 권력을 잡고 난 후에 그들이 택한 길은 도탄에 빠진 백성들을 구제하기보다는 갖가지 새로운 제도를 만들어 내 백성들의 호주머니를 털어 자기들 잇속만 차렸소. 심지어 권력과 병권을 이용해 남의 여자마저 빼앗아 민초들의 행복을 짓밟아버린 경우도 있었소. 일제의 침략으로 도탄에 빠진 백성을 구하기 위해서는 내전을 종식하고 국공합작을 통해 공동 항일전선을 구축해야 하오. 그 길만이 중국이 사는 길이라고 생각하오! 나는 이 길을 장군과 함께 하고 싶소."

양호성은 장학량의 눈을 바라보았다. 도대체 어디서 저런 기백이 용솟음치는 것일까? 백성들이 겪고 있는 참혹한 생활을 구하기 위해 자기의 생명과 지위마저도 버릴 수 있는 저런 용기야말로 진정한 용기라는 생각이 들었다.

　남경정부 국민당 휘하의 서북군 9만의 병력을 가진 대장 양호성 장군과 동북군 9만의 병권을 쥔 장학량 장군의 병간(쿠테타)의 불꽃은 이렇게 태동했다.

　대물이 훈련을 마치고 지친 몸으로 부대 안으로 들어서자 서휘가 부대원들과 함께 잡은 산토끼와 꿩을 들고 미소를 짓고 있었다. 토끼와 꿩을 버무려서 만든 만두로 대원들은 모처럼 포식을 했다. 몇 잔의 술이 돌아가자 대원들의 얼굴은 금방 붉게 달아올랐다.

　"여러분! 이제 여러 동지들과 이별할 시간이 온 듯합니다. 지금 헤어지면 언제 또 다시 동지들과 만나게 되는지 모르지만 동지들이 어떤 곳에 가 있더라도 우리는 형제 자매이며 장학량 장군의 비밀결사대로서 역사에 위대한 전사로 남을 것입니다."

　회식을 마치고 대장이 대물과 서휘 그리고 또 다른 두 명의 대원을 자기 방으로 불렀다. 대원들은 의아한 표정을 지으며 대장의 방으로 들어갔다. 호랑이 가죽이 덮인 의자에 앉아있던 대장이 그들이 방안으로 들어서자 부드러운 표정으로 말했다.

"자 앉으시오."

대원들은 어리둥절한 표정으로 대장의 눈치를 살폈다. 훈련 중에 얼마나 호되게 다그쳤던지 대장의 부드러운 목소리가 오히려 더 어색하게 느껴졌다.

"내일 짜로 동지들은 급히 장학량 장군이 있는 서안으로 가야 하오. 그동안 힘든 훈련에 임하느라 고생들이 많았소."

대장도 군더더기 설명을 하지 않았지만, 대원들도 그 이유를 묻지 않았다.

대물이 산에 들어온 지도 몇 년의 세월이 흘렀다. 처음 들어올 때와 달라진 것이 있다면 대물이 세월의 흐름만큼 성숙한 모습으로 변했다는 것과, 일본군의 조선과 중국 백성들을 잔인한 방법으로 유린하며 짓밟는 횡포가 극에 달했다는 것이다. 대원들은 몇 년 전 이곳에 들어올 때와 똑같은 방법으로 부대원들의 전송을 받으며 부대를 떠났다.

암호명 장개석을 체포하라

 대물과 대원들이 부대를 빠져나와 봉천역을 향했다. 대물은 몇해 전 헤어진 김 노인이 보고 싶었지만 대원들로부터 벗어날 수가 없었다. 서휘가 그런 마음을 꿰뚫어 보기라도 하듯 말을 걸어왔다.
 "대물씨, 지금 당신의 부친을 생각하고 계시군요? 언젠가 부친을 뵐 수 있을 날이 오겠지요. 그때까지는 잡념은 금물입니다."
 "아니 부친이라니 누굴 두고 하는 말이오?"
 "전에 대물씨를 우리에게 보내 주신 분이 부친이 아니던가요?"

서휘는 이상하다는 표정으로 대물을 바라보았다.

"그분이 얼마나 우리를 도왔는지 몰라요. 부친의 경제적 도움이 없었더라면 대장도 버티기가 어려웠을 거예요."

서휘는 김 노인을 대물의 부친으로 생각하고 있었다. 대물은 아무 말도 할 수가 없었다. 일행을 태운 차가 봉천역에 다다랐다. 봉천역은 몇년 전과는 모습이 많이 바뀌어 있었다. 완전 무장을 한 일본군이 기차를 타기 위해 역사에 즐비하게 서 있었다. 수염을 제대로 깎지 못한 탓인지 그들의 몰골은 말이 아니었다. 그래도 연신 지나가는 여자들을 힐끔힐끔 쳐다보며 음흉한 눈빛을 짓고 있었다.

플랫폼에서 대물과 일행은 언젠가는 적으로 마주칠 일본군의 치졸한 행동을 바라보고 있었다. 서휘가 대물의 얼굴 표정이 너무 굳어 보였는지 하얀 치아를 드러내 보이며 말했다.

"대물씨, 얼굴이 너무 굳어 보여요. 긴장 좀 푸세요."

주위에 오가는 사람들도 그들을 부부라고 생각할 정도로 서휘는 다정하게 대했다. 대물은 그녀의 얼굴을 물끄러미 쳐다보며 지금 그녀와 함께 하고 있는 이 시간이 영원토록 이어졌으면 얼마나 좋을까 하는 생각을 했다. 기차가 플랫폼에 도착하자 일행은 재빠르게 기차에 올라탔다.

국민당 사령관 장개석으로부터 서안으로 병력을 이동하라는 명을 받은 장학량 장군이 서북군 장군 양호성의 부대로 옮겨온 지도 수개월이 지났다. 장학량 장군이 공산당과의 전투에 소극적이자 국민당 남경정부에서는 긴급회의를 열었다.
 장개석의 정적인 부사령관 하응흠이 핏발을 세우며 말했다.
 "장개석 총사령관과 각료들이 무능하기 때문에 장학량 장군이 지금 공산당 토벌을 제대로 하고 있지 않는 것이오. 그를 당장 해임하고 엄벌에 처해 국민당 정부의 위상을 높여야 합니다."
 회의에 참석한 각료들은 이번 기회에 장학량을 동북군 장군으로서의 지위를 박탈하고 책임을 물어 구속시키자는데 의견을 모았다.
 장학량의 부관 진의 상위(대위)가 이른 아침부터 서안비행장에서 누군가를 기다리고 있었다. 잠시 후 서안비행장에 군용기가 요란한 소리를 내며 착륙하자 진의 상위는 트랩에서 내린 사내를 태우고 어딘가로 향했다. 군용 짚차가 뽀얀 먼지를 일으키며 도착한 곳은 서북군 총사령부 대장실이었다.
 방안에는 장학량 장군과 평소 그를 따르는 젊은 장교들이 진의 상위가 도착하기만을 기다리고 있었다. 그들의 모습은 어떤 명령이 떨어지더라도 바로 실행에 옮길 태세였다. 진의 상위가 문을 열고 안으로 들어서자 시선이 모두 그에게로 쏠렸다. 사내가 장군에게 거수경례를 마치고 자리에 앉자 진의 상위가 그를 젊은 군인들에게 소개했다.

"이분은 국민당 정부의 군사참모장 진사평 대교(대령)이시다."

젊은 장교들은 국민당 정부의 군사참모장이 서북군 지역까지 비행기를 타고 올 정도라면 필시 중요한 일이 있을 것이라고 생각했다.

"며칠 후 장개석 사령관님께서 서안을 방문하실 것이오! 남경 정부의 각료들은 장학량 장군께서 공산당을 섬멸하려는 의지가 약하다고 생각하고 있소! 장군을 무사히 보필하는 것이 젊은 장교들의 임무라고 생각하오! 조국과 백성을 위해 장학량 장군을 바르게 보필해 주기 바라오."

진사평 대교의 말을 듣고 젊은 장교들은 안도했다. 자기들의 모반 계획이 들통난 것은 아닌지 내심 걱정하고 있었기 때문이다.

기차는 황량한 들판을 가로질러 달렸다. 대물도 서휘도 대원들도 앞으로 자기들에게 닥칠 운명의 그림자를 예측할 수 없었다. 오직 명령에 따른 복종과 충성만이 있을 뿐이었다. 기차가 서안역에 도착했다.

일행이 출구를 나가자 진의 상위가 사복을 입고 그들을 기다리고 있었다. 대물이 품 속에서 예쁘게 생긴 돌을 꺼내 가볍게 두드리기 시작했다. 그 소리는 아주 미약하지만 역 주위를 맴돌며 퍼져 나갔다. 진의가 그들 쪽으로 미소를 지으며 다가왔다. 대물은 직감적으로 동료임을 깨달았으나 쉽게 접촉하지 않고 진의의 움직임을 주시하고 있었다. 진의가 품 속에서 작은 돌을 꺼내 두드리자 새소리 같은 음이 났다. 대물이 동료임을 확인하고 그의 뒤를 따라 걸어나가자 흩어져 눈치를 보고 있던 대원들이 모두 대물의 뒤를 따랐다. 일행을 태운 차는 쏜살같이 서안 시내를 벗어나 한적한 교외로 달리기 시작했다. 차가 멈춰선 곳은 고풍스럽게 지어진 이층집 앞이었다.

서안은 양귀비와 당 현종이 사랑을 나누던 별궁과 유명한 온천인 화청지가 있는 곳으로 청나라 말기에 고급 관리들이 휴양지로 많이 이용하던 곳이었다. 삼국지에 조조가 여산에서 몸을 풀다가 유비에게 패했다는 일화가 있을 정도로 산세가 험준하기로 소문난 곳이었다.

문을 열고 들어서자 거실 안은 온갖 진귀한 그림과 가구로 꾸며져 있었다. 진의가 대원들을 거실로 안내했다.

"오시느라 고생이 많으셨소! 여기는 온천으로 유명한 곳이니 우선 여독을 풀도록 하시오! 그럼 저녁에 다시 오겠소."

진의는 먼 길을 오느라 지친 대원들을 편히 쉬도록 배려했다. 대원들은 각자 배정 받은 방으로 들어갔다. 대물이 방 안을 둘러보니 온갖 진귀한 조각품과 그림들이 진열되어 있었다. 한번도 이런 방에서 자본 적이 없었던 대물이 방안의 시설에 어리둥절하며 이곳저곳을 쳐다보고 있었는데, 문을 두드리는 소리가 들렸다. 대물이 문을 열자 앳돼 보이는 소녀가 과일이 듬뿍 담긴 쟁반을 손에 들고 미소를 지으며 서 있었다. 대물이 놀란 눈으로 그녀를 바라보자 소녀는 아무렇지도 않은 듯 방안으로 성큼 들어섰다. 소녀가 테이블 위에 쟁반을 놓아두고 욕실로 들어가 물을 틀었다. 그 동작이 자연스러운 것으로 보아 경험이 많아 보였다.

"피로하실텐데 욕조에 몸을 담그세요."

소녀가 대물의 곁으로 다가와 그가 옷 벗는 것을 도와주려고 하였다. 대물이 깜짝 놀랐다.

"아니 무슨 짓이요? 누가 당신에게 이렇게 하라고 시켰소?"

소녀는 대물에게 무슨 커다란 잘못이라도 한 것처럼 울상이 된 표정으로 말했다.

"저, 저는 이곳을 찾는 분들을 편안하게 모셔야 하는 이 방의 담당입니다."

"누굴 편안하게 모신다고요? 아니, 그러면……."

대물은 화가 치밀어올라 소녀를 방에서 내쫓아내고는 생각했다. 우리는 비밀결사대의 임무를 띠고 장학량 장군을 돕기 위해 왔지 연약하고 힘없는 소녀를 짓밟고 성을 유린하기 위해 이곳에 온 것이 아니다. 일본군이 연약한 여성을 짓밟고 성을 유린하는 것으로도 모자라 우리들이 권력과 무력을 앞세워 여성의 성을 유린한다면 침략자와 다를 바가 무엇이겠는가.

문 밖이 소란하자 서휘가 문을 열고 빼꼼히 머리를 내밀었다.

"무슨 일이 있나요?"

"……."

문 밖에서 눈물을 흘리고 있는 소녀를 바라보며 서휘가 고개를 갸웃거리며 소녀 곁으로 다가섰다.

"무슨 일이죠?"

소녀는 대물이 왜 화를 내며 방에서 쫓아냈는지 그 이유를 알 수가 없었다. 언제나 그랬듯이 이 방을 찾는 사람은 그녀의 몸을 거부하지 않았는데 유독 대물만이 자기를 거부하자 상사로부터 받게 될 질책을 걱정하며 울고 있었던 것이다.

서휘가 울고 있는 소녀의 손을 잡고 자기 방으로 데리고 들어갔다.

"자, 울지 말고…… 나에게 얘기 해봐요. 무슨 일이 있었나요?"

소녀는 서휘의 따뜻한 말에 두려움을 풀고 조금 전 방 안에서 있었던 일을 말했다. 서휘는 소녀의 어깨를 가볍게 끌어안고 등을 토닥거려 주었다.

"힘을 내세요! 이 세상에는 몇 푼의 돈으로 여자를 짓밟는 사내도 있지만 진실로 여자의 아픔을 이해하는 사람도 있답니다."

소녀는 고개를 끄덕이며 맑은 눈으로 그녀를 쳐다보았다. 서휘는 소녀의 눈에서 정신대에 끌려가던 언니의 눈물로 얼룩진 눈을 보았다. 어느 곳에서 언니도 저 소녀처럼 짐승보다도 못한 일본군들에 의해 성을 유린당하고 있겠지……

방금 전에 있었던 일을 부하로부터 보고 받은 진의 상위가 대물에게 찾아와 겸연쩍은 표정으로 말했다.

"대원들 생각이 부족해 실수를 한 것 같소. 이해 해주시오. 큰 일을 앞두고 여독에 지친 대원들의 피로를 풀어주고자 한 것이 오히려 마음을 상하게 한 것 같구려."

진의는 진정 미안한 마음으로 대물에게 사과를 했다. 대물은 그가 군인으로서 남에게 책임을 전가하지 않는 사내다운 성격에 호감을 가졌다.

저녁 식사를 마치고 진의를 따라 회의실 푯말이 붙은 방으로 들어갔다. 벽에 붙어 있는 대형 지도의 여러 곳에는 붉은 깃발이 꽂혀 있었다.

"자, 앉으시오."

진의 상위는 심각한 표정으로 대원들의 얼굴을 둘러보며 말했다.

"여러분은 장학량 장군이 총애하는 비밀결사대의 대원이고, 나는 국민당 정부에 속한 군인이며 또한 장군을 모시고 있는 부하이기도 하오! 지금 장학량 장군과 양호성 장군을 비롯한 그 휘하 18만의 장병들은 중국 백성의 앞날을 위해 투쟁을 같이 하기로 결의했소. 우리는 이제 더 이상 일본 제국주의의 침략을 방관하는 자들과는 국가의 백년대계를 같이 할 수 없기 때문이요. 투쟁을 성공적으로 이끌기 위해서는 여러분의 도움이 절대적으로 필요해 이곳으로 오게 한 것이오. 때로는 죽음을 초래하는 위험에 처할 수도 있고, 여러분의 행동이 성공에 이르러도 명예와 권력과 부를 얻지 못할 수도 있으나, 여러분의 의로운 행동은 역사에 길이 남을 것이오. 이 투쟁에 목숨을 걸고 참여하고 싶다면 자리에 남고 그렇지 않다면 이 방을 나가도 괜찮소!"

진의 상위의 말에는 비장감이 서려 있었다. 누구 하나 진의의 말에 대해 이의를 제기하는 사람이 없었다. 그들은 이런 목적을 위해 고된 훈련을 받아온 사람들이기 때문이었다.

진의가 벽에 걸린 지도 위에 붉은 깃발을 꽂아둔 지점을 지휘봉으로 가리키며 말했다.

"여기, 이 지점을 잘 봐두시오! 이곳은 앞으로 상황이 벌어질 장소요. 이곳이 정문 초소이고, 문을 들어서서 안쪽으로는 두 개의 문이 더 있소. 이 문을 지나가서 좁은 연못을 연결하는 작은 다리를 거쳐야만 목표에 다다를 수가 있소. 이곳을 지키는 자들은 모두 무예에 뛰어난 군인들이오. 여러분의 신분이 절대로 노출되어서도 안 되며 목표물을 살해해서도 안 되오. 단지 목표물이 어디로 움직이고 있는가를 파악하기만 하면 되오! 이번 작전명은 봉황이오!"

진의는 짧게 작전에 대한 설명을 마치고 문을 나갔다. 서휘는 대물이 진의의 말을 진지하게 듣고 있는 모습을 곁눈질로 보며 몇 년 사이에 확연하게 달라진 사내다움에 자신도 모르게 연모의 정이 솟아나 얼굴을 붉혔다.

국민당 장개석 사령관은 며칠 전 내각회의에서 동부군 장학량 장군과 서북군 양호성 장군에 대한 각료들의 불신임안에 대한 문제로 깊은 고심에 빠졌다.

"도대체 이 일을 어떻게 수습한단 말인가? 두 장군에 대한 해임안건을 내가 직접 처리해야 하니 마음이 편치 않아!"

옆에 있던 그의 부인 송미령이 장개석이 내각회의 건으로 고심하자 차를 따르며 말을 거들었다.

"여보, 무엇을 그렇게 골똘하게 생각하세요? 나라의 대업을 이루기 위해서는 때로는 충신의 목도 친다지 않습디까. 그것이 역사입니다."

아주 간결하면서도 짧은 말이었지만, 그 말 속에는 장개석이 고심하는 문제를 풀어줄 수 있는 해답이 담겨져 있었다.

"아니 부인, 충신의 목을 친다는 것이 무슨 말이요?"

"당신께서 진정으로 장학량 장군과 양호성 장군을 아끼신다면, 당신이 먼저 백성과 국가의 안위를 위해 목을 내놓을 수 있다는 결단을 보이세요. 그러면 두 장군은 당신을 위해 스스로 자신의 모든 것을 다 내놓을 수 있을 것입니다. 당신이 그런 결단이 서지 않았다면 두 장군을 절대로 만나서는 안 됩니다. 국가와 군문에는 위계질서에 의한 명령이 사사로움보다 앞서기 때문입니다. 그들이 충신이라면 명령에 따를 것이고 그렇지 않다면 불복할 것입니다."

"하하하! 당신이 언제부터 그렇게 사려 깊은 생각을 가지고 있었단 말이오? 내, 부인의 말을 참고하리다!"

장개석은 훗날 송미령이 한 말을 실행에 옮겨 위기에 빠졌을 때 헤쳐나올 수가 있었다.

1936년 12월 6일. 장개석을 태운 군용기가 남경을 떠나 서안 상공에 이르자 여산의 험준하고 아름다운 계곡이 눈에 들어왔다. 당 현종이 양귀비를 위해 지었다는 화청궁의 모습이 환상적으로 전개되었다. 중국의 각료와 장군, 부유층이 호사스러운 별장을 지어놓고 휴양을 즐기는 곳이었다. 일년 내내 거둬들인 곡식의 대부분을 국가와 지방 관리에게 세금으로 바치고 그 나머지마저 지역 군벌과 마적들에게 빼앗겨 농민의 삶은 피폐하기 그지없었지만, 이곳의 호사스러운 별장에 휴식을 취하러 오는 자들은 그들이 겪고 있는 고통 따위에는 관심조차 없는 듯했다.

비행기가 서안 비행장에 착륙했다. 장개석 사령관의 경호원이 비행기에서 내려 환영 나온 인사들을 둘러보며 경계의 끈을 늦추지 않고 있었다. 장학량 장군과 양호성 장군이 비행기 트랩 아래로 다가가 장개석 사령관에게 거수경례를 하자 장개석은 양팔로 포옹을 하며 반가운 표정을 지어 보였다.

"장 장군! 양 장군! 얼마나 고생이 많았소? 두 장군이 아니었다면 우리가 이렇게 만날 수조차 없었을 것이오. 정말 훌륭하오!"

장개석의 눈에는 눈물이 고여 있었다. 중국을 위해 한평생을 몸 바쳐온 그는 두 장군이 없었더라면 1927년 4월 상하이에서 국공합작이 결렬돼 수많은 세월 공산당과의 싸움에서 승리를 거둘 수 없었다는 것을 누구보다도 잘 알고 있었다. 시대의 아픔을 같이 해온 장학량과 양호성의 두 눈에도 굵은 눈물방울이 맺혀 있었다.

장개석이 머무는 곳은 화청궁 안 쪽에 있는 공관인 오간청이었다. 오간청은 간결하면서도 운치가 있는 처소였다. 연못의 연꽃들이 필 때 장개석도 몇 번인가 이곳을 찾은 적이 있었다.

장개석은 이곳에 와서 며칠을 머물며 다른 사람들은 다 불러들여 여러 차례 연회를 가졌지만, 아직 장학량과 양호성과는 자리를 갖지 않았다. 이것은 나름대로 장개석의 계략이 깔려 있었다.

장개석이 온천물에 몸을 담그고 나른한 몸으로 거실로 나와 경호국장에게 명령을 내렸다.

"오늘 저녁 장학량 장군을 불러라! 그리고 만약 그 자리에서 그가 내 명령에 불응할 시에는 즉시 체포하라!"

경호국장이 깜짝 놀라 눈을 크게 뜨고 사령관의 얼굴을 쳐다보았다.

"아니, 장학량 장군을 두고 말하시는 겁니까?"

"그렇다. 나는 각료회의 결정에 따라 그의 무능함을 탓하고 직위를 박탈하기 위해 온 것이다. 그러나 이곳은 그들이 병권을 장악하고 있는 곳이니 만큼 시간을 두고 경계하는 마음을 풀도록 한 것이다."

노련한 정치가의 판단이었다.

장학량 장군 앞으로 장개석의 메시지가 전달된 것은 오후 한시 쯤이었다. 장개석의 경호국장이 장학량 장군에게 직접 편지를 전달했다.

"장 장군! 군무에 얼마나 고생이 많소. 중국의 백성과 국민당 정부의 모든 각료들은 장군의 노고에 깊은 찬사를 보내고 있소. 역사에 그릇됨이 없는 충신으로서 길이 남을 것이오. 오늘 서안에서의 마지막 밤을 장군과 회포를 나누며 중국의 미래를 의논해 보고 싶소."

장학량은 장개석의 편지를 읽고 난 후 두 눈을 지그시 감았다. 옆에 있던 부관과 참모들이 긴장한 모습으로 장학량을 쳐다봤다. 장학량이 눈을 뜨고 주위에 서 있는 젊은 장교들을 둘러보며 말했다.

"나는 장군이다. 장군은 크고 작은 전쟁에 임할 때마다 반드시 적군의 의사를 타진해 본다. 이것이 군인과 정치인이 다른 점이다. 병법에 이르기를 적의 전략을 간파하지 못하고 침공하는 자는 반드시 패한다고 했다. 장군이 교만하거나 무능할 때에는 적의 전략을 파악하기도 전에 침공을 먼저 생각한다. 그것은 자신의 전략을 과신했거나 적에 비해 자신의 전략이 부족했거나 둘 중에 하나이다. 나에게는 지략과 전략이 뛰어난 부하들이 많다. 바로 너희들이다. 오늘 너희들이 먼저 총사령관을 배알하여 부하로서의 예의를 갖추고 의사를 타진하라! 그리고 너희들의 의사를 직접 전달해 총사령관과 국민당 각료들이 갖고 있는 생각을 바꿀 수 있는 계기를 만들어 보도록 노력하라! 이 일이 오늘 너희들이 해야 할 임무다."

젊은 부하 장교들은 장군의 명령이 무엇을 의미하는지 분명히 깨닫고 있었다.

12일 오후 두시경. 장개석의 방으로 경호국장이 들어왔다. 장개석은 지난밤의 숙취가 아직도 덜 풀린 듯 하품과 기지개를 켜며 국장을 바라보았다.

"뭐 급한 보고사항이라도 있나?"

국장이 머뭇거리며 말했다.

"네, 지금 서북군 참모장들이 총사령관님께 인사를 드리기 위해 기다리고 있습니다."

"음, 참모장들이……. 그러면 서북군을 대표하는 자들이 아닌가?"

"네, 그렇습니다."

"그렇다면 만나봐야지. 미래의 중국을 이끌고 갈 인물들이 아닌가?"

"하지만 지금은 시기가 좋지 않습니다."

"무슨 말인가? 시기가 좋지 않다니?"

"저녁에 장학량 장군을 뵙기로 하지 않았습니까?"

"그랬지. 그것과 참모들을 만나는 것과 무슨 연관이 있단 말인가?"

"혹시라도 총사령관님의 의도를 간파해서 참모장들이 사령관님을 뵙고자 찾아온 것이 아닌가 해서 말씀드리는 것입니다."

"허허허! 자네도 정치인들을 많이 접하다보니 예민해졌구먼. 정치인은 권모술수에 능하지만 군인은 행동으로만 말하는 사람들이야, 들어오라고 해!"

"네, 잘 알겠습니다!"

국장은 뭔가 미심쩍었지만 사령관의 명령을 거역할 수가 없었다. 열댓 명의 참모장들이 집무실로 들어왔다. 장개석은 한 사람 한 사람씩 인사를 받을 때마다 양손으로 소중하게 그들의 손을 잡고 인사를 받았다. 자신이 일본에서 육군사관학교에 다닐 때를 생각해서 장개석은 진심으로 군인들을 반갑게 맞았다. 참모장들도 중국 백성을 위해 한평생을 몸 바쳐온 혁명가에게 깊은 존경심을 가지고 있었다.

"그래, 잘들 왔어! 내가 진작 서북군 사령부를 방문해 귀관들과 중국의 미래에 대해 많은 대화를 나눠야 했는데 워낙 바쁘다 보니 이렇게 늦게 만나게 되었군. 자, 기탄없이 하고 싶은 말들을 해보게나. 군문에 관한 일이라면 나도 군인 출신이 아닌가?"

장교 한 명이 앞으로 나서며 말했다.

"서북군 참모장 상위(대위)입니다. 지금 중국은 1차 세계대전이래 제국주의의 침략으로 주요 도시 상당수가 점령되었습니다. 제국주의자들은 외교 관례를 악용해 조차지를 설정하고 온갖 악행을 일삼으며 수많은 경제적 이권을 탈취해 가고 있습니다. 그들의 조차지 내에서 우리 국민들이 살해되어도 법적으로 보호를 받지 못할 뿐 아니라 조사 조차도 제대로 이루어지지 않고 있는 실정입니다.

그리고 일본의 만행 또한 극에 달해 있습니다. 일본은 무고한 농민을 항일군 동조세력으로 몰아 잔인하게 살해한 것으로도 모자라 무고한 양민까지 집단 살해하고 있습니다.

그런데 우리 국민당 정부는 십수년 동안 같은 민족에게 총부리를 겨누며 싸워왔습니다. 그것도 1차 세계대전 당시 침략자들이 남기고 간 총으로 말입니다. 이제는 사령관님께서도 민족을 향한 총부리를 거두시고 국공합작에 의한 항일전을 구축해 조국을 위난에서 구하는 길로 가셔야하지 않겠습니까!"

  상위의 말이 끝나자 젊은 장교 한 명이 앞으로 나섰다. 장개석은 참모장들이 쏟아내는 말이 심상치 않음을 느꼈는지 자세를 바로잡아 앉았다.

  "그래, 편안하게 귀관의 의사를 말해 보시오!"

  오랜 풍상을 겪으며 중국의 대부로 불리는 장개석으로서 이들이 무엇을 말하려는가를 모를 리가 없었다.

  "서북군 상위(대위)입니다. 저는 고향이 만주입니다. 일본군이 만주를 침략하면서 얼마나 많은 무고한 백성을 비적과 마적의 잔당으로 몰아 살해했는지 아십니까? 그들은 총알이 아까워 대검으로 여자들을 찔러 죽이고 그 시체를 마을 입구에 매달아 일본군에게 반항한 자들에 대한 본보기로 삼았습니다. 그들은 심지어 어린 여자아이까지 강간을 일삼았습니다. 살려달라고 애걸하는 저의 아내와 어린 자식을 대검으로 찔러 죽이며 '네 아비가 일본에 반항했기 때문에 너희 가족들을 죽이는 것'이라고 말했습니다. 거동도 제대로 못하는 늙은 노모는 그들이 불태운 집안에서 절규하며 타죽어야만 했습니다."

젊은 장교는 자기 가족이 일본군에게 당한 일을 말하면서 흐느껴 울었다.

"같은 민족이 적일 수는 없습니다. 저희들과 공산당이 왜 서로 죽이고 죽이는 내전을 펼쳐야 합니까? 우리가 싸워야 할 적은 같은 동포가 아니라 우리의 가족을 짓밟고 고향산천을 유린하고 있는 일본 군대가 아니겠습니까? 그런데 왜 국민당 정부는 그들의 침략에 대해 적극적으로 대항을 하지 않고 수년째 같은 동포를 향해 총을 쏘라고만 명령합니까? 우리는 같은 민족을 향해 더 이상 총을 쏠 수 없습니다."

이번에는 헐렁한 군복을 입은 여군이 앞으로 나섰다.

"서북군 소속 경위(중위)입니다. 저도 고향이 만주입니다. 제 부모님은 마을에 보위단(마을을 지키는 자위조직단원)으로 계셨습니다. 할아버지는 청조 말에 마을의 의관을 하셨지요. 만주사변이 일어나던 해 부모님과 오빠는 마을을 침략해 오는 일본군에 대항해 싸우다가 전사했습니다. 저와 제 어머니는 마을에 다른 여자들과 함께 일본 군대에 끌려가 그들의 부대에서······."

여군은 감정이 복받쳐 올라 말을 잇지 못했다. 그녀의 눈에서 굵은 눈물방울이 떨어졌다.

"한 두 평 남짓한 막사 안에서 하루에도 수십 명의 일본군이 줄을 서서 차례를 기다리며 욕보였습니다. 하초에서 피가 쏟아져도 오히려 더 쾌감을 느끼며 욕보였습니다. 마을에 함께 살던 아주머니가 고통을 참지 못해 혀를 깨물고 죽자 그들은 가마니 한 장에 둘둘 말아 어딘가에 시체를 버렸습니다. 몇 개월이 지나자 배가 불러오는 아줌마를 밤에 끌어내 어딘 가로 데리고 갔습니다. 그 다음날부터 그의 모습은 보이지 않았습니다.

왜 국가는 백성들을 지켜주지 못하나요? 그런 악독한 만행을 저지르는 일본군과 싸워 이 땅에서 쫓아내야 하는 것이 우리 군인이 해야 할 일이 아닌가요? 정부 각료의 딸이 그런 끔찍한 일을 당했다면 어떻게 했을까요?

사령관님! 같은 민족에게 총부리를 겨누는 일을 끝내고 서로 힘을 합쳐 이 나라에서 일본군을 하루 빨리 몰아내는 길만이 백성을 구할 수 있는 길이라고 생각합니다. 저는 목숨이 다하는 그 날까지 일본놈과 싸울 것입니다."

눈물로 얼룩진 여군의 고백에 분위기가 숙연해졌다.

"귀관들의 국가와 백성을 생각하는 충심을 높이 평가하며 지금까지의 얘기를 충분히 검토해 국민당의 정책에 반영하겠다."

장개석은 무뚝뚝한 표정으로 참모들을 배웅했다. 오간청을 나서던 참모중 한 사람이 한 구절의 시를 읊었다.

"산은 높고 아름다운데 여산의 하늘 아래는 슬픔이 깔리는구나."

참모들이 부대로 돌아와 장개석과의 면담에 대한 각자의 평가를 말했다. 장학량과 양호성은 젊은 장교들의 말을 귀담아 들으며 깊은 생각에 잠겼다.

침묵의 시간이 흐르고 있었다. 이제 남은 것은 장군의 결심 뿐이었다. 침묵을 깨고 장학량 장군이 입을 뗐다.

"봉황작전을 실시하되 봉황을 조금도 다치게 해서는 안 된다. 이 말을 명심해 작전에 임하라!"

"네, 알겠습니다!"

참모장들은 우렁차게 대답했다. 그 기세가 하늘을 찌를 만큼 높게 군영에 울려 퍼졌다. 막사로 돌아간 참모장들은 조용하고 신속하게 작전을 준비했다. 진의가 대물이 머무는 처소로 돌아와 대원에게 봉황작전이 발효됐음을 알려주었다. 작전 개시 시간은 자정을 넘긴 두 시로 정해졌다.

대원들은 이미 화청궁과 오간청 주위의 지형을 샅샅이 파악해 놓고 있었다. 봉황이 여산으로 깊숙이 도피할 경우를 대비해 각

길목과 연결된 좁은 산길까지도 파악해 두었다.

한편 참모장들이 돌아간 뒤 장개석은 여산을 바라보며 깊은 생각에 잠겼다. 그러나 그 옛날 조조가 한탄했던 고사를 그는 깨닫지 못하고 있었다.

경호국장은 만약의 사태에 대비해 오간청 출입구마다 기관총을 배치하고 숙소 안을 지키는 경호원에게 모젤 소총을 장착하게 했다. 국장이 장개석에게 모시나강 6연발 권총을 건네주자 장개석은 그의 얼굴을 바라보며 나지막한 목소리로 말했다.

"자네는 왜 나에게 이 총을 주는 건가? 나는 오랜 세월동안 모진 풍상을 겪으며 백성의 안위를 위해 살아 왔네. 나에게는 총이 필요 없네. 그들이 적이라면 나를 사살할 것이고, 아군이라면 나를 보호하지 않겠는가?"

장개석도 젊은 장교들과의 만남이 결코 좋은 결과를 초래하지 않을 것이라는 예측을 하고 있는 듯했다. 오후 5시 경 서안의 부호와 유명 인사들이 화청궁 안의 연회장으로 들어와 장개석에게 인사를 하고 있었다. 국민당 총수 겸 육해공군의 사령관으로서 중국의 실권을 쥐고 있는 장개석을 이곳 서안에서 볼 수 있다는 것은 지방 부호로선 영광스러운 자리가 아닐 수 없었다. 이 기회에 장개석에게 확실하게 눈도장을 찍어두면 더 많은 돈을 벌 기회를 잡을 수도 있을 것이라고 생각하는 것 같았다.

부호들이 가지고 온 진귀한 선물들이 방안 가득히 차 있었다. 장개석은 이미 부관으로부터 보고를 받았던 터라 일일이 부호의 손을 잡으며 치하를 아끼지 않았다. 장개석은 의외로 진귀한 선물이 많이 들어왔다는 부관의 말을 듣고 기분이 좋아져서 장학량이 참석하지 않은 것에 대해 그다지 중요하게 생각하지 않았다. 남경정부가 재정적 어려움을 겪고 있던 차에 서안의 부호들로부터 막대한 금품을 지원받게 되어 장개석은 저절로 흥이 돋았다. 그래서 많은 술을 마시게 되었다.

연회가 자정 쯤 파경되자 술이 거나하게 취한 장개석이 국장의 부축을 받으며 방으로 돌아갔다. 국장이 경호 의전상 잠드는 방을 하룻밤에 두 번은 바꿔야 한다고 말하자 장개석은 귀찮은 표정으로 국장의 손을 뿌리치고 잠자리에 그대로 누웠다. 잠시 후 코고는 소리가 공관을 뒤덮었다.

여산의 밤은 칠흑같이 어두웠다. 한 조가 된 대물과 서휘는 화청궁의 뒷담으로 잠입해 성곽을 향해 굵은 밧줄을 던졌다. 쇠갈고리가 담에 꽂히는 소리가 '철커덕' 하고 들렸다. 대물이 잽싸게 밧줄을 타고 성곽 위로 올라서서 신호를 보내자 서휘가 민첩하게 밧줄을 타고 올라왔다.

두 사람은 조심스럽게 주위를 살피며 장개석이 머물고 있는 오간청 쪽으로 발걸음을 옮겼다. 간간이 경호원들의 모습이 보였지만 두 사람의 움직임이 신출귀몰하여 그들의 눈에 띄지 않았다. 동근 원형으로 만들어진 출입구를 지나 작은 정자 위로 올라가니 화청지와 오간청이 한눈에 들어왔다. 장개석이 머무는 공관까지 가려면 화청지를 지나야 했다. 날듯이 걸어 공관에 도달했다. 두 사람의 움직임이 하도 민첩하여 경호원들이 침입을 발견하지 못했다. 이층으로 지어진 건물 입구에는 경호원이 긴 총을 끌어안고 꾸벅꾸벅 졸고 있었다. 대물이 건물 뒤쪽으로 돌아가 이층 창문으로 들어갈 수 있는 곳을 찾으려고 살펴보았다.

이따금 산짐승이 울어대는 소리가 들려왔다. 대물의 뒤로 다가선 서휘는 옆구리에 차고 있던 헝겊으로 감싼 쇠고리가 달린 가는 밧줄을 손에 쥐고 허공에 원을 그리며 돌리다가 이층 창문 안으로 던졌다. '퍽' 하고 쇠고리가 창틀에 걸리는 소리가 들렸다. 두 사람은 위쪽에서 아무런 반응이 없자 재빠르게 밧줄을 타고 이층으로 올라갔다. 그 속도가 마치 다람쥐가 나무를 타고 오르는 것과 같이 빨랐다. 서휘와 대물이 창틀 안으로 들어서서 밧줄을 거둬 옆구리에 차고 방안을 둘러보았다. 벽 쪽에 빽빽하게 책이 꽂혀 있는 것으로 봐서 장개석이 애용하는 서재 같았다. 문밖에서 경호원들이 잡담을 나누는 소리가 들려왔다. 두 사람은 신속하게 서재 뒤로 몸을 감추며 공격 태세를 갖추었다. 경호원이 복도 맞은편으로 사라지는 소리가 들리자 서휘가 방 위쪽을 바라보며 대물에게 손짓했다. 방을 연결하는 천장 속에 굵은 서까래가 받쳐져 있었다. 그 곳에는 사람 한 명이 간신히 빠져나갈 수 있는 작은 구멍이 있었다. 서휘가 대물의 어깨 위로 날렵하게 발을 딛고 올라서서 밧줄을 서까래 위에 묶은 후 밑으로 내리자 대물이 밧줄을 잡고 위로 올라섰다. 구멍으로 간신히 서휘의 몸이 빠져나가자 대물이 그 뒤를 이어 몸을 비틀며 빠져나갔다. 대물과 서휘는 천장 아래를 주시하고 있었다. 수년의 훈련을 통해 숙달된 그들이었다. 몇 개의 방을 천장을 통해 빠져나가던 서휘가 손가락을 아래로 가리키며 엄지손가락을 치켜세웠다. 봉황이 잠들어 있는 곳을 발견한 것이다.

봉황작전이 실시되자 진의 상위는 젊은 참모장들과 위관들로 구성된 정예 요원 이백 명을 이끌고 어둠이 깔린 화청궁 입구에 매복하고 있었다. 봉황작전 시각이 촉각을 다투며 다가오고 있었다. 진의 상위가 시계를 보았다. 진의가 작전 개시를 알리는 신호를 보내자, 위관급 병사들이 초소 앞으로 다가갔다. 초소에는 몇몇 사병들이 긴 총을 어깨에 메고 있었다. 갑자기 시끄러운 발소리에 초소에 서 있던 사병이 앞으로 나서며 소리쳤다.

"누구냐?"

"나는 서북군 사령부 참모장 진의 상위를 모시고 있는 위관이다. 지금 긴급한 용무로 진의 상위님께서 장개석 사령관에게 보고를 드릴 일이 있어 왔다! 문을 열어라!"

진의의 얼굴을 확인한 사병들이 화청궁 입구의 큰문을 열어 주자 젊은 장교들이 물밀 듯 들어섰다. 그러자 보초장이 심상치 않음을 느꼈는지 그들의 앞을 가로막으며 장교들의 진입을 제지했다.

"더 이상 다가서지 마십시오! 우리는 그런 통보를 받은 바 없습니다. 그리고 지금은 사령관님께서 주무시고 계시니 경호 국장님의 허락이 떨어지면 들어가도록 하십시오!"

보초장은 전화로 확인을 하기 위해 보초실 안으로 들어갔다. 진의 상위가 옆에 있던 위관에게 눈짓으로 사인을 보내자, 위관이 재빠르게 보초실 안으로 뛰어들어 전화를 걸려고 하는 보초장의 머리에 총을 들이댔다.

"아니 이게 무슨 짓입니까?"

"수화기를 내려 놔라! 우리는 지금 중요한 임무를 띠고 이곳에 왔다! 만약 우리 임무에 방해되는 행위를 할 때는 이 총이 용서치 않을 것이다!"

보초장이 머뭇거리며 그들을 바라보았다. 이때 갑자기 정적을 깨는 총소리가 들렸다. 탕탕탕! 초소병들이 보초실 안에서 벌어지는 상황이 심상치 않자 성문 쪽으로 달아나다가 참모장들의 총격을 받은 것이다. 총소리를 들은 보초장이 총을 뽑으려 하자 진의 상위는 총을 두 발 갈겼다. 탕탕! 보초장이 힘없이 쓰러졌다. 장교들이 재빠르게 오간청 안으로 뛰어 들었다. 화청지를 지나 장개석 공관 앞으로 돌진했다. 공관 입구를 지키고 있던 경비병과 경호원이 사격을 가했다. 요란한 총소리가 고요한 산사에 울려 퍼졌다.

"탕탕타타당탕……."

경호국장은 총소리가 요란하게 들리자 급한 발걸음으로 장개석의 방으로 뛰어 들어갔다. 장개석도 총소리에 놀라 잠에서 깼다. 간밤에 과음한 탓으로 서 있기조차 힘들었지만 간신히 참으며 창문 밖을 내려다보고 있었다. 총알이 어둠을 뚫고 빗발쳤다.

"사령관님! 빨리 이곳을 피하셔야 합니다!"

장개석이 놀라며 경호국장에게 물었다.

"저들은 누구인가?"

"아직은 잘 알 수 없습니다만 총을 쏘는 것으로 봐서는 적군이 틀림없습니다."

"그래?"

"빨리 피하셔야 합니다. 제 등에 업히십시오, 사령관님!"

 국장은 잠옷을 입은 장개석을 등에 업고 담요로 몸을 덮은 후 허둥지둥 방문을 나섰다. 창 밖에서 들리는 요란한 총소리가 더욱 위기감을 고조시켰다. 장개석이 잠들어 있던 방의 천장 위에서 장개석의 움직임을 내려다보고 있던 대물과 서휘는 장개석이 방을 빠져나가자 재빠르게 방 아래로 내려와 장개석을 업고 도망치는 쪽을 바라보며 뒤를 쫓았다. 공관을 지키던 경호원이 수세에 몰리자 산 쪽으로 뿔뿔이 달아나기 시작했다. 공관은 순식간에 점령당했다. 젊은 장교들이 공관 뒤쪽으로 달아나는 경호원을 향해 무차별 총을 난사하며 추격하기 시작했다. 칠흑 같이 어두운 밤 장개석을 등에 업고 달아나는 경호국장의 얼굴에서는 땀이 비 오듯 흘러내렸다. 오직 장군의 생명을 지켜야 한다는 일념으로 힘든 것도 잊은 채 여산으로 달아나고 있었다.

 일정한 거리를 두고 뒤를 쫓고 있는 대물과 서휘는 바람에 들려오는 나뭇가지가 부딪치는 소리만으로도 위치를 파악할 수 있는 고도의 훈련을 받은 정예 요원이라 달아나는 장개석이 어디로 향하고 있는지 충분히 알 수가 있었다.

여산은 산새가 워낙 험악해 한낮에도 걷기가 어려운 곳이었다. 국장은 초인적인 힘으로 가쁜 숨을 몰아쉬며 정신없이 산을 올랐다. 대물과 서휘는 충분히 거리를 두고 뒤를 쫓았다. 장개석의 뒤를 따르는 경호원은 고작 서너 명에 불과했다.

장개석 일행은 산세가 더욱 험준해지자 더 이상 달아날 수 없다고 판단해 숨을 곳을 찾던 중 동굴을 발견하고 안으로 들어갔다. 국장이 담요를 벗기자 장개석은 추위 탓인지 온몸을 부들부들 떨었다.

"여기가 어디 쯤 되나?"

"아마 여산의 중턱 쯤 될 듯합니다."

"중턱이라고?"

"네, 그렇습니다!"

"적들이 이곳을 발견하지 못하도록 굴 입구를 잘 위장하도록 하라!"

장개석은 군인 출신이라 이런 위기에서 목숨을 부지하는 방법을 잘 알고 있었다. 국장과 경호원이 굴 밖으로 나가 나뭇가지를 굴 입구에 얼기설기 쌓아 놓고 돌아왔다.

장개석은 안도의 숨을 내쉬며 말했다.

"지금 쯤 적들이 나를 찾기 위해 이 산을 이 잡듯 뒤지고 있을 것이다. 낮에는 이곳에 숨어 있다가 야밤을 틈타 벗어나자."

"네! 알겠습니다."

국장은 이런 와중에서도 침착함을 잊지 않고 위장술로 위기를 벗어나려는 장군의 지략에 감탄했다. 혁명의 밤이 지나고 붉은 태양이 여산의 중천에 떠올랐다. 혁명군은 밤새 여산으로 달아난 장개석을 체포하기 위해 산길로 접어들고 있었다. 산 외곽으로 통하는 모든 통로는 완전히 차단되어 있었다.

대물과 서휘는 동굴 맞은 편 바위 뒤에 숨어 그들의 움직임을 주시하고 있었다. 동굴 안은 숨소리조차 들리지 않았다. 서휘가 품속에서 작은 장신구를 꺼내 입에 대고 불기 시작했다. 피리 소리 비슷한 소리가 바람을 타고 산으로 울려 퍼졌다. 산길을 오르고 있던 혁명군이 그 소리를 듣고 답신 신호를 보냈다. 선두에 서서 산 위로 올라오던 진의가 마중나온 대물을 발견하고 기쁨의 미소를 지어 보였다. 대물이 빠른 걸음으로 산 위로 올라가자 혁명군은 그의 뒤를 따라갔다. 대물이 손가락으로 동굴을 가리켰다. 혁명군은 조심스럽게 동굴 입구 쪽으로 다가섰다. 나뭇가지와 잎으로 막아서인지 자세하게 살펴보지 않으면 입구를 발견할 수가 없을 만큼 위장이 잘 되어 있었다. 진의와 혁명군이 동굴 입구에 포복을 한 채 총구를 동굴로 겨냥하며 소리쳤다.

"사령관님께서 숨어 있는 곳이 발각됐습니다. 더 이상 지체하지 말고 항복하십시오! 만약 불응한다면 사격을 가할 수밖에 없습니다."

혁명군들이 '철커덕' 하고 총알을 장전하는 소리가 굴 속에 울려 퍼졌다.

동굴 안에서 밖의 움직임을 주시하고 있던 국장이 장개석의 얼굴을 바라보았다. 추위와 공포의 어두운 그림자가 늙은 혁명가를 감싸고 있었다.

"사령관님! 더 이상 군인으로서 불명예스러운 행동을 취하고 싶지 않습니다. 항복이 아니면 사생결단을 해야 할 것입니다. 저는 명예로운 군인의 길을 택하고 싶습니다. 그러나 사령관님께서는 중국의 앞날과 백성을 위해 혁명군과 대화를 나누십시오! 명분이 있는 한 그것은 결코 패배가 아닙니다."

국장은 장개석에게 절도 있게 경례를 하고 동굴 입구로 걸어 나갔다.

"나는 국민당 정부의 경호국장이며 너희들과 같은 서북군 사령부에 속한 군인이다! 너희들은 어째서 사령관을 향해 총부리를 겨누는가? 나는 군인으로서 너희들에게 항복할 수가 없다."

국장은 서서히 굴 밖으로 걸어 나왔다. 혁명군의 총구가 그의 심장을 겨냥하고 있었으나 그는 전혀 두려워하는 기색이 없었다.

"무기를 버리고 항복하라!"

진의가 그를 향해 소리치자, 국장은 무기를 버리지 않은 채 걸어 나오며 말했다.

"너는 군인으로서의 명예를 더럽혔다. 총으로는 나를 이겼을지 몰라도 군인으로서 너는 나에게 패배한 것이다. 절대로 사령관님을 욕보이는 행위를 하지 않기 바란다."

국장은 들고 있던 총을 자신의 관자놀이에 갖다 대고 방아쇠를 당겼다. 탕! 한 발의 총소리가 여산의 깊은 골짜기를 타고 울려 퍼졌다. 군인으로서 자기가 모시고 있던 상사를 살리기 위해 그는 명예로운 죽음을 택한 것이었다. 진의는 장렬하게 죽음을 맞이한 국장의 시신을 향해 거수경례를 했다.

동굴 안에 있던 서너 명의 경호원이 손을 들고 입구로 나오기 시작했다. 참모장들이 그들을 총으로 위협하며 굴 옆에 꿇어 앉혔다. 진의가 굴 안으로 들어서자 장개석이 소리쳤다.

"네가 적군이라면 나를 사살하고 그렇지 않다면 무릎을 꿇어라!"

"사령관님 저희들은 적군이 아닙니다. 사령관님께 오직 저희들의 충심을 전달하기 위해 이런 행동을 취했습니다. 용서하시고 당분간 저희들의 보호를 받으시기 바랍니다!"

"위관! 사령관님을 부대로 모셔라!"

"네, 알겠습니다!"

젊은 참모들이 몸부림치는 장개석을 등에 업고 굴 밖으로 걸어 나갔다. 국민당 육해공군의 수장인 장개석이 잠옷 차림으로 젊은 군인들의 포로가 되어 잡힌 것이다.

장학량은 한숨도 자지 않고 자기 방에서 추격군의 보고를 기다리고 있었다. 따르릉. 이때 전화벨이 울렸다.

"음, 그래! 사령관님을 체포해서 부대로 압송 중이라고? 수고들 많았다. 사령관님께서는 무고하신가?"

"네, 추위와 긴장 탓인지 많이 위축되어 계십니다."

"알았다. 절대로 사령관님께 예의를 잃어서는 안 된다!"

장학량은 부하들에게 사령관의 신변을 철저하게 보호하라고 명령했다. 장학량은 수화기를 내려놓고 눈을 지그시 감았다. 장개석과 함께 했던 순간들이 주마등처럼 머리를 스치고 지나갔다. 장학량은 오랜 시간 동안 많은 생각을 했다. 앞으로 어떻게 해야 할지도 생각했다.

진의 부관이 장학량의 방으로 들어왔다. 그의 군복은 온통 땀으로 젖어 있었다. 군복에서 김이 모락모락 피어올랐다. 장학량을 향해 진의 부관이 거수경례를 올리자 장학량은 반가운 표정으로 진의를 끌어안고 등을 토닥거려 주었다.

"수고했다! 그래 사령관님께서는 무사하신가?"

"네, 별일 없으십니다!"

"긴급 작전 참모회의를 소집하라!"

"네, 잘 알겠습니다!"

잠시 후 젊은 혁명군이 사령관실로 모였다. 역사의 한 획을 긋는 혁명에 참가해 그 수장을 생포하고도 지금 자신들이 사령관을 감금하고 있다는 사실이 믿어지지 않는 듯 그들의 얼굴은 다소 들떠 있었다.

그들이 자리에 앉자 장학량이 침묵을 깨며 말문을 열었다.

"귀관들의 혁혁한 공을 높이 치하한다. 우리가 장개석 사령관을 체포한 것은 그의 지위와 명예를 짓밟기 위한 것이 아니다. 일본의 침략과 내전으로 도탄에 빠진 백성과 위급한 나라를 구하기 위함이다. 그러기 위해서는 사령관의 도움이 절대적으로 필요하다. 이 점을 분명히 깨닫고 혁명의 참뜻에 위배되지 않는 군인이 되어 주기 바란다!"

젊은 장교들은 혁명 취지에 모두 공감하고 있던 터여서 장군의 발언에 반론을 제기하는 자는 없었다.

혁명군에게 구금되어 있는 장개석은 불안과 초조감으로 얼굴이 수척해졌다. 그는 자신이 감금되었다는 사실보다는 자신의 수족같은 장군과 부하로부터 배신을 당했다는 것이 한층 더 그를 화나게 했다. 그러나 그의 생각을 겉으로 드러낼 수는 없었다. 요란한 구둣발 소리가 들려왔다. '철커덕'하는 쇠문 여는 소리가 장개석의 귀에 날카롭게 파고들었다. 장개석은 안으로 들어서는 젊은 사병의 얼굴을 삐걱거리는 침대에서 몸을 일으키며 쳐다보았다.

젊은 사병이 장개석에게 말했다.

"사령관의 모든 지위가 박탈당했기 때문에 지금부터 사령관이라는 칭호를 쓰지 않을 것이니 그리 아시기 바랍니다. 여기에 구금되어 있는 동안 절대적으로 저희들의 지시와 명령에 따라야 하며 사령관으로서의 대우를 받을 생각은 하지 않는 게 좋습니다."

젊은 사병이 낡은 군복 한 벌을 장개석 앞으로 던졌다.

"갈아 입으십시오!"

장개석이 어이없다는 표정으로 바라보자 사병이 벌컥 화를 냈다.

"아니, 이놈의 영감탱이가 아직도 자기가 사령관이라고 착각하고 있는 것 같군. 당신은 지금 참모회의의 결정에 따라 총살형을 받을 수 있다는 것을 알아야 하오! 당장이라도 우리는 당신을 사살할 수도 있다는 것을 잊지 마시오!"

장개석은 순간 자신이 그들의 요구를 들어주지 않을 경우 어쩌면 죽을 수도 있을 것이라는 두려움을 느꼈다. 장개석은 사병이 던져준 낡은 군복을 갈아입고 조금 전 기세등등하게 바라보던 그런 눈빛이 아닌 절박하고 애절함이 깃든 시선으로 사병을 바라봤다.

"곧 장군과 면담이 있을 것이오. 그때 적절한 처신을 하지 못하면 당신의 목숨은 우리들 손에 의해 처리될 것이오. 내 말을 명심하시오!"

잠시 후 몇 명의 사병들이 들어와서 침대에 누워 있는 장개석을 일으켜 세웠다.

"지금 참모장들이 이층에서 당신을 기다리고 있소! 자, 갑시다!"

장개석은 사병들의 손에 이끌려 방을 나섰다.

참모실에서는 장교들이 장개석에게 질문할 사항들을 간추리고 있었다. 문이 열리자 병사의 부축을 받으며 장개석이 방안으로 들어왔다. 덥수룩하게 자란 턱수염 탓에 그는 한층 더 초췌해 보였다. 참모장들은 일제히 장개석을 향해 거수경례를 했다. 장개석은 조금 전 사병들이 자기에게 가한 모욕적인 언행과 태도로 인해 적지 않은 충격을 받았지만 장교들이 자기를 대하는 태도가

180도 달라 보이자 갈피를 잡을 수가 없었다. 진의 상위가 공손한 태도로 자리를 권하자 장개석은 다소 마음이 놓였다. 젊은 장교 한 사람이 자리에서 일어나 말했다.

"저희들은 사령관님의 지위를 빼앗고 위해를 가하기 위해 병간을 일으킨 것이 아닙니다. 우리나라는 지난 50년 동안 제국주의 국가의 침략으로 경제적 이권과 노동력을 찬탈당했습니다. 일본군은 많은 사람들을 무자비하게 죽였으며 여자들을 집단 강간했습니다. 일본군들이 지나간 마을은 쑥대밭이 되었고 부모 형제를 잃은 어린 아이들은 몇날 며칠을 부모의 시체 옆에서 울어야 했습니다.

누가 이러한 비극을 만든 것입니까? 사령관님께서도 지난 수십 년 간 제국주의 국가의 횡포를 막기 위해 투쟁해 오시지 않으셨습니까? 그런데 사령관님께서는 항일전에 총력을 기하지 않고 공산당과의 싸움에만 매달리고 있습니다. 사령관님, 당장 내전을 중지해 주십시오! 백성들은 사령관님의 전유물이 아닙니다. 저희들이 사령관님을 지켜드릴 수 있는 길은 사령관님이 내전을 중지하시는 것 뿐입니다. 사령관님께서 동의하신다면 국공합작을 이루어 항일전에 전념한다는 성명서를 발표해 주시기 바랍니다."

장개석은 두 눈을 지그시 감고 그들의 얘기를 다 듣고 난 후 눈을 뜨며 주위를 둘러보았다.

"귀관들의 혁명 사유를 충분히 검토해 오늘 중으로 나의 의사를 알려주겠다. 그 결정이 귀관들이 요구하는 사항과 다를 수 있을지라도 위해와 협박은 나의 결정에 도움이 될 수 없다는 점을 명심하라!"

참모장들은 늙은 혁명가의 용기 있는 답변에 힘껏 고무되어 방을 나섰다. 장개석이 사병들에게 이끌려 다시 방으로 돌아왔다. 삐걱거리는 마루 침대 위에 걸터앉아 두 눈을 감고 깊은 생각에 잠겼다. 지난 수십년간 대륙을 누비며 오직 백성의 행복을 찾아주기 위해 싸워왔던 자신이 오늘 이런 모습에 처했다는 것이 격세지감을 느끼게 했다. 장개석은 차가운 독방에 갇힌 자신의 처지에 분노가 치밀어 올라 두 눈을 뜰 수가 없었다.

초조한 시간이 흘러갔다. 참모실에서 장개석의 결정을 기다리는 젊은 혁명군들은 자기들의 요구대로 관철되지 않을 때를 대비해 심사숙고하고 있었다. 장개석이 국공합작을 받아들이지 않는다면 국민당 정부와 장개석을 지지하는 지방 군벌들 양쪽으로부터 공격을 받게 될 수도 있었다. 일본 또한 장개석을 은연중 지지하고 있는 나라여서 그들의 개입도 만만치 않을 것이다.

장개석이 조용하게 사병을 불렀다.

"장학량 장군을 불러 달라! 내가 그를 통해 중요한 사안을 발표할 것이다."

사병은 장개석의 말을 듣고 재빠르게 이층 참모실로 뛰어올라갔다. 초조하게 장개석의 결정을 기다리고 있던 장교들은 문을 열고 안으로 들어서는 사병 쪽으로 시선을 돌렸다. 사병이 진의 상위에게 조금 전 장개석이 한 말을 보고했다. 사병의 보고가 끝나자 진의 상위가 고개를 끄덕였다. 그러자 동료들이 진의를 향해 엄지손가락을 치켜세웠다. 자신들의 뜻이 관철되었던 것이다.

이제 장학량 장군과 장개석 사령관과의 최종 의사 타진만 남겨두고 있었다.

진의가 사병의 등을 두드려 주었다.

"그래 고생이 많았다. 너희들의 우국충정은 우리 혁명사에 길이 기록될 것이다. 사령관의 결정이 나기 전까지는 절대 긴장을 풀지 마라!"

"명심하겠습니다."

사병이 밖으로 나가자 진의 상위는 장학량 장군실로 전화를 걸었다.

따르릉. 젊은 부관이 수화기를 들어 귀에 대자 진의의 목소리가 약간 흥분된 듯 수화기를 타고 들려왔다.

"나는 진의 상위다. 장학량 장군님을 급히 연결하라!"

젊은 부관이 진의 상위의 전화를 장군에게 급히 바꿔줬다.

"장군님, 진의 부관입니다! 지금 사령관님께서 장군님을 통해 저희들이 요구한 사안에 대해 결정을 통보하시겠다고 합니다. 급히 이곳으로 와주셨으면 합니다!"

"그래, 사령관님께서 결정을 내리실 것 같아 보이는가?"

"네, 그렇습니다!"

"알겠다! 내가 지금 그리로 가지."

장학량은 장개석을 만나러 서둘러 회의실로 향하였다. 참모실 안은 혁명군의 수장인 장학량 장군과 장개석 사령관과의 면담으로 기대에 부풀어 있었다. 잠시 후 장학량 장군이 군복 차림으로 먼저 방문을 열고 들어섰다. 젊은 장교들의 기세가 하늘을 찌를 만큼 높아 보였지만 장학량 장군의 얼굴은 조금도 변함이 없었다.

뒤따라 장개석 사령관이 사병들에게 이끌려 방으로 들어왔다. 장학량과 장교들이 거수경례를 하자 장개석은 힘없는 표정으로 손을 들어 답했다.

장개석은 피로에 지친 듯이 장학량에게 힘없이 말했다.

"장군의 생각도 이 젊은 장교들과 같소?"

"네, 그렇습니다. 저와 젊은 장교들의 생각은 변함이 없습니다. 사령관님의 결정만이 위기에 처한 중국을 사지에서 건져낼 수 있습니다."

"그럼 내가 국공합작을 승인한다면 연안에 있는 공산당 수뇌부에서 나의 제안을 받아 드릴 것 같소? 벌써 십여 년 간의 투쟁으로 양측이 막대한 피해를 입고 있는데 그들이 쉽게 우리 제안을 받아들인다는 보장이 없지 않소?"

"사령관님! 국민당도 공산당도 모두 다 이 나라의 백성입니다. 외세의 침략으로 국가가 존폐 위기에 처했는데 진정 그들이 국가와 백성들의 장래를 생각한다면 항일전을 구축하자는 제의를 왜 거절하겠습니까?"

장개석은 대화로서 장학량을 설득할 수 없다는 판단이 들었다. 장개석은 혁명군이 제안한 국공합작을 승인했다. 장개석은 부하들의 반란에 굴복해 내린 결정이 아니라는 것을 명백히 하기 위해 공산당 수뇌부와의 면담을 장학량에게 지시했다.

1936년 12월 16일 장학량은 장개석과의 국공합작 건이 타결되자 급하게 진의 상위를 군용기에 태워 연안으로 보냈다. 몇 시간 후 비행기가 연안비행장에 착륙했다. 공산당 중앙집행위원인 주은래가 마중나와 있었다. 공산당 수뇌부는 서안에서 벌어진 사건에 대해 이미 알고 있었지만 장학량이 어떻게 나올 것인가에 대해서는 짐작치 못했다. 그들을 태운 차가 연안 시가지를 벗어나자 주은래가 진의에게 양해를 구하며 검정 띠로 그의 눈을 가렸다. 10년 간 국민 정부군에 의해 모진 수난을 겪어야만 했던 공산당으로서는 장학량이 일으킨 서안반란은 이제까지의 상황을 일시에 바꿀 수도 있는 엄청난 사건이었다.

  차가 한참을 달려 목적지에 도착하자 주은래는 진의의 눈에 가린 검정 띠를 벗겨주며 건물 안으로 안내했다. 진의가 회의실로 안내되어 자리에 앉자 지도위원장인 모택동이 그의 수하들을 대동하고 회의실 안으로 들어왔다. 모택동은 진의가 다녔던 후난성 창샤 사범학교의 교장이자 베이징대학의 스승이기도 했다. 모택동이 깜짝 놀라 진의를 쳐다보자 옆에 있던 수뇌부들이 당황하며 두 사람의 얼굴을 번갈아 쳐다보았다. 진의가 모택동을 향해 큰 절을 올렸다. 17년 만에 스승과 제자가 적이 되어 한자리에 만난 것이다.

  "선생님! 저 진의입니다. 저를 기억하시겠지요? 후난성 촌놈이 베이징대학에 입학했다고 선생님께서 봉급을 털어 만쥬(만두)를 사주시곤 했지요."

  "반갑구나, 정말 반가워! 그래 후난성 촌놈이 이렇게 성장해서 훌륭한 군인이 되었구나."

　모택동은 진의의 얼굴을 어루만지며 볼을 비비고 사제간의 정을 나누었다. 옆에서 이런 모습을 지켜보고 있던 공산당 수뇌부들은 지난 10여 년 간 단 한 번도 모택동이 기뻐하는 모습을 본 적이 없었던 터라 물끄러미 두 사람을 바라보고 있었다. 모택동이 냉정을 되찾자 주은래가 진의에게 용건을 물었다. 진의는 지난 12월 12일 장개석 사령관을 감금한 일과 장개석이 국공합작에 동의해 공산당의 의견을 들으러 자신이 왔다고 솔직하게 털어놨다. 모택동과 주은래를 비롯한 공산당 수뇌부들은 깜짝 놀라 방금 한 말이 사실인지를 재차 물었다. 진의가 장학량 장군의 서신을 주은래에게 전하자 이를 받아든 주은래가 다시 모택동에게 편지를 전했다. 모택동이 겉봉을 뜯어 편지를 꺼냈다.

　'모택동 선생, 얼마나 고생이 많소? 우리는 지난 십여년간 같은 민족으로서 같은 아픔을 겪으며 살아 왔소. 선생은 학자로서 제국주의의 침략과 군벌들의 횡포로 고통 받는 백성을 구하기 위해 노력해 왔고, 나 장학량은 군인으로서 지도자의 명령에 따라 움직여야 하는 삶을 살아왔소. 그동안 선생과 나는 적으로 만나 서로를 죽여야 하는 싸움만 해왔소. 이제야 그것이 아무런 의미도 없는 싸움이었다는 것을 깨닫게 되었소.

지금 중국은 제국주의자의 침략으로 사분오열되어 열강들의 양육강식의 장이 되었소. 대국의 긍지를 잃은 지도 이미 오래 되었소. 제국주의자들의 묵인 아래 일본은 또다시 전쟁을 일으켜 중국의 전 국토를 점령하며 백성들을 도탄에 빠뜨리고 있소. 그런데 국민당은 아직도 민족 간의 대립을 종식하지 못한 채 공산당과의 싸움에만 진력해 왔소. 나 장학량은 역사에 한 점 부끄러움 없는 군인으로 기록되기를 바라오.

장개석 사령관님께서 국공합작을 통해 항일전에 대응하자는 의사가 있으셨기에 선생의 고견을 듣고자 하오! 이 뜻에 동의한다면 귀하가 신임하는 사람을 서안으로 보내 장개석 장군과의 면담을 갖기 바라오.

장학량 배서.'

모택동은 주은래에게 당위원회를 소집하라고 지시한 후 진의를 데리고 자기 방으로 향했다. 주은래는 사제 간의 만남에 즐거워하는 모택동을 바라보며 흐뭇한 미소를 지으며 회의실 밖으로 발길을 옮겼다.

그 날 밤 모택동과 진의는 중국이 겪고 있는 참담한 현실에 대해 적과 아군이 아닌 스승과 제자로서 많은 대화를 나누었다.

모택동과 주은래는 장학량의 비밀서한을 받자 너무나 기뻐했다. 그동안 국민당의 추격으로 6,000리나 후퇴를 거듭하며 이른바 대장정이라는 작전상 후퇴를 통해 북서부 지역인 연안에 근거지를 잡은 후 지속적으로 국민당 남경정부에 항일 연합전선 구축을 호소하고 있던 터였다. 공산당으로서는 장학량으로부터의 내전 종식과 공동 항일전선을 구축하자는 협력을 바라는 편지는 공산당 수뇌부에게 희망을 주는 일대 사건이 아닐 수 없었다.

지난 몇 년간 공산당의 특별위원이었던 모택동과 주은래는 취약한 기반을 발판으로 국민당 남경정부와 전투를 하며 수많은 고난을 겪었다. 지역 군벌과 농민 보위단 심지어는 의용단조차도 그들을 향해 반기를 들고 국민당 장개석의 남경정부를 옹호했다. 공산당은 그 존립 자체가 위태로운 상태였다. 이러한 때에 장학량의 서신은 공산당에게 절호의 기회가 아닐 수 없었다.

다음날 날이 밝자 주은래와 진의가 서안으로 떠날 준비를 했다. 모택동이 현관 입구에서 그들을 배웅하기 위해 기다리고 있었다. 진의가 현관 입구로 다가서자 모택동은 인자한 웃음으로 진의와의 헤어짐을 아쉬워했다.

"후난성 촌놈이 위기에 빠진 중국 백성과 국가를 위해 노력하는구나! 역사는 오늘 너의 공헌을 잊지 않을 것이다. 훌륭한 군인으로서 국가와 백성에게 헌신하는 인물이 되어 주길 바란다."

모택동의 말이 끝나자 진의는 큰절을 올렸다.

"선생님의 제자로서 한 점 부끄러움 없는 군인이 되겠습니다."

진의를 태운 차가 시야에서 멀어질 때까지 모택동은 그 자리에 그대로 서 있었다.

주은래와 진의가 연안을 떠나 서안에 도착했다. 공산당의 중앙위원이자 모택동의 책사인 주은래의 갑작스러운 방문에 혁명에 참가했던 젊은 장교들은 잔뜩 고무된 모습으로 그를 맞았다.

주은래, 그는 외교와 책략에 뛰어난 사람이었다. 그의 유창한 언변은 공산당이 위기에 처할 때마다 대화로서 적을 물리치거나 휴전을 체결하는데 기여하곤 했다.

1927년 4월 상하이에서 반공 우파를 조직한 이래 10여 년 간 공산당과 싸워온 장개석이 타의에 의해 공산당 수뇌부인 주은래와 만난 것은 이번이 처음이었다. 장학량과 주은래가 서북군 참모실 안에서 장개석을 기다리고 있었다. 동아시아의 역사를 바꿔놓는 대변혁의 서막이 오르고 있었다. 초췌한 모습의 장개석이 위엄을 잃지 않은 채 회의실 안으로 들어섰다. 주은래가 자리에서 일어나 인사를 하자 장개석은 그의 두 손을 움켜쥐고 반가운 표정으로 말했다.

"잘 왔습니다. 정말 잘 왔습니다. 얼마나 고생이 많으셨습니까?"

 풍운의 혁명가 장개석이 공산당의 책사 주은래의 손을 잡고 기쁨을 표시하자, 장학량도 주은래도 두 눈에서 눈물이 흘러내렸다.
 장개석이 먼저 말을 꺼냈다.
 "지금 중국은 제국주의자들의 침략으로 수많은 문화유산이 강탈당했으며 경제적 이권과 노동력을 착취당했습니다. 우리 중국 인민은 노예로 전락될 절박한 현실에 처해 있습니다. 일본군이 백성들에게 저지르는 만행은 차마 입에 담을 수조차 없을 정도로 극심합니다. 더 이상 나 장개석은 일본군과 제국주의자들이 저지르는 만행을 간과할 수가 없어서 내전을 종식하고 국공합작을 이루어 그들을 이 나라에서 쫓아내는데 주력할 것입니다."
 장학량과 주은래는 장개석이 국공합작으로 항일전에 주력한다면 그의 국가적 지도권을 인정하고 전력을 다해 노력할 것을 서약했다. 공산당으로서는 국민당의 총공격으로 많은 부담을 느끼고 있었고 장개석만큼 인민들의 지지를 받을만한 인물이 없었기에 그의 제안을 받아들인 것이었다. 장개석은 장학량과 공산당의 제안을 역으로 이용해 자신이 위기에 처한 상태에서 취한 행동이 아니라는 것을 보여주려고 노력했다.
 한편 남경에 자리 잡은 국민당 수뇌부에서는 긴급회의가 열리고 있었다. 장개석의 정적인 하응흠 부사령관은 장개석이 서안에 구금되어 있다는 정보를 받고 장개석의 부인 송미령에게 그 사실을 전했다.

송미령이 급히 하응흠을 찾아 회의실로 들어섰다. 송미령은 국민당 여성정책위원직을 맡고 있었다. 송미령은 손문의 삼민주의 정책을 가장 먼저 지지하고 중국 여성의 지위 향상을 위해 전력을 하는 여전사였다.

하응흠은 각료회의를 통해 장개석을 구금하고 있는 서북군 사령부에 진상조사단을 파견하기로 결정을 보았으나 막상 그 먼 곳까지 위험을 무릅쓰고 갈 사람이 없었다. 장학량의 직위를 파직하고 구금하자는 결정에 참가했던 사람들인 만큼 서안에 간다는 것은 목숨을 걸지 않으면 안 되는 일이었다.

송미령은 각료들이 서안으로 가기를 꺼린다는 것을 알아차리고 하응흠에게 자신이 장학량 장군을 만나겠다고 자청했다. 하응흠과 대신들은 기다렸다는 듯이 반겼다.

"아하 좋은 생각이군요! 부인께서 가신다면 장학량 장군도 냉대는 하지 못할 겁니다."

하응흠은 정적인 장개석을 제거할 절호의 기회라 생각하였지만 속내를 들어낼 수는 없었다.

송미령이 남경정부가 제공한 군용기로 서안에 도착한 것은 반란이 일어난 지 8일째 되는 날이었다. 장학량과 송미령이 사령관실에서 만났다. 그녀는 언제 보아도 품위와 아름다움을 갖추고 있었다. 송미령은 장학량을 만나기 전에 해야 할 말들을 충분히 생각해 두었다. 절대로 그의 심기를 건드리는 말은 하지 않기로 마음 먹었다.

송미령이 먼저 말을 꺼냈다.

"장군님께서 얼마나 군무에 노고가 많으십니까? 사령관님께서도 그 옛날 전선에 근무하셨을 때 배고픔이 가장 큰 고통이었다고 말한 적이 있지요. 그때 사령관님께 배급된 빵을 부관들 몰래 부하들에게 매끼 한 차례씩 나눠주시다가 몸이 많이 상하셨다고 훗날 부관들이 말하더군요. 장군께서도 얼굴이 많이 상하셨군요. 매끼 식사를 거르지 마세요. 장군께서 건강하셔야만 위난에 빠진 백성을 구하시지 않겠습니까?"

송미령은 장개석의 구명에 대한 말은 일체 하지않고 장학량을 진심으로 이해하고 걱정하는 위로의 말만하였다. 장학량이 그런 송미령의 마음을 이해하지 못할 리가 있겠는가. 장학량은 송미령을 향해 자신이 품고 있는 생각을 분명하게 전달했다.

"나는 국민당 정부군에 속한 군인으로서 중국 백성의 의사를 존중하며, 사심을 버리고 국공합작에 동의한 사령관님을 도와 국가와 백성을 위해 헌신할 것입니다."

송미령은 장학량이 국공합작과 항일이라는 대의명분을 내세워 하극상을 일으킨 장군으로 남지 않으리라는 확신을 가지게 되자 장개석도 만나지 아니하고 남경으로 돌아오는 비행기에 올랐다.

송미령이 장학량과 헤어지며 말했다.

"다가오는 25일은 그리스마스입니다. 그때까지는 남편이 돌아오겠지요?"

항일전이라는 대의명분을 내세워 하극상을 일으킨 장학량은 국공 양측의 협상이 체결되자 그 책임을 지기 위해 장개석과 함께 1936년 12월 25일 남경으로 향하는 비행기에 몸을 실었다. 장학량은 장개석을 석방하기 며칠 전 자신의 결정을 참모들에게 말했을 때 그들은 할 말을 잃고 물끄러미 장학량의 얼굴만 바라보았다. 뒤늦게 장학량의 결심을 알고 주은래가 찾아왔을 때는 장개석과 장학량을 태운 비행기가 이미 서안을 떠난 뒤였다.

장학량은 장개석을 돌려보내고 자기의 휘하 17만 병사들과 함께 군진에 머무를 수도 있었고 공산당의 진영으로 도피할 수도 있었으나 그 길을 택하지 않고 장개석과 함께 국민당 남경정부로 향했던 것이다. 장개석과 장학량이 남경으로 떠나자 서북군 사령부는 혼란에 빠졌다. 혁명에 참가한 참모들은 자기들의 기둥이었던 장학량 장군이 떠나자 차츰 혁명의 열기도 사그라들고 불안해지기까지 했다. 하극상에 참가하지 않은 참모들은 이 기회를 놓치지 않고 혁명군을 반란군으로 몰기 시작했다.

이를 알아차린 진의 상위는 신속하게 자신을 따르던 병사들과 대물 그리고 서휘를 불러 마지막 작별 인사를 나누고 있었다. 진의가 몇 잔의 술을 돌리고 대물과 서휘에게도 잔을 권했다.

"나는 장학량 장군의 부관으로서 장군의 깊은 충정을 이해합니다. 장군은 국가와 백성의 안위를 위해 목숨을 걸고 하극상을 일으킨 것입니다. 남경정부에서 장군에게 어떠한 죄를 물을지라도 여러분들과 함께 한 이번 일은 국가와 백성을 위한 충정으로 길이 역사에 남을 것입니다. 나는 오늘 여러분들과 헤어져 도탄에 빠진 민족을 건져낼 수 있는 지도자 곁으로 가고자 합니다. 저와 고난의 길을 함께 하고자 하는 동지들은 저를 따라주시기 바랍니다."

그의 말을 들은 사병들과 장교들도 불안한 표정으로 서둘러 이곳을 벗어날 것을 주장했다.

서안을 탈출하다

 장학량이 장개석과 함께 남경으로 떠난 후 혁명에 참여하지 않았던 세력의 움직임이 심상치 않았다. 그들이 어떠한 형태로든 혁명군을 향해 총을 겨누며 다가올 것은 뻔한 일이었다. 단지 시간이 문제일 뿐이었다. 혁명군은 어떤 방법으로 이곳을 벗어나야 할지 대안을 마련하지 못하고 있었다. 서휘가 진의 상위에게 조심스럽게 말을 꺼냈다.
 "상위님께서 먼저 어디로 갈 것인가를 우리들에게 말해주십시오. 조금도 거짓이 없는 진실이어야만 합니다. 그래야 우리가 그 말을 믿고 따를 것인가를 결정할 수 있기 때문입니다."

진의는 시간이 촉박함을 느꼈는지 단도직입적으로 자신이 생각하고 있는 바를 토로했다.

"우리는 남경정부의 사령관을 감금하며 하극상을 일으켰소. 우리가 가야 할 곳은 연안의 공산당 본부 이외에는 갈 곳이 마땅치 않소."

진의가 말을 마치자 하극상에 가담한 대부분의 군인들은 진의의 뜻에 따르기로 결정했다. 이제는 이 위기에서 벗어날 수 있는 대안을 마련해야 했다. 진의가 대물과 서휘를 바라보며 말했다.

"그대들도 나와 함께 연안으로 가서 앞으로의 일을 생각해 보는 것이 어떻겠소? 국공합작이 이루어졌으니 조선과 중국이 힘을 합쳐 항일전을 전개한다면 삼면에서 공격을 받게 될 일본군은 궁지에 몰려 자멸의 길로 들어설 것이오!"

진의는 대물과 서휘를 바라보며 진지한 표정으로 말했다.

서휘는 여고시절부터 항일정신이 확고하게 확립된 사람이었다. 자기의 눈 앞에서 일본군들의 성노리개감으로 끌려가며 절규하던 언니의 목소리가 아직도 그녀의 귀를 맴돌고 있었다. 서휘는 진의를 따라가기로 마음을 굳히고 대물의 얼굴을 쳐다보았다. 두 사람이 주고받는 눈빛은 강렬하면서도 애절함이 깃들어 있었다. 수년간 목숨을 걸고 비밀결사대 훈련을 함께 받았던 그들이었다. 이제는 눈빛과 숨소리만 들어도 서로의 생각을 알 수 있는 동지가 되어 있었다. 진의와 동료들은 서휘와 대물이 자기들과 함께 연안으로 떠날 것이라고 굳게 믿고 있었다. 대물이 나지막한 목소리로 주위의 동료들 얼굴을 둘러보며 말했다.

"나는 진의 상위와 당신들이 저 여인을 데리고 무사히 이곳을 빠져나가기를 바랄 뿐이오. 저 여인이 한 남자의 부인이 되어 내 곁을 떠난다 해도 나는 저 여인과 함께 했던 추억을 소중히 간직할 것이오. 그리고 어떠한 상황에서도 어느 누구도 저 여인을 괴롭힐 때는 절대로 용서치 않을 것이오! 여러분들은 군인이며, 우리들은 특수 훈련을 받은 사람들이오! 지금부터 이곳을 탈출하기 위한 모든 명령과 지시는 우리가 내리겠소!"

진의가 대물의 말을 받아들이며 고개를 끄덕이자 동료들도 그의 지시에 따를 채비를 갖추었다. 대물이 지도 위를 손가락으로 가리키며 말했다.

"우리는 지금 이 지점에 있소! 여기서 연안까지는 수 천리나 되는 거리요. 기차로 움직인다는 것은 지금으로서는 불가능한 일이오."

젊은 장교가 대물의 계획이 의심쩍었던지 여러 가지 질문을 했다.

"기차로 움직이지 않는다면 무슨 방법으로 이곳을 벗어난단 말입니까?"

 장교들은 일제히 그의 말이 옳다는 표정으로 두 사람의 얼굴을 번갈아 쳐다봤다.

 서휘가 화가 잔뜩 난 얼굴로 장교들 앞으로 나왔다.

 "우리들은 특수 훈련을 수년간 받아온 사람들입니다. 위기를 벗어나기 위해서는 여러 이유가 필요치 않습니다."

 장교들은 겸연쩍은 표정을 지으며 서휘의 말에 귀를 기울이고 있었다. 회의실 안의 분위기는 긴장감이 고조되어 있었다.

 "우리가 이곳을 무사히 벗어날 수 있는 방법은 수송 군용기를 탈취하는 길밖에 없소. 그 방법만이 최선의 방책이 될 수 있소!"

 대물이 격앙된 목소리로 말을 마치자 진의와 장교들은 놀란 표정으로 그를 쳐다보았다. 그 자리에 함께 하고 있던 공군 수송 참모장이 무릎을 탁 치며 대물의 탈출 계획이 훌륭하다고 거들었다. 참모장이 앞으로 나서서 우쭐하는 표정으로 자기의 계획을 말했다.

 "수송비행기를 움직이려면 서북군의 허가가 있어야만 하는데 양호성 장군이 쉽사리 허가증을 내줄 리가 있겠소? 요즘 장군도 부쩍 남경정부의 지시에 민감한 반응을 보이고 있는데 설불리 우리의 움직임이 장군의 귀에라도 들어가는 날에는 그 계획이 수포로 돌아가고 도리어 우리들을 칠 수 있는 구실이 될 수도 있다는 것을 간과해서는 아니되오. 하지만 출장명령서를 위조해서 허가증을 발부받아 비행기가 이륙한 후에 목적지를 바꾸는 것도 한 방법이오. 요즘같은 전시 중에는 쉬운 일이 아니겠지만 그 방법 이외에는 달리 방도가 없을 듯하오."

진의는 공군 수송 참모장의 얘기를 듣고 난 후 옆에 있던 위관에게 지시를 내렸다.

"지금 즉시 통신 위관을 찾아 이리로 데려와라!"

잠시 후 통신 위관이 회의실 안으로 들어와 부동자세를 취하며 진의 상위에게 경례를 했다.

"통신 경위(중위)입니다."

"음 그래 자네가 통신책임을 맡고 있나?"

"네, 그렇습니다!"

"자네는 이번 장학량 장군의 하극상에 가담한 참모장과 장교들의 행동을 어떻게 생각하나?"

진의로서는 통신 위관이 어떤 생각을 가지고 있는 자인가를 먼저 알아야만 다음 계획을 세울 수 있어 물어본 것이었다.

"저는 지난 12일 하극상을 일으킬 때 가담한 것을 영광으로 생각합니다."

진의는 두 손으로 위관의 손을 잡고 등을 두드려 주었다.

"귀관의 혁혁한 공은 역사에 길이 남을 것이다."

위관은 하극상을 주도한 진의로부터 칭찬을 듣자 얼굴이 붉게 달아올랐다.

"부대 내에서 사용하는 전화 내용을 검열해 누구에게 보고를 하고 있나?"

"네, 통신 참모장입니다."

"그래, 그러면 앞으로 부대 내외에서 오고 가는 중요한 전화 내용을 나에게도 개별적으로 알려줄 수 있겠는가?"

위관은 진의가 자기를 필요로 한다는 느낌을 받자 절호의 기회를 놓치고 싶지 않았다.

"네, 그렇게 하겠습니다."

위관의 쩌렁쩌렁한 목소리가 회의실 안에 울려 퍼졌다. 다음날부터 부대 내에서 오고 가는 중요한 통신 내용이 진의에게 보고되었다. 진의는 서북군 사령부 내의 보이지 않게 움직이고 있는 반하극상 장교들의 움직임을 소상하게 파악하게 되었다.

그날 저녁 진의는 대물과 서휘의 호위를 받으며 서안에서 가장 큰 뻰관(호텔)을 찾았다. 식사를 마치자 진의는 지배인을 불러 약간의 팁을 주고 호텔 전화 교환실에서 어디론가 전화를 걸었다.

따르릉. 신호음이 수화기를 타고 가자 그쪽에서 전화를 받는 소리가 들렸다. 진의는 침착한 목소리로 조심스럽게 말했다.

"여보세요, 서북군사령부의 장학량 장군을 모시던 진의 상위입니다. 진사평 대교님을 부탁드립니다."

진사평 대교(대령)는 서안을 방문했을 때 만난 장학량 부관의 전화를 받자 반갑게 인사를 했다.

"상위가 이렇게 전화를 주시다니 정말 반갑기 그지없구려. 그래 무슨 중요한 사항이라도 있습니까?"

"네, 그렇습니다."

"아, 그래요. 장군에 관한 일입니까?"

"아닙니다."

"일전에 장개석 사령관님께서 이곳을 방문하셨을 때 서안의 부호들이 국가에 쓰시라고 많은 골동품들과 상당량의 금괴를 드린 일이 있습니다."

"아! 그래요?"

진사평은 골동품과 상당량의 금괴라는 말에 귀가 번쩍 뛰었다. 진사평은 장개석의 정적인 하응흠의 부하였다.

"사령관님께서 급하게 남경으로 떠나시느라 미처 그 물건들을 가지고 가지 못해서 저희가 보관하고 있습니다. 그래서 말입니다

서안을 탈출하다 •• 181

만, 남경정부에서 공식적으로 저를 불러주시는 공문을 양호성 장군님 앞으로 보내주시면 그 물건을 가지고 가서 진 대교님께 전달하겠습니다. 워낙 많은 양이 되다 보니 비밀리에 움직여야 할 것같아 불가피 수송기로 움직이는 것이 좋을 듯합니다. 서둘러 공문을 보내주셨으면 합니다."

"알겠소! 내 서둘러 그리 하리다."

진사평은 하응흠이 정권을 잡기 위해 막대한 자금을 필요로 하던 차에 장개석이 맡겨둔 금괴를 진의가 전달하겠다고 하자 날아갈 것같은 기분이 들었다. 영관급인 대교에서 소장을 달 수 있는 절호의 기회를 잡았다고 기쁨에 들떠 직권으로 서안사령부 양호성 장군 앞으로 진의 상위와 그 보좌관을 남경정부로 급히 보내달라는 전문을 발송했다.

다음날 아침 남경정부에서 서북군 사령부로 한 통의 전문이 발송되었다.

"양호성 장군! 서안 사건으로 마음의 고충이 심하리라 생각하오! 이곳 남경정부의 각료들은 장군의 노고에 대하여 깊은 애정을 가지고 있소! 내가 장군에게 거는 기대가 크다는 것을 잊지 마시고 일체 마음의 동요를 갖지 않기 바라오! 이 전문을 받는 즉시 진의 상위와 그 보좌관을 남경으로 보내주시오! 이 전문은 극비 사항이니 장군만 알기 바라오! 하응흠."

통신병은 전문을 받자마자 자기의 상사인 위관에게 전문을 전달하였다. 위관은 그 내용을 읽어 본 후 진의의 방을 향하여 빠른 걸음으로 걸어가고 있었다. 남경에서 진의를 오라고 하는 것은 필경 그를 문책하려고 한다는 생각이 들자 위관의 동작은 날렵하게 움직였다. 위관이 숨가쁜 표정으로 진의의 방으로 들어섰다.

"음, 무슨 급한 용무라도 있는가?"

"네, 그렇습니다! 남경정부에서 온 전문이……."

"남경정부에서?"

진의는 짐짓 놀라는 표정을 지으며 위관에게 물어봤다.

"그래 전문의 내용이 뭔가?"

위관이 전문을 앞으로 내밀자 진의는 그 내용을 읽은 후 아무렇지도 않은 표정으로 전문을 위관에게 돌려주었다.

"수고가 많구나. 너의 이 충성심을 잊지 않겠다. 빨리 참모장에게 전문을 전달하라!"

"네, 알겠습니다!"

위관은 씩씩하게 경례를 하고 방을 나가 전문을 참모장에게 전했다. 그 내용을 읽던 참모장의 안색이 창백하게 변했다. 남경정부에서 진의 상위와 그 부관을 급히 보내라면 일전에 장개석을 구금한 하극상의 일로 그 관계자들을 처벌하기 위해 소환하는 것이라는 생각이 들자 참모장은 애써 자신의 감정을 감추고 양호성 장군 방으로 향했다.

한편 양호성 장군은 장학량이 남경으로 떠난 후 깊은 시름에 잠겨 있었다. 장학량과 하극상을 일으킬 때 전면에 나서지는 않았지만 그와 뜻을 같이 한 것은 사실이었다. 장학량의 신변에 변화가 온다면 자기에게도 똑같은 처벌이 내릴 것이라는 생각이 들어 마음이 편치 않았다. 하지만 장군으로서 민족의 앞날을 위해 결행한 일로 모든 것을 다 잃어버린다 해도 후회는 없었다.

참모장이 장군의 방으로 들어서서 전문을 내밀었다.

"어디서 온 전문인가?"

"남경정부의 부사령관님께서 보내신 전문입니다."

"남경정부에서?"

전문을 받은 양호성이 내용을 읽고 난 후 나지막한 목소리로 말했다.

"군인은 명령에 의해 살기도 하고 죽기도 한다! 그것이 참다운 군인의 자세다! 진의 상위에게 이 전문을 전달하고 24시간 내에 출발하도록 출장명령서를 공군 수송부대에 발송하라!"

"네, 명령대로 하겠습니다!"

참모장이 문을 나서자 양호성은 고개를 끄덕이며 혼자말로 했다. '군인이 비겁한 생각을 가질 때는 이미 군인으로서 생명을 잃은 것이다.'

진의가 통신 참모장으로부터 전문을 전달받자 그의 부하들이 신속하게 움직이기 시작했다. 전문의 내용은 진의와 그의 부관들로 명시되어 있어 장학량 장군의 하극상에 참가한 200명이나 되는 장교들을 모두 다 수송기에 태우기는 무리였다. 군인들이 집단으로 움직이게 되면 장군으로부터 의심을 받을게 뻔한 일이었다.

진의가 대물과 서휘에게 다음날 수송기로 남경 출장 차비를 하라고 말하자, 대물은 반색하며 진의의 얼굴을 쳐다보았다. 진의는 빙긋이 웃으며 엄지손가락을 들어올렸다. 무엇인가 일을 꾸미고 있는 것이 틀림없었다. 긴장의 시간이 흘러갔다. 진의는 수송기에 탈 수 있는 인원을 참모장에게 물었다.

"수송기는 몇명이나 탈 수 있겠소?"

공군 수송 참모장은 자신감이 넘치는 태도로 말했다.

"C47 기종은 약 100명을 태울 수 있으며, C54 기종은 150명을 태울 수 있습니다."

"그럼, 지금 공군이 보유하고 있는 기종은 무슨 기종이오?"

서안을 탈출하다

"네, 두 기종의 수송기를 모두 쓰고 있습니다."

"내일 남경 출장에 쓰일 비행기는 어떤 기종이 사용될 것 같소?"

"인원이 적은 관계로 아마 C47기가 될 것 같습니다."

"C47기라면 인원을 50명밖에 태우지 못하잖소?"

"네, 그렇습니다!"

"다른 방법이 없겠소? 최소한 200명은 태울 수 있는 비행기라야 할 텐데……."

진의는 참모장을 향해 진지한 표정으로 말했다.

참모장이 무엇인가 골똘하게 생각을 하더니 입을 열었다.

"확실하지 않지만 수송기 안의 장비들을 제거하면 200명은 가능할 것 같습니다."

참모장의 말이 끝나자 진의는 그의 두 손을 움켜쥐며 말했다.

"정말 좋은 생각이구려, 그 방법이라면 우리 모두를 태울 수 있을 거요. 정말 참모장이야말로 우리를 위기에서 구할 사람이었구려."

"그런데 시간이 문제입니다. 최소한 하루의 여유는 주셔야만 합니다."

"그럼 참모장이 장군에게 수송기의 결함으로 수리를 요한다고 보고를 하면 시간을 벌지 않겠소?"

"네, 그거 좋은 방법입니다. 그럼 그렇게 보고하겠습니다."

참모장은 신이 나서 방을 나갔다.

출발이 다음날로 연기됐다는 통보를 받자 진의는 안도의 한숨을 내쉬었다. 하극상에 가담한 부하들을 내버리고 자기만 도피한다는 자책감에서 벗어날 수 있었다.

밤새도록 진의는 군복을 입은 채로 대물과 서휘의 보호를 받으며 의자에서 밤을 새웠다. 만에 하나 하극상에 불참한 군인들이 이 사실을 알아차리고 공격해 올 것에 대비해 대물은 소련제 기관단총과 탄약을 준비하고 있었다.

다음날 날이 밝자 진의는 양호성 장군에게 출장 인사를 하러 그의 방으로 들어섰다. 하극상에 불참했던 참모장들과 젊은 장교들이 장군과 대화를 나누고 있다가 하던 말을 멈추고 겸연쩍은 표정으로 진의를 쳐다보았다. 진의는 직감적으로 자기들의 일로 장군께 무엇인가 항의를 하고 있다는 생각이 들어 한 마디 했다.

"아니 자네들이 왠일인가?"

젊은 장교들이 머쓱해 하며 아무도 말문을 열지 않았다. 진의는 장군에게 출장 인사를 마치고 따가운 시선을 뒤로 한 채 문을 나섰다. 등에서 식은땀이 축축하게 몸을 적셨다. 현관 입구에는 대물과 서휘가 탄 군용 짚차가 시동을 건 채 출발 준비를 갖추고 있었다. 진의가 차에 오르자 운전사는 액셀러레이터를 힘차게 밟으며 출발했다.

초소 입구를 벗어나 곧장 서안공항으로 향했다. 얼마 쯤 달리자 철망으로 둘러싸인 서안 공항이 눈 앞에 보였다. 공항 옆에는 몇 채의 작은 군 막사와 비행기 격납고가 있었고, 활주로에는 수송기 한 대가 출발 준비를 하고 있는지 정비 복장을 한 군인들이 분주하게 비행기와 격납고를 드나들었다.

진의를 태운 짚차가 초소 입구에 다다르자 초소병이 앞으로 나와 출장명령서를 확인한 후 바리케이드를 걷어 올렸다. 차는 빠른 속도로 수송기 옆으로 달려가 멈춰 섰다. 수송 참모장이 진의와 일행이 수송기 옆으로 다가오자 민첩한 행동으로 그들을 트랩 위로 오르게 했다. 일행들이 비행기에 오르자 참모장은 연신 불안한 표정으로 초소 입구를 바라보고 있었다.

비행기에 올라탄 서휘와 대물은 신속하게 움직이기 시작했다. 서휘는 이상한 것이 없는지 비행기 안을 구석구석 살펴봤다. 대물은 트랩 아래로 다시 내려와 참모장과 함께 동료들이 도착하기를 초조하게 기다렸다.

얼마쯤 지나 젊은 장교들을 태운 차량이 초소 입구에 멈춰 섰다. 초소병이 짚차 앞으로 나서며 말했다.

"어디를 가십니까?"

초소병이 짚차 앞에 타고 있는 경위(중위)에게 출입증을 요구하자 젊은 경위는 큰 목소리로 사병을 향해 패기 있게 말했다.

"우리는 서북군 사령부 소속의 장교들이다. 진의 상위님을 모시고 출장에 동행하기 위해 이곳에 왔다. 빨리 바리케이드를 올려라!"

짚차에 타고 있던 경위는 병사들의 움직임을 바라보며 날카로운 시선을 서로 주고받았다.

초소병이 고개를 가로 저으며 말했다.

"출장명령서를 보여 주십시오!"

"뭣이! 출장명령서라고? 너희들은 조금 전 진의 상위님께서 이곳을 통과하신 것을 모르고 있나?"

"잘 알고 있습니다. 하지만 본부의 지시가 없이는 이곳을 출입할 수가 없습니다."

"뭐라고? 본부의 지시가 있어야 한다고?"

초소병은 짚차 뒤에 있는 서너 대의 군용 차량을 바라보며 의심스러운 표정으로 장교들의 차림새를 바라보았다. 모두 완전무장을 하고 있는 차림으로 봐서 분위기가 심상치 않다고 느꼈는지 초소 안으로 들어가려고 몸을 돌렸다.

　순간 총을 빼든 경위가 짚차에서 뛰어 내려 사병의 옆구리에 총을 겨누었다. 짚차에 타고 있던 두 사람의 경위도 초소 안으로 재빠르게 뛰어들어 총을 겨누자 초소병들은 겁에 질린 모습으로 두 손을 들고 바닥에 꿇어앉았다. 바리케이드가 올라가자 장교들을 실은 트럭이 비행기 쪽으로 쏜살같이 달려갔다. 보초병들은 연신 불안한 표정으로 경위들을 흘끔흘끔 쳐다보며 그들을 덮칠 기회를 엿보고 있었다. 경위들이 총을 겨눈 채 보초병을 포박하기 시작하자 순간 한 보초병이 경위에게 달려들어 총을 뺏으려고 했다. 탕! 총소리가 울렸다. 경위는 사병이 완강하게 저항하자 하는 수 없이 가슴을 향해 총을 발사했다. 병사의 입에서 검붉은 피가 솟구쳐 그의 얼굴 전체를 붉게 덮었다.

　총소리에 심상치 않음을 느낀 참모장은 불안한 표정으로 대물을 바라보았다.

　"전투기 조종사들이 총소리를 듣게 되면 이 작전은 실패로 끝날 수 있소! 그러니 전투기 조종사들을 처리해야만 하오!"

　대물이 안절부절못하는 참모장에게 조종사가 머물고 있는 곳을 묻자 손가락으로 허름하게 지어진 막사를 가리켰다. 이때 장교들을 실은 군용 트럭이 비행기 옆에 도착했다. 장교들은 재빠르게 차에서 뛰어내려 비행기 트랩 위로 올라갔다. 대물은 서너 명의 장교들을 짚차에 태워 조종사가 머무는 막사 쪽으로 급하게 차를 몰았다. 또 다른 장교들은 기관총을 꺼내 들고 타고 온 군용 차량 뒤에서 다른 막사 쪽으로 총구를 겨냥했다. 대물의 차가 요란스러운 브레이크 소리를 내며 막사 앞에 멈춰섰다. 기관단총을 든 장교들이 안으로 뛰어들자 몇몇 군인들이 마작놀이를 하며 쉬고 있다가 갑작스런 침입에 놀라며 입구 쪽을 바라보았다.

"움직이지 마라! 지금부터 움직이는 자는 이 총이 용서치 않을 것이다. 우리는 서북군 사령부 소속이다. 너희들 중에 조종사들은 앞으로 나와라!"

조종사들이 머뭇거리며 나서기를 꺼려하자 대물은 옆에 끼고 있던 기관총으로 군인들의 발아래를 겨냥해 방아쇠를 당겼다. 따따당! 요란한 총소리에 군인들은 두려움과 공포로 몸을 움찔하며 뒷걸음질쳤다. 대물이 천장을 향해 몇 발의 총을 다시 쏘았다. 군인들은 두려운 기색으로 대물과 동료들의 얼굴을 번갈아 쳐다보며 무언으로 자기의 옆에 있는 자들이 조종사라는 것을 알려 주었다. 두 명의 전투기 조종사와 부조종사가 대물의 앞으로 걸어 나왔다.

"저희들이 전투기 조종사입니다. 무엇 때문에 조종사를 찾는

지는 모르지만 같은 서북군에 속한 동료로서 너무 지나친 행동이 아닙니까?"

조종사는 처음과는 달리 용기 있는 태도로 대물에게 말했다.

대물은 그들에게 이유를 설명할 시간이 없었다.

"군인은 명령에 살고 명령에 죽는다. 그 이유를 묻지 마라! 저들을 끌어내 차에 태워라."

대물의 명령이 떨어지자 장교들은 신속하게 총을 조종사들의 가슴에 들이대며 막사 밖에 세워져 있는 짚차에 태웠다. 대물이 액셀러레이터를 힘차게 밟자 요란한 소리를 내며 수송기 쪽으로 달려갔다. 너무나 순식간에 벌어진 일이었다. 차가 도착하자 장교들은 재빠르게 전투기 조종사를 비행기 트랩 위로 데리고 올라갔다.

남경으로 출발하는 수송기 출발 시간이 훨씬 지나도록 교신이 없자 관제탑에서는 무선으로 조종사에게 출발 지연 사유를 물었다. 조종사는 무장군인이 비행기를 탈취한 것을 알아차리고 관제탑과 일부러 교신을 하지 않고 출발을 지연시킨 것이다. 조종실 안으로 뛰어 들어간 참모장이 조종사의 머리에 총을 들이대고 노리쇠를 잡아당기자 '철커덕' 하며 총알이 장전되는 소리가 들렸다.

"출발하라! 명령을 거부하면 네 머리에 총알이 박힐 것이다!"

조종사는 겁에 질려 관제탑과 이륙 교신을 시작했다.

"C54, C54, 스탠딩 완료! 이륙 사인을 보내라! 이륙 사인을 보내라!"

조종사는 관제탑과 계속 교신을 주고받았다. 수송기의 프로펠러가 요란한 엔진 소리를 내며 출발준비를 마쳤다. 모든 항공기가 출발이 지연될 때에는 그 사유를 관제탑에 무선으로 통보해야 하는데 조종사는 일부러 지연사유를 알리지 않고 있었다.

관제탑은 수송기의 조종사로부터 통신이 없자 비행기의 이륙을 지연시키기 위해 불법 이륙과 착륙을 막는 차단막을 활주로에 설치하라고 지시를 내렸다. 대물이 마지막으로 비행기 트랩 위로 올라서려고 하자 열댓 명의 병사들이 활주로를 차단하는 차량을 끌고 활주로 앞으로 달려오고 있었다. 바깥 상황을 지켜보고 있던 진의와 서휘가 조종석 앞으로 급히 다가오자 참모장은 그들을 쳐다보며 고개를 흔들었다.

"틀린 것 같습니다. 우리의 계획을 관제탑에서 눈치 챈 것 같습니다. 활주로를 막게 되면 비행기가 이륙할 수 없습니다."

참모장은 불안한 표정으로 갈팡질팡했다. 장교들도 수송기의 작은 창문으로 바깥 동태를 살펴보고 있었다. 이대로 출발이 지연된다면 머지않아 서북군사령부에서 연락을 받은 군인들이 출동할 것은 뻔한 일이었다. 젊은 혁명군들은 초조한 눈빛으로 진의의 명령을 기다렸다. 진의는 침착함을 잃지 않고 밖의 동정을 살펴보며 머릿속으로 해결책을 모색하고 있었다. 병사들이 차단 차량으로 점점 더 활주로를 막고 있었다.

대물은 사태가 심각해지자 트랩 아래로 내려갔다. 짚차에 올라타고 한 손에 기관총을 들었다. 그리고 앞으로 돌진했다. 엔진 소리가 요란하게 들렸다. 대물이 활주로를 막으려고 하는 병사들을 향해 짚차를 이리저리 몰아가며 기관총을 쏘아대자 비명소리를 지르며 하나 둘 쓰러졌고 다른 병사들은 활주로 밖으로 도망쳤다.

수송기에 탄 동료들은 대물이 혼자 공군 병사들과 싸우는 모습을 그저 지켜보기만 해야 했다. 이미 비행기의 탑승구 문이 닫히고 이륙 준비를 완료한 상태여서 대물을 도울 수도 비행기에 태울 수도 없었다. 병사들이 도망치며 두고 간 차단용 차량에 대물이 올라타고 활주로 밖으로 몰고 갔다. 서휘가 이 광경을 바라보고 탑승구 쪽으로 달려나가 문을 열려고 손잡이를 돌리며 절규했다. 진의는 울부짖는 서휘를 꽉 끌어안고 놓아주지 않았다.

"안돼요. 저 사람을 두고 갈 수는 없어요. 안돼요. 제발 나를 내려줘요. 나를 내려달란 말이에요. 저 사람을 이대로 죽게 내버려둘 수는 없어요."

비행기는 요란한 폭음을 내며 서안 상공으로 날아올랐다. 대물은 수송기가 떠오르는 것을 바라보며 짚차를 몰고 활주로 끝을 향해 질주했다. 그의 뒤를 공군 병사들이 떼를 지어 쫓아오고 있었다. 서휘는 비행기의 창문을 통해 대물이 쫓기고 있는 모습을 내려다보며 흐르는 눈물을 주체할 수가 없었다. 그와 함께 했던 지난 몇 년의 세월이 주마등처럼 머릿속을 스치고 지나갔다. '이 여인을 괴롭히거나 슬프게 하는 자는 절대로 용서하지 않겠다'던 그 사람을 사지에 홀로 남겨둔 채 서휘는 혁명의 이름으로 떠나야만 했다.

대물은 자기의 희생을 통해 서휘가 행복해 질 수 있다면 얼마든지 그 길을 택할 수 있었다.

"대물 씨, 살아 있어야 해요. 꼭 살아서 다시 만나요. 그래서 조선의 맑은 하늘 아래에서 영원히 함께 살아요."

서휘의 흐느끼는 소리가 구름을 타고 멀리 울려 퍼졌다.

대물은 액셀러레이터를 힘차게 밟았다. 병사들이 쏘아대는 총알이 짚차의 위와 옆으로 빗발치듯 쏟아졌다. 철조망만 뚫고 나간다면 이곳을 충분히 벗어날 수가 있을 것 같았다. 대물은 핸들을 움켜쥐고 혼신의 힘을 다해 액셀러레이터를 밟았다. 차가 맹렬한 속도로 철조망을 향해 돌진했다. 윈도우와 철조망이 부딪쳐 깨지는 소리가 파열음을 내며 대물의 고막을 파고들었다. 철조망이 '우두둑' 소리를 내며 끊어지자 그 사이로 돌진해 울퉁불퉁한 구릉지 쪽으로 달렸다. 뒤를 쫓던 병사들도 철조망 너머로 쫓아오기 시작했다.

조금만 더 가면 험준한 여산이다. 그곳이라면 분명 탈출 방법이 있을 것이다. 대물은 혼신의 힘을 다해 짚차를 몰았다. 대물의 얼굴은 철조망에 찔리고 찢겨져 피투성이가 되어 있었다. 차가 돌부리에 걸려 덜컹거리기 시작했다. 그러는 사이에 추격군들이 뒤를 바짝 쫓아왔다. 간격이 점점 더 좁혀지고 있었다. 대물이 앉은 의자 옆에 총알이 날아와 박혔다. 타당탕탕! 이러다간 얼마 못 가서 잡히고 말 것이다. 무슨 수를 내야 한다. 그러나 뾰족한 방법이 떠오르지 않았다. 대물은 더욱 힘껏 액셀러레이터를 밟았다. 아, 그 순간 대물은 절망하고 말았다. 눈 앞에 천 길 낭떠러지가 펼쳐져 있었던 것이다. 대물은 급브레이크를 밟았다. 차가 먼지를 일으키며 멈춰섰다. 대물은 뒤를 돌아다보았다. 추격군이 점점 가까이 다가오고 있었다. 대물은 어떻게 해야 할지 몰랐다. 죽기는 싫지만 그렇다고 비겁자가 되고 싶지는 않았다. 대물은 담배를 한 대 피워 물었다. 연기를 가슴 깊이 들이마셨다가 길게 내뿜었다. 대물은 액셀러레이터를 힘차게 밟았다. 짚차가 절벽을 향해 달려갔다. 그리고 다음 순간 차가 절벽 위를 날았다. 추격군이 절벽 앞으로 달려왔다. 대물의 차가 절벽 아래로 추락하고 있었다. 추격군이 추락하는 차를 내려다보았다. 대물의 차가 폭발했다. 커다란 폭음소리와 함께 불기둥이 솟아올랐다.

"그만 돌아가자."

추격군의 지휘관이 신경질적으로 말했다.

상하이 밤거리의 황제

그로부터 1년 후인 1938년 1월 초순경. 중국 제일의 상업 도시인 상하이는 1842년 난징조약 후 강제 개항되고 서양인 거주지역이 정해지면서 급속도로 발전했다. 상해 최대 번화가인 남경로는 프랑스 파리의 샹젤리제와 영국 런던의 옥스퍼드, 미국 뉴욕의 브로드웨이와 어깨를 견줄 만큼 번화한 거리였다. 거리의 길이가 무려 5 km에 달했으며 각양각색의 상점과 레스토랑, 백화점, 호텔이 즐비했다. 거리에는 외국인들 뿐만 아니라 돈 많은 중국인들과 고급 관리들로 넘쳐났다.

상하이 동쪽 끝을 흐르는 황푸강 사이에 있는 푸시와 와이탄

지역은 영국 총영사관 건물을 시작으로 유럽풍의 분위기가 물씬 풍기는 건물이 들어서 있었다. 상하이 세관과 홍콩 상하이 은행 등 식민지시대의 점령국들이 네오 르네상스 양식으로 지은 건물들이 저녁이 되면 화려하게 조명을 밝혔다. 오색 조명을 받은 석조 건물들이 장관을 이루었고, 그 조명이 제방을 비칠 때면 마치 유럽의 어느 도시에 와 있는 듯한 분위기를 연출했다.

도심으로 들어가는 길목인 남경동로에 자리 잡은 화평호텔에는 상하이의 많은 외국인이 분주하게 드나들고 있었다. 유태계 러시아인이 경영하는 5층 건물의 화평호텔은 1층 카페와 2층 레스토랑, 3층 고급 바에는 언제나 고급 관료와 외국 손님들로 가득 차 있었다. 4층과 5층 특실은 망명한 러시아 귀족 여자들이 직업적으로 돈 많은 중국인과 고급관료들을 상대로 매춘을 하는 장소여서 특별하게 관리되고 있었다. 일반인의 출입은 엄격히 차단되었다. 5층 특별실 방안에는 열댓 명의 사내들이 내려진 커튼을 사이에 두고 한 사내의 말에 귀를 기울이고 있었다.

"따거(두목), 놈들이 움직일 시간이 된 것 같습니다. 반항하는 놈들은 어떻게 할까요? 살려 보내서는 안 되겠지요?"

험상궂게 생긴 사내가 예의를 갖추며 커튼 뒤쪽의 두목에게 물었다. 두목이 깊은 생각을 하는 듯 잠시 침묵의 시간이 흘렀다.

"왕빠이."

왕빠이는 커튼 쪽으로 고개를 숙인 채 대답했다.

"네, 따거."

"너는 이제 내 지시를 받지 않아도 될 만큼의 위치에 올라 있다. 나는 내 부하가 적의 총에 맞아 죽는 것을 원치 않아. 너도 나와 같은 생각일 것이다. 시간이 없다. 빨리 가라."

"잘 알겠습니다, 따거!"

왕빠이와 부하들은 가슴에 차고 있는 총을 만져보며 검정색 가방을 하나씩 들고 방문을 나섰다. 호텔 출입구 앞에 대기하고 있던 검정색 시보래에 올라타자 차가 출발했다.

차는 번화한 남경로를 질주해 황포강 맞은 편 와이탄 쪽으로 향하고 있었다. 어둠이 깔리자 거리는 네온사인이 켜지고 오색찬란한 조명이 빛을 내뿜었다. 화려한 조명을 받은 건물 아래로 외국인들이 한가롭게 잡담을 나누며 걷고 있었다.

차는 황포강 제방을 끼고 와이탄 끝 쪽으로 달려갔다. 이따금씩 환하게 불을 밝힌 유람선이 황포강을 오르내리고 있었다. 차는 유람선이 정박하는 선착장에 멈췄다. 일행이 재빠르게 차에서 뛰어내려 작은 보트에 올라탔다. 보트는 요란한 소리를 내며 물살을 헤치고 황포강 상류 쪽으로 향했다. 상해항 앞바다에는 불을 환하게 밝힌 외국 선박이 여기저기 떠 있었다. 그들을 태운 보트가 연안에 정박하고 있는 한 화물선 부근에 다다르자 왕빠이가 화물선을 향해 후레시를 깜박거리며 신호를 보냈다. 맞은 편 화물선에서도 신호를 보내왔다. 보트는 빠르게 화물선으로 접근했다. 보트가 화물선 아래에 닿자 화물선 위에서 굵은 밧줄이 내려왔다. 왕빠이가 잽싸게 밧줄을 잡아 보트 난간에 묶었다. 배 위에서 줄에 매단 궤짝이 보트로 내려왔다. 일행은 민첩한 동작으로 궤짝을 보트 앞쪽으로 옮겨 실었다. 몇 차례나 거듭되는 동작으로 일행의 얼굴은 땀으로 흠뻑 젖어 있었다. 왕빠이는 총을 든 채 연신 항구 쪽을 쳐다보았다. 잠시 후 검정 가방을 배 위로 올려 보내고 보트는 화물선에서 떨어져 나왔다.

보트는 요란한 소리를 내며 황포강 쪽으로 달리기 시작했다. 보트가 조금 전 출발했던 지점이 아닌 다른 곳에서 멈췄다. 제방 위에 미리 대기하고 있던 부하들이 강가로 뛰어내려와 보트에 있는 물건을 차에 옮겨 싣고 쏜살같이 그곳을 떠났다. 모든 일이 조직적으로 빠르게 움직여 세관과 해경조차도 그들을 추적할 수가 없을 정도였다. 무기 거래는 생명을 잃을 수도 있는 위험한 사업이라서 철저한 경계를 하지 않으면 언제 어느 때 총에 맞게 될 줄 몰랐다. 왕빠이는 일에 참가한 조직원들을 3층 바로 내려

보내고 5층으로 올라갔다.

"따거, 다녀왔습니다."

왕빠이의 얼굴은 기분이 좋아 보였다.

엷은 커튼 너머로 따거의 얼굴이 살짝 보였다.

아!…… 대물이었다. 분명히 대물이었다. 얼굴에 작은 상처가 생긴 것 말고는 외관상 달라진 것은 없어 보였다.

"수고했다, 그래 놈들이 약속을 잘 지켰더냐?"

"네, 약간 가격이 비싼 것이 흠이지만 전번보다는 품질이 좋아 보이는 기종이었습니다. 아무튼 좋은 물건인 것 같습니다."

"그래, 지난 번에 고객들이 주문한 물건은 언제 쯤 도착하나?"

"다음 배로 들어오기로 했습니다."

"주문한 물건을 제때에 공급하지 못하면 신뢰를 잃게 될 수도 있으니 주의해야 한다."

"명심하겠습니다. 하지만 따거!"

"뭐냐?"

"요즘 백러시아 놈들이 우리 영역을 침범한다는 보고가 있습니다."

"뭐라고? 그놈들은 자기의 처자들을 매춘으로 팔아먹고 사는 놈들이 아니냐? 두목이 어떤 놈이냐?"

"퇴역 장성인 것 같습니다."

"퇴역 장성? 그렇다면 이바노프 장군을 말하는 거냐?"

"네, 그렇습니다!"

"그럴 리가 없다. 그는 우리 조직의 보호를 받고 있지 않느냐? 그런데 우리 구역에서 그런 사업을 한다는 것이냐?"

"그렇습니다, 따거! 놈의 사업을 너무 키워주신 것 같습니다."

"키워줬다고? 혁명 하다가 실패한 놈들이 떼거리로 이곳 상하이까지 몰려와 먹고 살길이 막막하다 해서 도와줬는데…… 은공도 모르고 이제 와서 해서는 안 될 사업을 하려든단 말이지?"

"네, 그렇습니다!"

왕빠이는 따거의 심정을 누구보다 잘 알고 있는 심복이었다. 따거는 남경로에서 한 블록 지나 중국 서민이 모여 사는 시장과 거리까지도 보호를 해주고 있었다. 빈민촌 거리는 절대로 보호세를 받지 않는 인정 많은 따거였지만 배신자에게는 잔인하게 보복하는 무서운 두목이었다.

"놈들의 동태를 철저하게 살펴라. 오늘부터 놈들이 하고 있는 매춘업소와 빠는 부하들에게 관리시키고 반항하는 자들은 조직의 뜻대로 처리해라!"

"네, 잘 알겠습니다."

왕빠이가 방을 나가자 대물은 불현듯 지난 일들이 떠올랐다. 처음 상하이에 들어올 때만 해도 자신이 폭력조직에 발을 담그리라고는 생각조차 못했었다. 대물의 입가에 냉소가 감돌았다. 대물은 영화의 회상 장면처럼 기억 속으로 빠져들고 있었다.

**

상하이역 대합실은 많은 인파로 붐비고 있었다. 열차를 타고 내리는 사람들과 그들을 마중 나온 사람들이 떠드는 소리로 시끌벅적했다. 남루한 옷을 걸친 꾀죄죄한 몰골의 사내가 역 대합실 의자에 고개를 숙인 채 웅크리고 앉아 있었다. 굶주린 배를 채우기 위해 구걸하러 나온 거지처럼 보였다. 행인들이 이따금씩 사내 앞에 동전을 던져 주었다. 그러나 사내는 동전을 쳐다보지도 않고 손에만 온 신경을 집중하고 있었다. 똑똑또도똑똑. 사내가 작은 돌로 의자를 두드렸다. 벌써 며칠째 똑같은 방법으로 의자를 두드리며 주위를 둘러보고 있었다. 마치 누군가를 애타게 찾는 사람처럼 그의 눈은 번뜩거리고 있었다.

조금 떨어진 곳에서 사내의 모습을 눈여겨보고 있던 왕빠이가 빠른 걸음으로 역을 빠져나가 역 앞에 서 있는 자동차로 다가갔다. 자동차 안에는 중절모를 쓴 노신사가 지그시 눈을 감고 있었다. 왕빠이가 다가가자 자동차의 창문이 내려졌다. 왕빠이가 정중한 태도로 고개를 숙여 인사했다.

"다녀왔습니다."

"그래, 그 자의 신호가 조직원의 신호가 맞더냐?"

"네, 맞습니다. 분명 조직원이 도움을 바라는 신호였습니다."

"요즘 들어 삼합회 조직원을 사칭하는 특무대 프락치 놈들이 극성이다. 각별히 조심해야 한다."

"네, 알겠습니다."

왕빠이가 허리를 굽혀 인사를 하자 자동차가 출발했다. 왕빠이가 다시 역으로 돌아갔다. 사내로부터 조금 떨어진 곳에서 왕빠이가 주머니에서 무엇인가를 꺼내 가볍게 두드리기 시작했다. 똑똑토똑. 돌을 두드리는 소리에 벌써 며칠째 끼니도 거르고 돌만 두드리던 사내가 고개를 들었다. 대물이었다. 절벽에서 떨어져 죽은 줄로만 알았던 대물이 살아 있었다. 대물이 소리 나는 곳을 쳐다보았다. 왕빠이와 눈이 마주쳤다. 왕빠이가 밖으로 향하자 대물이 왕빠이를 따라 일어섰다. 두 사람은 상하이역 앞에 대기하고 있던 승용차에 올라탔다. 건장한 사내 두 명이 대물을 양쪽에서 에워 쌓듯이 앉자 차는 요란한 소리를 내며 출발했다. 차가 얼마 쯤 달리자 옆에 앉아 있던 청년이 검정 띠로 대물의 눈을 가렸다. 잠시 후 차가 어느 건물 앞에 도착하자 청년들은 조심스럽게 대물을 차에서 내리게 한 후 건물 안으로 데리고 들어갔다. 방안에 들어서자 눈을 가린 검정 띠를 풀어 주었다. 여러 명의 사내들이 도열해 있었다. 사내들은 긴장해 표정이 굳어 있었다.

왕빠이가 대물에게 말했다.

"몇 가지 물어볼 말이 있는데, 사실대로 말해주시오."

"형제들에게 폐를 끼치게 되어 송구합니다. 조직의 룰에 따라 확인하십시오."

대물의 표정이 진지했다. 조금 전 역 대합실에서 꾀죄죄했던 모습이 아니었다. 두 눈에는 빛이 났고 말에는 힘이 실려 있었다.

"조직원의 표지를 보여주시오."

대물이 남루한 의복을 펼치며 가슴 왼쪽에 새겨져 있는 문신을 내보였다. 유비 관우의 쌍문신이었다. 유비 관우 쌍문신은 삼합회의 부두목급과 특수훈련을 마친 조직원만이 할 수 있는 문신이었다. 주위에 있던 조직원들의 놀라는 표정이 역력했다. 조직원들이 대물을 대하는 태도가 공손하게 바뀌었다. 왕빠이가 전화로 누군가에게 내용을 보고했다. 잠시 후 노신사가 방으로 들어왔다. 모든 조직원들이 노신사에게 고개를 숙여 예의를 갖추었다.

노신사는 상하이 최대 폭력 조직인 삼합회의 두목 황금영이었다.

황금영이 대물에게 조심스럽게 말했다.

"그래, 어디서 조직원으로 입단했소? 가슴에 새긴 문신은 특별한 사람만이 받을 수 있는 자격인데……."

"저는 봉천의 장학량 장군 비밀결사대에 입단을 했습니다."

"아니, 지금 뭐라고 했소? 장학량 장군의 비밀결사대라고 했소?"

"그렇습니다."

"정말 반갑구려. 그런데 어떻게 해서 상하이까지 오게 됐소?"

"따거, 서안에서부터 오랜 시간 굶주린 탓에 우선 허기부터 좀 달랬으면 합니다."

"아, 그래요? 내가 미처 그 생각을 못했구려."

"이 분을 객실로 안내하여 음식과 의복을 내어주고 충분한 휴식을 취하도록 보살펴 드려라!"

부하들은 두목의 명령이 떨어지자 대물을 데리고 나갔다.

"왕빠이, 네가 보기에는 어떠냐?"

"피로에 지쳐 보이긴 했지만 눈매가 날카로워 보였습니다. 예사롭지 않은 자 같습니다."

"그래?"

황금영은 고개를 끄덕거렸다.

황금영의 얼굴은 기쁨으로 들떠 있었다. 상하이 삼합회 조직원 중에는 장학량의 특수부대에서 훈련을 받은 사람이 한 명도 없었다. 황금영은 오래 전부터 특수부대 출신의 부하를 거느리고 싶어 했는데 그런 사람을 찾기가 어려웠다. 이제 그 소망을 이룰 수 있다고 생각하자 그동안 장소림파에게 당했던 굴욕이 한꺼번에 해소되는 것 같았다.

대물은 몇 날 며칠을 먹고 자기만 되풀이했다. 부하들이 대물의 행동 하나하나를 두목에게 보고했다. 대물의 건강이 회복되자 두목은 부하들과 함께 대물을 다시 찾았다.

"그래, 몸이 좀 쾌차 되었소?"

"네, 따거. 덕분에 몸이 좋아졌습니다. 이 은혜를 어떻게 갚아야 할지……."

"하하하! 뭐 은혜라고 할 것까지 있겠소. 조직의 형제가 어려움에 처하면 돕는 것은 당연하잖소. 참 서안에서 오셨다고 했는데 서안 어디에 계셨소?"

대물은 대답하지 못하고 머뭇거렸다. 그러다가 결심한 듯 말을 꺼냈다.

"저는 장학량 장군과 함께 장개석 총사령관을 감금했던 병간에 참여하고 장군께서 중경으로 돌아가시자 저와 조직원들은 서안을 탈출해야만 했습니다."

황금영의 입이 딱 벌어졌다.

"아니 장개석 사령관을 구금한 병간 말이요?"

"네."

"그렇다면 동료들을 비행기로 탈출시키고 여산으로 달아난 사람이 당신이란 말이오?"

"그렇습니다."

"아니 이럴 수가……."

황금영은 의자에서 벌떡 일어나 대물에게로 다가가 대물의 손을 꽉 잡았다.

장학량 장군과 그의 부하들이 장개석을 구금한 서안 사건은 중국인은 물론이거니와 전세계의 이목을 끌었던 사건으로, 삼합회 조직원이라면 가장 명예로운 사건으로 여기고 있었다.

며칠이 지난 후 왕빠이는 화평호텔의 밀실로 두목을 찾아갔다.

"따거!"

"음, 왕빠이. 무슨 중요한 일이라도 있는 것이냐?"

"조직의 위상에 관계되는 일이라 찾아왔습니다."

"조직의 위상에……."

"지금 조직원들은 부두목이 죽고 난 후 복수를 하지 않아 분위기가 많이 위축되어 있습니다. 대물 선배께서 특수훈련을 받은 분이라면 한번 쯤은 시험해 보고 직위를 결정하시는 것도 나쁘지 않다고 생각합니다."

"그래, 네 말도 일리가 있구나."

그날 밤 화평호텔의 2층 바에서는 두목과 부하들이 함께 하는 술판이 벌어졌다. 두목인 황금영은 얼마 전 장소림파의 조직원에게 피살된 장소보의 죽음을 슬퍼하며 위축되어 가는 삼합회의 조직을 강하게 만들려는 결심을 굳혔다.

"얼마 전 부두목인 장소보가 장소림파에게 살해됐다. 이는 분명 삼합회에 대한 도전이며 우리의 영역을 침범하려는 시도로 볼 수 있다. 너희들의 생각은 어떠냐?"

"그렇지 않아도 요즘 유달리 놈들이 우리 구역을 넘나들며 마약 거래를 하고 있습니다. 며칠 전에는 매춘업소를 뒤엎었던 일도 있었습니다."

"어떻게 그런 일이……. 그게 사실이냐?"

"네. 그렇습니다."

"그런 중요한 일을 왜 보고하지 않았나? 이것은 삼합회에 대한 명백한 도전이다! 더 이상 두고 볼 수만은 없다."

조용히 이들의 대화를 듣고 있던 대물이 두목을 향해 조심스럽게 말했다.

"따거, 삼합회의 권위에 도전하는 자는 용서할 수 없습니다. 제게 맡겨주십시오."

"그렇게만 해준다면 우리야 좋지만……. 놈들의 방어가 만만치 않을 테니 부하들을 원하는 만큼 데리고 가게."

"아닙니다. 혼자 해결하는 것이 오히려 더 편할 것 같습니다."

"아직 지리도 익숙지 않고 여러 가지로 어려움이 있을 텐데……."

"그러면, 한 사람만 데려 가겠습니다."

대물은 두목에게 인사를 마치고 왕빠이와 함께 객실로 올라갔다.

"왕빠이라고 했나?"

대물이 다정하게 물었다.

"그렇습니다. 그런데 하필 왜 저를 택하셨습니까?"

"내가 보기엔 조직원들이 피살된 장소보 형제를 위해 복수하려는 의지가 약해 보였네. 물론 자네만 빼고 말이지. 그래, 장소보 형제와는 친한 사이였나?"

"그렇습니다. 같은 시기에 조직에 들어와서 부두목의 도움을 많이 받았습니다. 제 손으로 꼭 복수하게 해 주십시오."

"왕빠이, 복수라는 것은 참 허무한 짓이야. 그렇지만 조직 전체를 위해서는 불가피한 선택이기도 하지. 놈들에 대해서 좀 자세하게 말해보게."

대물은 왕빠이로부터 장소보의 살해에 가담한 장소림의 조직원들에 대한 세세한 신상정보를 들을 수 있었다.

다음날 날이 밝자 대물은 왕빠이와 함께 장소림의 조직원이 운영하는 하이탄로에 있는 빠 등을 살펴봤다.

왕빠이가 나지막한 소리로 물었다.

"무기는 무엇을 준비할까요?"

"무기라니?"

"아니, 놈들을 치러 가는데 무기를 안 가지고 간단 말입니까?"

대물이 왕빠이를 바라보며 가볍게 웃음을 지었다.

"지금 같은 시기에는 무기가 오히려 거치장스런 물건이 될 수도 있어."

왕빠이는 대물의 말을 이해할 수가 없었다. 장소림의 조직원들도 삼합회 못지않게 좋은 무기로 무장을 하고 있기 때문에 웬만한 습격으로는 그들을 제압할 수가 없었다.

대물은 며칠 동안을 혼자서 장소보를 살해한 장소림파의 부두목 진가위가 자주 찾는 바와 아편굴과 매춘업소를 살피고 밤늦게 호텔로 돌아왔다.

하이탄로는 화려한 네온사인이 밤거리를 밝히고 있었다. 거리는 사람들로 분주했다. 취객이 비틀거리며 지나갔다. 매춘부가 지나가는 취객과 행인을 유혹했다.

진가위는 여느 날과 다름없이 도박장에 들러 수금을 마친 후 하루에 두 번꼴로 맞는 아편을 맞았다. 몽롱한 기분에 도취되어 부하들과 함께 매춘업소로 발걸음을 옮겼다. 곁에 호위하는 부하들이 연신 그를 치켜세우며 아부를 떨었다.

"형님, 유럽에서 새로 들어온 계집을 준비시켜놨습니다."

"너는 이 형의 마음을 잘 읽는단 말이야. 머지않아 좋은 업소를 한번 맡겨보마."

"예, 형님."

매춘업소를 들어서자 술과 아편에 젖은 윤락녀들이 진가위를 쳐다보며 고혹적인 모습으로 유혹했다. 진가위는 아편에 취해 몽롱한 기분으로 부하가 안내하는 특실로 들어갔다. 대물이 진가위가 가게 안으로 들어가는 것을 확인하고 뒤따라 들어갔다. 문을 열고 들어서자 마담이 대물의 위 아래를 훑어보며 얼굴을 찌푸렸다. 대물은 안주머니에서 한 뭉치의 지폐를 꺼내 마담에게 주었다. 그러자 마담의 표정이 싹 바뀌며 호들갑을 떨었다.

"제가 눈이 삐었나 봐요. 이렇게 귀한 손님을 몰라보고 말이에요. 혹시 찾는 아가씨라도 있으시나요?"

"아니오. 특실에 맞는 여자를 당신이 선택해 주시오."

마담은 예쁘장하게 생긴 아가씨를 데리고 와서 대물에게 인사시켰다. 2층 특실로 들어선 대물이 의자에 앉자 아가씨가 옷을 벗고 대물에게로 다가섰다. 아가씨가 대물의 옷을 벗기려는 순간 대물이 그녀의 손을 잡으며 조용하게 말했다.

"잠시 동안 함께 있어주기만 하면 되오."

아가씨는 이상하다는 듯 대물을 쳐다보았다.

"그럼, 생각이 바뀌면 말하세요."

몸매가 아름다운 여자였다. 도톰한 둔부와 가는 허리 곡선이 사내들의 색욕을 자극할 만한 여자였다. 대물이 지폐를 꺼내 여자의 손에 몇 장 쥐어주자 여자는 기뻐하며 여러 가지 포즈를 취하며 대물을 유혹했다. 대물이 가볍게 웃어 보이며 부두목이 사용하는 특실을 묻자 여자는 입을 샐쭉거리며 말했다.

"그 사람을 잘 아세요? 그 사람은 색마예요. 그 짓을 할 때는 여자들이 몇 시간이고 죽어나요."

아가씨는 진가위를 잘 알고 있는 듯 그의 험담을 늘어놓았다.

아편을 맞고 섹스를 하면 몇 시간이고 남자는 사정을 늦출 수 있지만 아가씨에게는 그만큼 고통스러운 시간이라는 것이다.

대물은 아가씨를 안심시키고 객실을 나와 진가위가 있는 방 앞으로 다가갔다. 주머니에서 무엇인가를 꺼내 열쇠 구멍에 집어넣고 돌리자 '딸깍' 하는 소리가 들리며 잠금쇠가 열렸다. 대물이 방 안으로 조심스럽게 발을 내디뎠다. 진가위는 여자의 배 위에서 헉헉거리고 있었다. 여자가 다리로 진가위의 허리를 휘감고 요분질을 하며 용을 썼다. 대물이 침대로 다가가서 옆구리에 꽂고 있던 뾰족한 나무젓가락을 뽑아들고 진가위의 등 뒤에서 그의 목 경동맥을 힘껏 찔렀다. 진가위는 불시의 습격으로 대항 한 번 하지 못하고 여자의 배 위에 고개를 떨어뜨렸다.

여자가 두려움에 떨며 비명을 질렀다. 대물은 여자의 입을 막았다. 여자가 비명 소리를 멈추자 대물은 여자의 벌거벗은 몸에 담요를 덮어주고 방문을 나섰다. 실로 눈 깜짝할 사이에 벌어진 일이었다. 대물은 그곳을 벗어나 며칠 전 왕빠이가 알려준 진가위의 부하가 운영하는 도박장 안으로 들어갔다. 안은 자욱한 담배 연기와 매캐한 냄새, 후덥지근한 열기로 가득했다. 여기저기서 주사위 도박이 한창이었다. 도박꾼들이 주사위판 주위에 둘러앉아 돈을 걸었다. 판돈이 수북하게 쌓이자 딜러는 주사위가 담긴 통을 힘차게 흔들며 판 위로 던졌다.

대물도 그들의 틈새에 끼여 앉았다. 돈을 꺼내 노름을 하면서 주위를 둘러봤다. 맞은편에서 진가위와 함께 장소보를 살해한 장소림의 조직원이 거드름을 피우며 손님을 살펴보고 있었다. 대물은 조직원의 움직임을 곁눈질로 계속 살폈다. 그가 자리에서 일어나 화장실로 들어가자 대물은 재빠르게 그의 뒤를 따라 들어갔다. 화장실 안에는 두 명이 소변을 보고 있다가 조직원이 들어서자 일을 마치고 황급히 밖으로 나갔다. 조직원이 소변기 앞에 서서 지퍼를 내리고 소변을 보기 시작했다. 대물은 민첩한 동작으로 조직원의 등 뒤에서 머리를 옆으로 꺾어 버렸다. '우두둑' 하고 목뼈 부러지는 소리가 들리며 바닥에 쓰러졌다.

다음날 아침 장소림파가 발칵 뒤집혔다. 하루 밤 사이에 부두목급 두 사람이 살해되었기 때문이었다. 그것도 최고의 싸움꾼인 진가위와 그의 부하가 손 한번 써보지 못하고 당했다는 것은 충격적이었다. 더욱이 장소림의 피살 이후 진가위가 조직을 관리하고 있었는데, 그가 살해됨으로써 조직 전체가 와해될 위기에 처했다.

장소림파의 움직임이 빨라지자 그들의 움직임이 삼합회로 그대로 전해졌다. 왕빠이가 황금영의 집을 찾았다. 황금영은 중국 전통 요가를 마친 후 가족들과 식사를 하고 있었다. 왕빠이가 집으로 찾아오자 황금영은 조직에 급한 일이 벌어졌다는 것을 직감했다. 황금영이 수저를 놓고 거실로 나왔다.

"무슨 일이냐? 급한 일이라도 생긴 것이냐?"

"네, 그것이…… 좀 큰 문제가 발생했습니다."

왕빠이 자신조차 장소림파의 부두목들의 살해 소식을 듣고 놀란지라 두목 앞에서 말을 더듬거렸다

"왕빠이답지 않구나. 그래 무슨 일이냐?"

"따거, 놀라지 마십시오. 어젯밤에 장소림파의 진가위와 장소보를 죽인 또 한 명의 부두목이 살해됐습니다."

"진가위라면 장소보의 살해를 배후에서 조종한 놈이 아니냐?"

"그렇습니다. 저희들이 지목하고 있던 놈입니다."

"그래, 누가 살해한 것이야? 우리 조직원이냐? 아니면 청방이냐?"

"아직은 어느 조직에서 살해했는지 파악이 되지 않습니다."

황금영은 곧 상하이 폭력조직 간에 살벌한 피바람이 불 것이라고 내다봤다.

"왕빠이, 당장 간부회의를 소집하라!"

왕빠이는 두목의 지시에 긴장감이 깃들어 있음을 느끼자 새삼 가슴이 떨려왔다. 삼합회와 장소림파 간의 대전쟁이 벌어질 수도

있었다. 왕빠이가 서둘러 호텔로 돌아왔다. 왕빠이가 대물의 방을 지나치며 고개를 갸웃거렸다. 혹시 대물 선배께서 그 자들을 살해한 것은 아닐까. 그럴지도 모른다는 생각이 들자 당장 확인해 보고 싶어졌다. 똑똑똑. 왕빠이는 대물이 묵고 있는 방을 노크했다.

"들어오시오."

왕빠이가 문을 열고 안으로 들어서자 대물이 반갑게 그를 맞았다.

"음, 이른 아침부터 이렇게 나를 찾아주다니 고맙네."

왕빠이는 대물의 표정에서 무엇인가를 읽어보려고 했으나 어젯밤 장소림파의 조직원들을 살해한 사람으로 보기에는 너무나 태연했다.

"조직에 무슨 일이라도 일어난 것 같구먼. 자네의 얼굴에 수심이 가득하니 말이야."

"어젯밤 장소림파의 부두목급 두 명이 살해됐습니다. 그것도 장소보 부두목을 살해한 놈들만 골라서 말입니다."

"그건 자네가 바라던 일이 아닌가? 삼합회의 권위에 도전하는 것은 곧 죽음을 뜻한다는 것을 보여준 좋은 본보기라고 생각되는데……."

대물의 표정에는 조금도 변함이 없어 보였다. 왕빠이는 도무지 감을 잡을 수가 없었다.

그날 저녁 화평호텔의 이층 카페에는 상하이와 항주, 청도 등 대도시의 조직원 대표들이 모두 모였다. 두목의 긴급 호출에 긴장하고 있었다. 황금영의 곁에 대물이 단정한 모습으로 앉아 있었다. 황금영의 옆에 자리를 했다는 것은 서열이 최하 부두목급인 쌍거 이상이란 의지였다.

황금영이 나지막한 목소리로 말문을 열었다.

"오늘 여러 형제들을 급하게 모이라 한 것은 어젯밤 장소림파의 부두목 두 명이 살해되어 혹시라도 형제들 중에 누군가 그들을 살해한 것이 아닌가 해서 이렇게 호출을 했습니다."

황금영이 운을 떼고 주위를 둘러봤으나 아무런 반응이 없었다.

"참, 오늘 여러 형제들에게 여기 계신 김대물 형제를 소개하겠습니다. 작년 서안에서 장개석을 구금한 병간에 참여하고 조직원들을 탈출시킨 장학량 장군의 비밀결사대에 몸담았던 형제입니다. 앞으로 형제들과 좋은 관계를 맺기 바랍니다."

황금영의 소개가 끝나자 대물이 의자에서 일어나 인사를 했다.

"삼합회는 여러 형제님들의 돈독한 우애가 만들어 낸 결실입니다. 형제님들의 단합과 깊은 사랑이 없었더라면 삼합회는 존재

할 수 없다고 생각합니다. 앞으로 형제님들의 많은 지도편달을 바랍니다."

황금영은 당분간 마약이나 매춘 등을 자제하며 주의하기를 바란다는 말로 모임을 마쳤다.

한편 장소림파에서는 긴급회의를 통해 서열 3위의 광위가 부두목에 올랐다. 조직원이 상을 당한 중이라 간략한 의식으로 부두목 승진식을 마쳤다. 그 대신에 진가위와 부두목의 장례식을 히이탄로에서 화려하게 치렀다. 장례식이 끝나자 광위는 부하들과 회의를 가졌다.

"진가위의 목을 찌르고, 부두목의 목을 단번에 부러뜨린 자가 누구라고 생각하나?"

젓가락 하나로 경동맥을 찔러죽일 정도로 살인에 숙련된 자라면 이는 필시 특수훈련을 받은 자가 분명했다. 광위는 삼합회 조직원의 대다수를 알고 있는지라 현재 상하이의 삼합회 내에서는 그만한 실력자가 없다고 생각했다. 킬러를 고용한 것이 틀림없었다. 장소보 살해에 대한 삼합회의 보복이라는 생각이 들었다. 광위로서도 앞으로 얼마나 더 피비린내 나는 싸움이 계속될 지 알 수가 없었다.

폭력 조직은 피해를 당한 것 이상으로 보복을 하지 않으면 조직 전체의 위상이 무너질 수도 있고 조직원들의 기강이 허물어져 버리기 때문에 보복은 불가피한 것이었다. 진가위를 죽인 자를 알 수 없어 보복을 단행하기에는 다소 무리가 있었지만 장소림파의 부두목으로서 광위는 단호한 결정을 내려야 했다. 광위는 젊은 조직원을 방으로 불렀다. 어느 조직이건 간에 갓 입문한 조직원은 명령에 잘 따르고 물불을 가리지 않는다. 그렇기 때문에 적을 공격할 때는 갓 입문한 조직원을 앞세우는 경우가 많았다.

광위가 몇 장의 황금영 사진을 탁자에 집어 던졌다.

"우리 조직에 해를 가하는 자다. 진가위 부두목도 이 자의 지시로 살해됐다고 볼 수 있지. 너희들이 조직에 대한 충성심을 보여줄 절호의 기회가 왔다."

젊은 조직원은 부두목의 지시에 복수심이 불타올랐다.

황금영은 오랜 세월 보스로서 수많은 경험을 해온 터라 장소림파의 비린내 나는 싸움에 말려들 사람이 아니었다.

황금영이 왕빠이에게 말했다.

"놈들은 틀림없이 보복을 하려들 것이다. 오늘부터 내가 타고 다니는 차와 똑같은 차를 준비하되 검정색 선팅을 해서 안을 들여다 볼 수 없도록 하라. 그리고 나와 용모가 비슷한 자를 차에 태우고 경호원을 붙여서 철저하게 위장시켜라!"

"네, 잘 알겠습니다."

"너희들 집과 숙소 근처의 차량이나 낯선 사람들을 철저하게 감시하라! 만일에 있을 공격에 대비해 한 치의 소홀함이 있어서도 안 된다."

왕빠이는 두목의 지시를 받고 장소림파의 공격에 대비해 충분한 준비를 갖추도록 부하들에게 지시를 내렸다.

화평호텔과 그 부근 일대의 삼합회가 관리하는 업소에는 조직원들이 무장을 한 채 바쁘게 움직이고 있었다. 시시각각의 정보가 왕빠이에게 들어왔다.

"형님, 장소림파 놈들이 따거의 집 부근에 매복해 있다는 보고가 들어왔습니다."

"어느 지점에 있다느냐?"

"따거의 집으로 들어가는 길목에 매복하고 있답니다."

"그곳이 총을 쏘기에는 좋은 곳이지. 우리 쪽 무기는 무엇으로 준비했느냐?"

"소련제 다연발 기관총입니다."

"다연발이라면 모조리 놈들을 쓸어버릴 수 있겠구나."

왕빠이가 수화기를 들어 두목에게 전화를 걸었다

황금영은 안락의자에 앉아 아편이 듬뿍 담긴 장죽을 입에 물고 연기를 들어 마시고 있었다. 전화벨이 울리자 부하가 수화기를 들었다.

"누구냐?"

"나, 왕빠이다. 따거를 바꿔라."

따거는 수화기를 부하로부터 넘겨받았다.

"따거, 찾아뵙고 말씀을 드려야 하는데 시간이 급박해서 전화를 올렸습니다."

"괜찮아. 그래 놈들이 나를 칠 준비가 끝났는가 보구나."

"그렇습니다. 집 앞 길목에 매복해 있습니다."

"그래, 계책은 세워뒀겠지?"

"지난번 따거께서 말씀하신 대로 따거와 비슷한 조직원을 차에 태워 출발을 시키고 그 안에 매복병을 숨겨두었습니다."

"허허허! 제법 그럴싸하구나."

"따거, 대물 형님께서 그 차에 타겠다고 해서 거절을 하지 못했습니다."

"고마운 일이군."

전화가 끝나자 화평호텔에 대기하고 있던 검정 시보레 한 대가 호텔을 빠져나갔다. 두목과 구별이 안 가는 모습의 부하가 차에 타고 있었다. 뒷좌석 밑에는 대물이 방탄복을 입은 채 다연발총을 들고 있었고, 앞좌석 시트 밑에 왕빠이가 몸을 숨기고 있었다.

대물이 운전수에게 몇 가지 지시를 내렸다.

"차가 목표 지점 100미터 앞에 이르면 경적을 한번 울리고 수상한 차량이 접근하려고 하면 두 번 경적을 울려라. 선제공격을 놓치면 전멸하고 만다."

"명심하겠습니다."

차가 번화한 남경로를 벗어나 황포강 어귀로 달리기 시작했다. 따거의 집은 푸시와 남경로 사이에 있는 하이탄로 부근의 고급 주택가였다. 식민지시대에 침략자들이 지어놓은 고풍스러운 주택들이 즐비한 곳이었다.

차가 장소림파의 조직원들이 진을 치고 있는 곳으로 접근해 갔다. 운전수가 경적을 한번 울렸다. 대물이 기관총을 움켜쥐고 발사 준비를 했다. 청방의 조직원들이 검정 시보레 차를 발견하고 서서히 길목으로 좁혀들어 왔다. 그들의 손에는 권총이 쥐어져 있었다. 차가 길목 부근에 다다르자 대물이 의자 밑에서 벌떡 일어나 차 앞으로 다가서는 놈들을 향해 총을 갈겨 댔다. '따따따따땅' 기관총 소리가 대지를 훑고 지나갔다. 대물이 복면을 한 채 차문을 열고 밖으로 뛰쳐나갔다. 앞으로 다가서던 장소림파의 조직원들을 향해 무차별 사격을 가했다. 그들은 총 한번 제대로 쏴보지 못하고 추풍낙엽처럼 쓰러졌다. 왕빠이가 머리를 들고 차 밖을 내다 봤을 때에는 이미 상황이 끝나버린 뒤였다. 여기저기 총에 맞은 조직원들이 신음하고 있었다. 대물은 길가에 쓰러져 있는 자들에게 총구를 겨누며 다가섰다.

"모두 다 총을 버려라, 그렇지 않으면 네놈들은 벌집이 되고 만다."

총에 맞아 피를 흘리며 멀뚱멀뚱 대물을 바라보고만 있을 뿐 총구를 겨누는 사람이 없었다.

대물이 쓰러져 있는 조직원의 머리통에 총구를 들이댔다. 금방이라도 쏠 것 같은 분위기였다.

"누가 시킨 짓이냐? 말하지 않으면 네놈의 머리통을 날려 버리겠다!"

사내는 겁에 질린 표정으로 더듬거리며 말했다.

"과, 광위 부두목이……."

대물은 쓰러져 있는 장소림파의 조직원들 바로 앞으로 기관총을 난사한 후 날렵하게 차에 올라타고 사라졌다. 부상당한 장소림파의 조직원들이 사라지는 차를 그저 물끄러미 쳐다보고만 있었다.

장소림파의 조직원이 숨을 헐떡거리며 사무실 안으로 뛰어들었다. 사내의 어깨 부근에는 흥건하게 피가 묻어나왔다.

"당했습니다."

"당하다니, 누구한테 말이냐?"

"불시에 공격을 받아서 알 수가 없었습니다."

"기습을 받았단 말이냐?"

"네, 저희들은 총 한번 쏴보지 못하고 그만……."

사내는 대물의 공격에 넋이 나가 있었다. 다시는 그런 자와 싸우고 싶지 않았다.

장소림파의 조직원들은 다섯 명이 죽고 십여 명이 중경상을 입어 병원에 입원했다. 사건은 여기서 끝난 것이 아니었다. 대물은 호텔로 돌아오자마자 복면과 옷을 벗고 평상복으로 갈아입었다. 그리고 곧장 하이탄로의 빠로 향했다.

왕빠이는 황금영의 집을 찾아갔다.

"따거, 놈들이 매복을 하고 있다가 오히려 대물 선배에게 크게 당했습니다."

"그래, 놈들이 많이 다쳤느냐?"

"다친 정도가 아니라……."

"많이 죽은 게로구나? 우리 쪽 애들은?"

"한 명도 없습니다. 대물 선배 혼자 처리하고 신속하게 사라져서……. 그쪽에서도 누가 그랬는지 알 수 없을 겁니다."

"그렇게 생각할 수도 있겠구나. 대물은 전설의 사내. 네 눈으로 직접 실력을 봤으니 이제 조직의 중책을 맡겨도 되겠느냐?"

"여부가 있겠습니까?"

"허허허! 왕빠이가 인정하는 선배라면 나도 이의가 없지."

황금영은 기분이 좋은지 연신 웃어 보였다.

"폭력조직이란 힘이 없는 자가 관리하면 그 조직은 도태되기 마련이야."

황금영은 살벌하게 죽이고 죽여야 하는 폭력조직 간의 비극을 수십 년간 보아온 사람이라, 이 정도의 싸움은 대수롭지 않게 생각했다.

대물이 화려한 네온사인이 즐비한 푸시로를 걸어 장소림파가 관리하는 술집 안으로 들어갔다. 부두목인 광위와 몇 명의 조직원들이 침통한 표정으로 술을 마시고 있었다. 광위는 부두목으로 승진해서 처음으로 내린 명령이 허무하게 꺾이자 속이 부글부글 끓어올랐다. 연거푸 독한 술을 들이켰다.

"그래, 놈의 얼굴을 보지도 못했단 말이냐?"

"복면을 하고 있었고 순식간에 총을 쏴대며 기습을 해서…….

그 자는 고도의 훈련을 받은 킬러 같았습니다."

"킬러? 상하이에 킬러가 등장했단 말이야?"

광위는 부하의 말에 기분이 상한 듯 술을 벌컥벌컥 들이켰다. 못마땅한 표정으로 부하들에게 말했다.

"네놈들은 도대체 뭐하는 놈들이냐? 동료들이 총에 맞아 죽어가는데 어떤 놈이 공격을 했는지는 알아내야 하지 않느냐? 바보 같은 놈들!"

광위는 비틀거리며 좌석을 박차고 일어났다.

부하들이 광위를 부축해 밖에 대기하고 있는 차에 태우자 광위는 손을 휘저으며 부하들의 호위를 마다하고 집으로 향했다.

이들의 움직임을 지켜보던 대물이 택시를 잡아탔다.

"손님, 어디로 모실까요?"

"앞서 가는 차를 조심스럽게 따라 가주시오!"

"알겠습니다. 제가 그런 일이라면 자신이 있습죠."

운전수는 뭔가 재미있는 일이 벌어지지 않을까 잔뜩 기대하는 눈치였다. 앞차가 푸시로를 벗어나 하이탄로를 끼고 러시아인들의 고급 주택이 밀집한 곳으로 들어갔다. 앞차가 멈추어 서자 택시 운전수는 조금 떨어진 곳에 차를 세웠다. 광위가 차에서 내려 주택의 초인종을 누르자 잠시 후 문을 열고 한 여인이 광위를 향해 머리를 숙여 인사하는 모습이 대물의 시야에 들어왔다. 광위는 두 팔로 여인의 목을 끌어안고 비틀거리며 집안으로 들어갔다. 이를 지켜보던 대물의 마음이 왠지 모르게 흔들리기 시작했다. 저 자는 집 밖에서는 깡패지만 집안에서는 한 여인의 남편이며 아이들의 아버지다. 생각이 여기까지 미치자 대물의 마음이 심하게 요동쳤다. 집안에 불이 모두 꺼지고 두 시간여를 기다렸다가 대물이 움직이기 시작했다. 대물은 광위의 집을 둘러보며 안으로 들어갈 곳을 찾아보았다. 대물이 뒷담을 훌쩍 뛰어 넘었다. 조심스럽게 창문의 유리창을 깨서 문을 따고 안으로 들어갔다. 이까짓 일 쯤이야 대물에게는 식은 죽 먹기나 다름없었다. 대물이 살며시 방문을 열자 어린 아이가 침대 위에서 잠들어 있었다. 숨소리가 새근새근 들렸다. 대물은 조용히 문을 닫고 다음 방문을 열었다. 방문이 잠겨 있었다. 대물은 주머니에서 작은 철사를 꺼내 문구멍에 집어넣고 돌리자 방문이 열렸다.

 광위는 두 팔을 대자로 벌리고 잠을 자고 있었다. 그대로 누가 업어 가도 모를 정도로 만취된 상태로 잠들어 있는 광위를 내려다보며 대물은 이런 놈이 장소림파의 부두목이라니 놈들도 별 것 아니라는 생각이 들었다. 대검을 꺼내들고 광위의 곁으로 다가섰다. 한쪽 구석에서 광위의 부인이 갓난아기를 품에 앉고 잠들어 있었다. 대물은 한참동안 여인의 품에 안겨 잠들어 있는 아기의 모습을 지켜보았다. 이 자를 죽이면 아이는 아비 없는 자식들이 되겠지. 대물은 외롭게 홀어머니 밑에서 아버지의 얼굴조차 모르고 자랐던 어린 시절 자신의 모습이 떠올랐다. 잠시 동안 대물은 눈을 감고 생각했다. 어떻게 해야 하나. 조직을 위해 죽여야 한다면 아이는 어떻게 살아갈까. 그러나 조직을 위해서는 살려둘 수가 없었다. 뭔가 결심한 듯 대물은 대검을 빼들었다. 그리고 광위의 배에 올라타 몸을 흔들었다. 술에 취해 깊은 잠에 빠진 광위는 일어날 줄 몰랐다. 대물이 코를 움켜쥐고 호흡을 중단시키자 잠시 후 숨이 막혀 광위가 몸부림치며 '푸'하는 소리를 내고 눈을 떴다. 자신의 배 위에 올라타고 있는 대물을 보자 기겁을 했다.

광위가 겁에 질린 목소리로 말했다.

"누, 누구냐?"

목젖에 대검의 뾰족한 부분이 누르고 있어서 광위는 말조차 제대로 할 수 없었다.

"네놈이 광위냐? 장소림파의 부두목 치고는 명이 짧은 놈이구나. 네놈이 부하들에게 황금영을 죽이라고 지시를 내렸다는데 네놈이 먼저 죽어줘야겠다. 네놈이 죽으면 저 어린 것이 고아가 되겠구나?"

대검 끝에 서서히 힘을 주자 광휘는 태도가 하얗게 질려 대물에게 애걸하기 시작했다.

"살려 주십시오."

"너는 오늘 이 칼에 죽은 몸이다. 그러니 부두목직을 버리고 고향으로 가족들과 돌아가라! 내 말을 듣지 않으면 다음에는 용서 없이 네놈의 목을 따겠다. 네놈 마누라와 잠들어 있는 어린 것을 봐서 이번 한번만은 그냥 가마. 너는 이 시간 이 칼에 죽었다. 사내로서의 약속은 생명을 걸고 하는 것이다. 지킬 수 있느냐?"

"알겠소."

광휘는 다죽어가는 목소리로 가족을 위해 조직을 떠나겠다고 약속하고 목숨을 건졌다. 대물이 방문을 열고 나오는 순간 잠들은 줄로만 알았던 광휘의 부인이 벌떡 일어나 울먹이며 말했다.

"남편을 살려줘서 고맙습니다."

부인은 어느새 잠에서 깨서 대물의 행동을 지켜보고 있었던 것이다.

다음날 광휘는 더 이상 삼합회와는 싸우지 말고 대립도 하지 말라는 말을 남긴 채 장소림파의 부두목 지위를 버리고 고향으로 떠났다. 장소림파의 부두목직은 장링에게 넘어갔다.

한편 대물은 이 사건 이후 부두목을 거쳐 황금영의 은퇴로 명실상부한 삼합회의 따거로 올라서게 되었다.

그리고 상해 부시장 번한년의 중재로 장소림파와 삽합회는 피비린내 나는 복수전을 멈추게 되었다.

화평호텔을 끼고 즐비하게 늘어선 남경로의 호화스러운 카페와 음식점, 양복점 등 사치스러운 상점들은 보호세를 조직에 납부하고 있었다. 그 보호세가 한 달 수입의 10%가 훨씬 넘는 액수라서 조직원들은 목숨을 걸고 이 지역을 지키기 위해 혈안이 되어 있었다. 때로는 군소 조직원들이 밀고 들어올 때도 있었지만, 역사가 있는 삼합회의 조직 앞에서는 맥을 못썼다.

러시아 난민들이 남경로를 중심으로 부를 축적한 사람도 더러 있었지만, 그들 대부분은 이곳에서 어렵게 삶을 영위해 나가고 있었다. 밤이 되면 조직의 보호를 받지 못하는 러시아 창녀들이 밤거리에서 오고 가는 외국인과 돈 많은 중국인을 상대로 매춘을 하기 위해 길거리를 배회하다가 조직원들에게 붙잡혀 초죽음이 되도록 매를 맞고 남경로를 떠나 중국인이 운영하는 값싼 창녀촌으로 팔려가기도 했다.

따거는 러시아 실향민들을 괴롭히지 않으려고 하는 사람이었다. 그런데 자기가 그토록 생각해줬던 이바노프 장군이 무기 사업에 끼어들었다는 말을 듣고 배신감에 치를 떨며 조직원들에게 무서운 명령을 내린 것이다.

화평호텔을 따라 서쪽으로 조금 내려가면 큰 매춘업소들이 늘어서 있었다. 유럽 각지에서 온 매춘부들이 저녁이면 꽃단장을 하고 손님을 맞기 위해 대기하고 있었다. 왕빠이의 지시를 받은 부하들이 이바노프 장군이 운영하는 매춘업소와 빠를 쑥대밭으로 만들고 반항하는 그의 부하를 총으로 쏴 죽였다.

이바노프가 화평호텔을 찾은 것은 피바람이 불고 난 다음날이었다. 이바노프는 커튼을 사이에 두고 따거와 얘기를 나누고 있었다.

"나는 장군을 존경하고 있었습니다. 트로츠키에 패한 후 사병들과 그 가족들을 데리고 이곳까지 오신 것을 저는 언제나 훌륭한 일이라고 생각해 왔습니다. 그래서 누구보다도 장군께서 하시는 일에 도움을 드렸습니다. 그런 장군에게 배신을 당했다는 것이 무척 가슴 아픕니다. 이제는 장군과 결별할 때가 된 것 같습니다."

따거의 말은 소름이 끼치도록 차가웠다.

"따거! 뭔가 나를 오해하고 있는 것 같소! 따거가 화가 난 사유를 나에게 말해 줄 수 있겠소?"

노장군의 말에는 따거와의 깊은 신뢰를 결코 깨지 않았다는 확신이 서 있었다. 따거는 왕빠이가 한 말을 장군에게 말해줬다.

"아니 그 말을 누구에게서 들었소? 따거와 나를 이간시키려는 자의 농간인 것 같소! 나는 절대로 그런 사업을 한 적도 없으며 그럴 생각을 가져 본 적도 없소!"

노장군은 결백함을 증명하기 위해서는 어떤 행동이라도 보여줄 기세였다. 장군의 눈에는 조국을 버리고 난민생활을 해야 하는 슬픔이 흠뻑 젖어 있었다.

따거는 이바노프 장군의 말이 설사 거짓이라고 하더라도 장군의 인격마저 의심할 수는 없었다. 한 나라의 군대를 이끌었던 비운의 장수가 아니던가.

"장군! 제가 너무 경솔했던 것 같습니다. 요즘들어 저희 사업에 어려움이 많다보니 장군을 의심한 것 같습니다."

따거가 정중하게 사과를 하자 이바노프의 창백한 안색이 밝은 표정으로 바뀌었다.

"따거!"

"네, 말씀하십시오!"

"외람된 얘기지만 따거의 조국은 조선이 아닙니까?"

따거가 대답이 없자 장군은 조용한 어조로 다시 말을 이었다.

"일찍이 내가 러시아 해군 제독으로 있을 때 얘기요. 1차 대전을 계기로 독일과 유럽의 여러 나라들은 독일과 연합해 많은 군대와 무기를 가지고 러시아를 거쳐 중국을 침략했던 적이 있었소. 그렇지만 매서운 추위와 긴 장정으로 지친 장병들은 전쟁 한 번 제대로 못하고 퇴각하고 말았소. 그런데 군의 전열을 잘 가다듬으며 퇴각한 장병들은 모두 살아서 각자의 조국으로 돌아갈 수가 있었지만, 무기마저 팔아넘기고 퇴각한 자들은 결국 자기들이 팔았던 무기에 의해 죽임을 당했소. 지금 따거가 거래하는 무기는 그들이 팔고 간 무기가 대부분이오. 1910년부터 30년대 초반까지 조선의 독립군들이 러시아 무기상에게 구입해 간 무기들이 그런 것이었다는 것을 따거는 알고 있소?"

따거는 조선의 독립군이 연해주를 드나들며 러시아인들로부터 어렵게 무기를 사들였던 지난 얘기를 들은 적이 있었다.

"잘은 모르지만 중국에 거주하며 항일전을 펼쳤던 몇몇의 장군들이 그런 무기들을 사용했던 것 같습니다."

장군은 무기에 대해서는 따거보다 많은 경험과 지식을 가지고 있었다. 장군은 따거가 자기의 말을 깊이 이해하고 받아들이자 좋은 조언을 해주었다.

"따거! 조국을 찾는데 도움이 된다면 유럽의 좋은 무기상들을 소개해 주겠소. 조국을 잃어버리면 마음을 잃어버린 것과 다를 바 없소."

장군과 나눈 대화는 따거에게 새로운 사업의 방향을 제시해 주었다. 이바노프 장군의 도움으로 따거는 상해를 오가는 유럽과 미국의 무기상을 통해 신식 무기를 공급하기 시작했다. 그의 사업은 날로 번창해 갔다.

따거는 지난 밤 가진 미국 무기상과의 만찬으로 취기가 심하자 왕빠이와 부하들을 데리고 남경로에서 한 블록 떨어져 있는 중국촌 해장국집을 찾았다. 이른 아침부터 해장국집 근처에는 행색이 남루한 사람들이 줄을 서서 차례를 기다리고 있었다.

"잠깐 멈춰라!"

운전수가 급하게 브레이크를 밟자 따거는 창문을 열고 줄지어 서 있는 사람들을 바라보며 말했다.

"왕빠이."

"네, 따거!"

"왜 저렇게 줄을 서서 기다리고 있는 것이냐?"

따거는 얼마 전까지만 해도 보지 못했던 업소에 많은 사람들이 아침부터 줄지어 서 있자 궁금해서 차를 세웠던 것이다.

왕빠이는 겸연쩍은 표정으로 대답했다.

"따거, 저 사람들은 아편쟁이들입니다."

"뭐라고, 아편쟁이라고?"

"네, 그렇습니다. 밤새워 길거리에서 동냥이나 장사를 해서 번 돈으로 아침이면 아편을 맞곤 하지요. 이 거리에서 밤장사를 하는 사람들은 거의 다 아편을 한다고 봐야겠지요! 상하이의 슬픈 현실이 아니겠습니까?"

왕빠이의 말을 듣는 순간 따거는 가슴이 내려앉는 듯한 아픔을 느꼈다. 남경로는 부유한 지역이라 가진 자들이 매춘을 하든 마약을 하든 그렇게 마음이 아프지는 않았지만, 가난한 중국인들이 밤새워 번 돈을 마약 한 방으로 날려버리는 것이 마음이 아팠다.

"저기는 누가 관리하는 곳이냐?"

따거의 얼굴이 일그러지자 왕빠이는 자세를 한층 낮추어 말했다.

"네, 저곳은 청방이 운영하는 곳입니다."

"뭐라고 청방들이? 이곳은 우리 관할이 아니냐? 그런데 어떻게 청방이 이곳에 들어왔단 말이냐?"

따거는 청방이 이곳을 관리한다는 말에 화가 치밀어 올랐다.

왕빠이는 구차한 변명을 따거에게 늘어놓기 시작했다

"따거, 저곳은 저희들이 눈감아 주는 조건으로 이익의 반을 나누기로 해서 허락해 준 것입니다."

"뭐라고? 마약 장사를 눈감아줬다고?"

"네, 그렇습니다. 요즘 저희 조직이 많은 자금을 필요로 해서 부득이 아편 장사를 허용했습니다."

"왕빠이, 네가 모든 결정을 내릴 수는 있다. 그러나 아편을 팔아서까지 조직의 자금을 대려고 하는 것은 잘못된 생각이다. 청방이 이곳에서 아편 장사를 못하도록 조치해라."

"네, 알겠습니다."

왕빠이는 따거의 말을 거역할 수가 없었다.

청나라 초기에 황제가 양주에서 통주까지 운하로 미곡을 운반하는 권리를 전, 옹, 번 세 사람에게 주었는데, 그 사람들을 두목으로 조직한 비밀결사대가 청방의 시초였다. 청나라 와해 이후 한족을 복원하려는 자들이 주축이 되어 조직을 재결성했다. 이때 중국의 군소집단의 지도자들도 많이 가입해 중국 사회에 큰 영향력을 미치게 되었다.

세월이 지나 운반권을 잃게 된 그들이 육지로 올라와 하류층의 조직을 형성해 아편굴과 도박장, 창녀촌을 경영하며 재미를 보자 정계, 재계까지 진출하였다. 그들은 청나라 이래 장개석 정권에 이르기까지 최고 권력자의 핵심 측근에서 활동했다.

한때는 상해 입성 시 손문을 도와 반대편을 제거하는 공적을 세우기도 했다. 손문과 장개석도 청방의 도움으로 상해를 점령할 수가 있었으며 공산당의 창시자인 이대교도 한때는 청방의 일원이었다. 청방은 상하 간에 위계질서가 뚜렷하여 한번 가입하게 되면 생사를 같이 나누는 형제 자매로서 결속되었다. 경찰서나 감옥에 갇힐 때 뿐만 아니라 위험에 처했을 때도 자기들만이 사용하는 신호를 사용하면 청방에 속한 관리가 어떠한 수단을 써서라도 도와주었다.

삼합회와 더불어 정치권력의 틀 속에서 함께 해온 조직이었지만, 시대가 변해감에 따라 주수입원마저 차단된 조직원들은 길거리로 뛰쳐나와 불법적인 삶을 영위하게 되었다. 청방은 상하이에서 하이탄로를 끼고 푸시지역 쪽을 관리하며 마약과 매춘, 도박으로 조직을 이어가고 있었다.

왕빠이가 청방의 마약 조직이 운영하는 가게를 찾은 것은 늦은 밤이었다. 가게 입구에는 대여섯 명의 건장한 사내들이 출입하는 사람들을 일일이 살펴보고 있었다. 아편 중독자들이 아편을 맞지 못해 몸을 부들부들 떨며 가게로 들어가는 손님들에게 손바닥을 내밀며 동냥했다. 청방의 부하들은 그들을 주먹과 발로 걷어차

쫓아 버리곤 했다. 중독자들은 수없이 매를 맞으면서도 그 행동을 되풀이했다. 때로는 매를 맞고 죽게 되면 시체를 가마니에 말아 황포강에 버리기도 했다. '중국인과 개는 이 공원에 들어올 수 없습니다.'라는 홍구공원 입구에 푯말이 붙을 정도로 비천한 사람들은 자기 나라에서조차 보호를 받지 못하고 있었다.

왕빠이가 가게 문을 열고 안으로 들어서려고 하자 나이 어린 청방의 부하가 그를 가로 막아섰다.

"어디 가십니까?"

제지를 받자 왕빠이는 기분이 몹시 상한 듯 사내의 얼굴을 매섭게 쏘아보았다.

"비켜라! 너의 사장을 만나러 왔다."

젊은 청방의 부하는 왕빠이의 말이 언짢았는지 얼굴을 찌푸리며 한 팔로 왕빠이의 몸을 가게 밖으로 밀어내려고 했다. 순간 왕빠이가 몸을 옆으로 피하며 사내의 목덜미를 향해 일격을 가하자 사내는 숨이 끊어지는 소리를 내며 고통스러워했다. 밖에서 소란스러운 소리가 들리자 다른 동료가 급히 뛰어나왔다. 왕빠이를 알아보고 고개 숙여 인사를 하자 목을 쥐고 있던 젊은 부하가 멋쩍은 표정을 지어 보였다. 왕빠이가 아랑곳하지 않고 가게 안으로 들어가자 청방의 조직원이 그의 뒤를 따랐다. 방안에 있던 사장 격인 조직원이 거만한 표정으로 홀 앞으로 나왔다.

"어서 오십시오, 높으신 분이 어떻게 여기까지 직접 찾아 오셨습니까? 저희 애들이 매달 계산은 정확하게 해서 보낼 텐데…….
이렇게 어려운 걸음을 하지 않으셔도 될 걸 그랬습니다."

그는 지금 자기 부하들 앞에서 청방의 위세를 과시하기 위해 거드름을 피우고 있었다. 아무리 여기가 삼합회가 관리하고 있는 지역이라도 엄연히 청방의 조직이 운영하고 있는 가게 안이었고, 부하들 앞에서는 머리를 숙이고 싶지 않았던 것이다.

왕빠이는 사내를 향해 말했다.

"여기를 그만 폐업하시오! 우리 따거께서 당신네 따거에게 전하라고 해서 왔소!"

청방 조직원들은 날카로운 눈빛으로 왕빠이를 노려보았다. 불꽃같은 전율이 튀었다. 그러나 왕빠이는 아무렇지도 않은 듯이 태연한 모습으로 그곳을 걸어 나왔다.

청방의 부두목은 왕빠이가 가게 밖으로 나가자 분노를 감추지 못하고 붉게 상기된 얼굴로 부하들의 얼굴을 바라보며 말했다.

"이곳으로 들어올 때는 놈들의 허락을 받았지만 나갈 때는 우리가 결정한다."

푸시로에 자리잡고 있는 청방의 싼신 회사의 사무실에서는 조금 전 삼합회로부터 중국촌 거리에 있는 아편업소를 철수시키라는 말을 듣고 비상이 걸려 간부회의가 열리고 있었다.

청방의 보스 두월성은 의협심이 강해 언제나 친구 사귀기를 좋아하고 어려운 사람들을 돕는 일을 마다하지 않았던 협객이었다. 푸동에서 태어나 고아가 되어 14세부터 상하이 깡패와 건달들을 알게 되어 당시 상하이 샤오 동문 일대를 주름잡던 청방의 천석창의 수하로 들어갔다. 그는 남의 마음을 잘 헤아리는 능력으로 조직에서 두각을 나타냈다. 프랑스 조계지에서 중국인의 수뇌부이며 폭력 조직의 우두머리인 황진룡을 알게 되어 그의 심복이 되었다. 황진룡의 신임을 얻은 두월생은 아편을 운반하면서 프랑스 조계지의 3대 도박장이던 공싱 클럽을 관리하게 되었다.

두월생은 조직원들과 잘 어울리고 군벌과도 인맥을 쌓아가면서 아편운반책 중 가장 큰 세력으로 급부상하게 되었다. 1925년 7월 두월생은 조계지와 군벌 세력의 비호 하에 싼신 회사를 차려 프랑스 조계지에서 아편 운반을 독점하게 되었다.

부하들 앞에서 의기양양했던 빠의 사장격인 청방의 부하는 두목인 두월생 앞에서 오금을 펴지 못했다. 왕빠이가 했던 말을 전하자 두월생이 조용한 목소리로 말했다.

"중국의 땅은 넓고 커서 임자가 따로 없다. 밤거리를 누비며 몸을 팔고 있는 창녀들도 주인이 따로 없어서 깃발을 먼저 꽂는 놈이 임자라는 것을 너는 아직도 모르고 있었나? 바보 같은 놈! 돌아가서 영업이나 계속해라."

조직의 보스로부터 무능하다는 말을 들은 청방의 부하는 화가 머리끝까지 치솟아올라 업소로 돌아와 삼합회의 경고를 묵살하고 영업을 계속했다.

왕빠이가 다녀간 지 며칠이 지났다. 청방의 부하는 아편에 취해 몽롱한 기분으로 집으로 돌아가려고 인력거를 기다리고 있었다. 길거리에서는 주요 부분만 겨우 가린 야시시한 옷차림의 창녀가 오가는 외국인들에게 눈웃음을 치며 유혹하고 있었다. 인력거가 사내 앞에 멈추자 사내는 몸을 비틀거리며 인력거에 올라탔다.

"영감, 황포강 제방을 따라 푸시 쪽으로 가자!"

사내는 인력거에 올라타자마자 곧 잠이 들어버렸다. 인력거꾼의 얼굴은 모자를 깊게 눌러써서 보이지 않았다. 가쁜 숨을 몰아쉬며 황포강 제방을 따라 달려가던 인력거꾼이 인력거를 제방 아래로 몰고 가 강물 속으로 밀어 넣었다. 인력거가 천천히 물에 잠기기 시작했다. 청방의 부하는 아편을 맞았기 때문에 몸을 제대로 가누지 못했다. 청방의 부하가 두 팔을 휘저으며 물 밖으로 나오려고 몸부림쳤다. 인력거꾼은 그에게로 다가가 품 속에서 작은 도끼를 꺼내들었다. 뭉뚝한 뒷부분으로 사내의 정수리를 내리쳤다. 사내의 머리가 천천히 물 속으로 잠겼다. 인력거꾼이 제방 위로 올라오자 차 한 대가 헤드라이트를 비추며 달려왔다. 사내가 재빠르게 차에 오르자 차는 쏜살같이 그곳을 벗어나 황포강을 끼고 달려갔다.

청방의 부하가 실종 된지 3일째 되는 날 시체 한 구가 연안부두 쪽에 떠올랐다. 해경 순찰선이 시체를 발견하고 몸에 새겨진 문신으로 청방 조직원임을 알게 되었다. 시체를 인수해 가려고 청방 조직원들이 몰려들었다. 물고기들이 얼굴 부위를 뜯어먹었는지 형체를 알아 볼 수 없을 정도로 훼손되고 부식되어 있었다. 청방의 조직원들은 분노를 삼키며 어느 한 사람도 입을 열지 못하고 있었다. 잠시 후 청방의 보스 두월생을 태운 차가 제방 위에 도착했다. 부하들이 달려가 정중하게 차 문을 열자 두월생은 침착한 모습으로 시체 앞으로 다가가 거적때기를 들춰냈다. 얼굴의 형체를 알아 볼 수 없었지만 그가 아끼던 부하임은 틀림없었다. 두월생은 무릎을 꿇은 채 시체를 끌어안고 보기 흉측한 얼굴에 자기의 볼을 비비며 슬퍼했다. 핏물이 섞인 물방울이 두월생의 얼굴을 타고 흘러내렸다. 서둘러 청방의 조직원들은 시체를 거두어 차에 싣고 그곳을 떠났다.

다음날 아침 청방 조직이 관리하고 있는 하이탄로와 푸시쪽 입구의 도로는 차량이 통제되었고 그들의 본거지인 싼신 회사의 건물 앞 대로변에는 장례식을 치르기 위해 화려한 제단이 만들어졌다.

조직원을 태운 차들이 연신 푸시로 들어왔다. 청방의 조직원들이 인산인해를 이루는 가운데 장례식이 거행되었다.

제단의 왼편에는 장례식을 주도하는 흰 예복을 입은 전도사와 가운데에는 본명사, 오른쪽에는 인견사와 청방에 가입할 당시 입회식 때 모신 스승인 세 사람의 사부가 줄지어 섰고 그 앞에 망자의 시체를 놓아두었다. 두월생이 망자를 향해 포권두(청방의 입회식과 장례식 때 하는 인사로, 오른손 엄지를 안에 넣어서 주먹을 쥐고, 그것을 왼쪽 손바닥으로 감싸서 무릎을 꿇고 엎드려 절하는 것)를 하자 조직원들은 일제히 두월생을 따라 절을 했다. 그 행동이 일사불란했다. 포권두가 끝나자 오른쪽에 있던 인견사가 망자의 위패를 향해 외쳤다.

"화장식을 거행한다."

"하늘을 보고 삼국궁!"

사부인 전도사가 큰소리로 말하며 세 번 머리를 숙였다.

"땅을 보고 삼국궁!"

다시 세 번의 머리를 숙였다. 망자의 위패를 들고 있던 전도사가 위패를 앞세워 삼국궁의 배례를 마치자 옆에 있던 본명사, 인견사도 전도사의 호령에 따라 망자의 위패를 향해 또 세 번의 배례를 하였다. 또한 망자가 죽기 전에 속한 계급(청방의 4계급인 대자반, 통자반, 오자반, 학자반)의 스승에게 망자의 위패로 전도사가 세 번의 배례를 시키고 오자반에 속한 동료들을 향해서도 배례를 시켰다. 제단 아래에 있던 오자반에 속한 동료들은 비통한 모습으로 망자와 배례를 주고받으며 슬퍼했다. 한번 청방이 되면 '가라' 또는 '좌가라'라 하여 서로 죽는 날까지 의형제로 맺어저, 태어난 날은 달라도 죽는 날은 같이 할 것을 맹세하는 혈맹의 형제가 되는 셈이었다. 그들의 조직은 서로 혈맹으로 맺어진 형제라서 어디를 가든 서로를 도와야 했다. 일례로 죄를 범해 잡혀서 고문을 받다가도 고문하는 관리가 청방에 속한 관리라면 고문을 중지해야 한다.

"세 사람의 스승이여 불쌍한 나를 구해주시오!"

용의자가 고문에 못이겨 소리치면 그 관리가 청방에 가입된 자면 이를 알아채고 고문을 중지해야 한다. 그리고 세 사람의 스승을 묻고 그가 어디에 속한 계급인가를 따져보고 범인이 확실하게 청방에 속한 자라면 그를 도망시켜 준다든지 무죄로 꾸며 석방시켜 주는 경우도 있었다. 이렇게 청방은 조직의 위계질서가 철저하게 되어 있었다.

식이 끝나자 위패 앞에서는 갓 입문한 청방의 젊은 조직원들이 청방의 깃발을 높이 치켜세우고 평소 망자가 거닐던 푸시로를 걸어갔다. 그 뒤로 위패를 안은 전도사가 따랐고 검정 예복을 입고 두건으로 얼굴을 가린 두월생과 원로들과 조직원들이 서열에 따라 뒤를 따르고 있었다. 행렬의 길이가 무려 1 km가 넘었다.

잠시 후 행렬이 푸시지역 상류인 황포강 제방 위에 다다랐다. 제방에는 장작을 높게 쌓아올린 제단이 마련되어 있었다. 부하들이 민첩하게 움직여 시체를 장작더미 위에 올려놓자 전도사가 횃불에 불을 붙여 장작더미 속으로 밀어 넣었다. 불꽃이 활활 타올랐다. 두월생은 눈을 감고 이승을 떠나는 부하의 명복을 빌며 재가 될 때까지 그 자리에서 미동도 하지 않은 채 서 있었다. 너무 짧은 인생을 마감한 부하의 삶이 안타까웠든지 두월생의 눈에는 굵은 눈물방울이 고여 있었다.

청방의 두목 두월생은 아편과 도박장을 운영하면서 벌어들인 돈으로 사회 정치적으로 영향력 있는 인물들을 자기의 조직으로 끌어들였다. 다른 조직과도 친분을 두텁게 쌓고 군벌세력과도 좋은 관계를 유지하고 있었다. 남들에게 혐오감을 주던 깡패들과는 사뭇 다른 부드러운 이미지로 밤의 세계를 지배했다.

두월생은 남경정부가 출범하면서 장개석의 신임을 얻어 육해공 총사령부의 고문으로 초빙되었다. 정계, 재계에서 두각을 나타내면서 1929년 그는 프랑스 조계지에서 중국인으로서는 최고의 위치라고 할 수 있는 공동국의(화동)에 임명되었다. 같은 해 그는 중후이 은행을 만들어 금융업계의 거물들과 어깨를 나란히 하게 됐다. 1932년에는 사회에 봉사하고 국가에 충성한다는 명분을 내세워 '형서'라는 단체를 만들었다. 형서는 사실 폭력조직을 하나로 묶기 위한 것이었다. 처음 130명이던 규모가 1937년에는 520명을 넘었고, 그 회원들은 언론계, 연예계 등 각계 각층의 인사들로 망라되었다.

장학량의 하극상으로 1937년 국공합작이 이루어지자 두월생은 항일전쟁후원회 재원담당 주임을 맡으며 수건과 담배, 캔, 식품 등의 보급품을 지원했다. 특히 군대에서 가장 필요로 했던 통신기계와 군복을 보내줘 군의 신임을 얻었다. 그는 폭력배였지만 동시에 애국자이기도 했다.

1937년 10월 하순 장개석은 일본군과의 전투가 나날이 악화되어 더 이상 버티기 힘들게 되자 상해를 떠나기로 결정했다. 그러면서 두월생에게 전보를 쳐 황금영과 장소림을 데리고 상해를 떠나 홍콩으로 가라고 지시했다.

두월생은 장개석의 지시대로 홍콩으로 가겠다고 했지만, 황금영은 나이 70에 병을 앓고 있어 상해에 머물러도 일본군에게는 협력하지 않겠다는 의사를 밝혔다. 이와 달리 장소림은 상해를 독점할 수 있는 절호의 기회라고 생각해 일본에 투항한 후 즉시 부하들을 풀어 일본인에게 협조했다. 심지어 항일운동을 탄압하고 애국인사들을 체포하는데 앞장섰다. 또한 신아화평촉진위원회 회장의 명의로 부하들을 보내 일본군을 위해 양식, 면화, 석탄, 약품 등의 가격을 깎아서 사거나 심지어 강제로 빼앗아 일본군에게 납품했다.

이에 중경으로 거처를 옮긴 장개석은 군통국장인 대립에게 장소림을 제거하도록 명령했다. 결국 장소림은 자기의 경호원에게 암살당했다.

일본은 상하이를 점령하면서 두월생을 끌어들여 이용하려 했다. 두월생은 일본의 제의를 일언지하에 거절했다. 그러고는 보복을 피하기 위해 1937년 11월 홍콩으로 떠났다. 그는 홍콩에서 그의 능력을 발휘해 폭력 조직과 관계를 이어가며 활동을 계속했다. 그는 홍콩에서 중국적십자회부 회장 등 국민당의 상무위원으로 일하며 매국노 암살을 도맡아 처리했다. 장소림이 죽자 상하이로 다시 돌아온 두월생은 돌아온 지 며칠 되지 않아 부하가 삼합회의 조직원에게 피살된 것이었다.

"왕빠이!"
"네, 따거!"
"우리는 나라는 다를지라도 피를 나눈 형제와도 같다. 같은 동족을 괴롭히는 자들을 용서해서는 안 된다."
"명심하겠습니다, 따거!"
따거의 얼굴에는 깊은 애정과 사랑이 담겨 있었다. 그 후 몇 차례 청방과의 총격전으로 몇 명의 부하들이 목숨을 잃게 되자 따거의 분노가 폭발했다.

상하이의 고급 요정인 예원에서 청방의 고급 조직원들과 군소 두목급들이 참석해 두월생의 귀성 파티를 열고 있었다. 한창 파티가 무르익어 갈 때 삼합회가 기습해 총을 난사했다. 많은 조직원들이 총에 맞고 쓰러졌다. 상하이 경찰과 특무대와 헌병대는 예원이 영국의 조계지 안이라 제대로 수사도 해보지 못한 채 사건을 마무리했다. 따거의 뒤를 돌봐주고 있던 상해 부시장이었던 변한년과 화중국 공안부장인 요수석이 영국 조계지 사령관과 중국 경찰의 수사를 종결시키기 위해 압력을 넣었다. 장개석은 두월생이 명령을 어기고 다시 상하이로 돌아오자 두월생이 상해에서 자리를 잡을 수 없도록 비밀리에 지시를 내린 상태였다.

따거는 이 사건으로 일약 상하이의 군소 조직들을 하나로 규합하게 되었다. 그리고 모든 조직원을 평등하게 대우하자 그의 조직은 날로 방대해져 갔다. 상하이에서 벌어들이는 자금으로 봉천과 대련, 광동, 할빈 등에서 어려움을 겪고 있는 삼합회의 조직원들을 돌봐주기까지 했다.

장학량 장군은 장개석과 남경으로 돌아가 하극상의 죄를 자청하여 감옥에 갇힌 지 한 달 만에 집행유예로 풀려났다. 그렇지만 그 휘하의 부하들은 공산당으로 이적하거나 군을 떠나야 하는 신세가 되었다. 군을 떠난 사람들은 군소집단을 이루며 삼합회의 조직원이 되어 그들이 속한 지역의 불법적인 이권에 개입하며 삶을 영위하고 있었다.

중일전쟁이 치열해짐에 따라 무기의 수요가 늘어나자 일본군은 상해와 광동을 중심으로 무기를 거래하는 조직을 찾기 위해 혈안이 되어 있었다. 일본은 이를 위해 일본군에 투항한 폭력조직인 장소림파의 앞잡이들을 대거 투입했다.

조선독립군의 항일전으로 막대한 피해를 당한 일본은 1933년에서 1935년 사이 무려 3만 명의 관동군사령부와 조선토벌대를 앞세워 항일 조선독립군의 기지를 급습했고 연변과 길림 등지에서 독립군을 대패시켰다. 그러자 조선독립군은 가족을 데리고 깊은 산골짜기로 피신했다. 그들은 식량과 무기 등을 제대로 공급받지 못해 전투에서 무기력함을 보였다. 또한 일제 스파이의 이간질로 동료 간에 분쟁을 일으키고 최후에는 같은 동포끼리 총부리를 겨누는 비운을 겪어야 했다. 그 해 겨울 연길의 깊은 산골짜기에서 조선토벌대에 쫓겨 달아났던 독립군이 극한 심리적 공황을 이겨내지 못하고 서로를 향해 죽이고 죽여야만 했던 민생단 사건은 독립군의 항일투쟁 의지를 위축시키는 사건이었다.

왕빠이가 조선인이 운영하는 상하이 카페에서 몇몇 사내들과 술을 마시고 있었다. 사내들은 왕빠이와 몇 해 전부터 무기거래를 해오던 조선인들이었다. 남경로의 따거가 조선인이라는 얘기는 전부터 사람들의 입을 통해 알고 있었지만 한 번도 그의 얼굴을 본 적은 없었다. 사내들은 술이 거나하게 취하자 왕빠이에게 따거를 한번 만날 수 있게 해달라고 부탁했다. 왕빠이는 고개를 가로 저었다.

"따거는 당신들과 절대로 만나지 않습니다. 그리고 당신들이 따거의 얼굴을 보는 순간 우리는 당신들을 살려 보낼 수 없습니다. 따거는 우리 조직의 분신이며 생명입니다. 그래도 당신들이 따거를 만나기를 원한다면 목숨을 내놓을 수밖에 없다는 것을 알아야 합니다."

조선인들은 두목을 보호하려는 왕빠이의 신념에 찬 말에 깊은 감동을 받았다.

이른 아침부터 남경로는 축제 분위기로 들떠 있었다. 남경로를 오가는 차량의 모습이 보이지 않았고, 이따금씩 조직원들이 나르는 재료를 실은 차량만이 화평호텔 입구 쪽으로 들어올 뿐 다른 차량은 일체 통행을 하지 못했다. 인부들이 호텔 입구 앞 중앙에 높은 제단을 쌓고 있었다. 그 규모가 100여 명은 족히 올라갈 수 있는 큰 규모의 제단이었다. 제단의 둘레에는 붉은 깃발이 여기저기 꽂혀 있었고 향불이 피워져 있었다. 오늘 이곳을 관리하고 있는 삼합회의 이인자인 왕빠이가 향주(부두목)로 올라서는 의식이 거행되는 날이었다. 제단 위에는 의식을 진행하는 향주가 흰 예복을 입고 동생동사를 맹세하고 회의 경서 및 율법에 있는 36서 21척 10금 10칙에 복종하는 예문을 읽고 있었다. 따거는 몸에 두르고 있던 삼합회의 문장이 새겨진 겉옷과 허리띠를 벗어 새로 향주가 되는 왕빠이에게 입혀 주었다.

식장 아래에는 정재계 인사들을 비롯해 중국 전 지역에서 찾아

온 삼합회의 조직원과 가로회의 조직원이 대거 참석해 향주로 진급하는 왕빠이를 축하해 주고 있었다. 수천 명의 삼합회 조직원이 삼각 모양의 유비, 관우의 문신이 새겨져 있는 삼각패를 가슴에 차고 제단 아래에서 단상 위에 앉아 있는 따거에게 경의를 표했다. 조직원들은 인산인해를 이루었고 연예인들이 가무와 흥을 돋우자 남경로는 그야말로 축제의 한마당이었다. 거리 곳곳에는 진귀한 음식을 즉석에서 만들어 축제에 참가한 사람들에게 제공하고 있었다. 남경로에서 한 블록 떨어져 있는 중국촌 거리까지 축제는 이어졌다.

청방과 삼합회의 결탁

 청방의 두목 두월생이 홍콩에서 돌아온 지 얼마 되지 않아 조직원들이 살해되자 청방은 비상이 걸렸다. 싼신의 사무실 안에서는 청방의 조직원들이 회의를 하고 있었다.

 조직원 한 명이 두월생 앞으로 나와 예를 갖추어 절을 하자 두월생도 두 손을 모아 부하에게 예를 갖추었다.

 "보스! 얼마 전 살해된 부하는 삼합회의 조직원에 의해 암살되었으며 예원 요정의 침입사건 또한 그들의 보복이라고 생각합니다. 삼합회가 청방을 넘본 것은 아니나 조직의 부하를 죽인다는 것은 청방의 위상에 도전한 것이며 보스의 상해 입성을 저지하기 위한 시위라고 생각합니다. 그래서 저희들은 복수를 해야겠습니다. 허락해 주십시오!"

젊은 조직원의 눈빛은 분노로 가득 차 있었다. 두월생은 상해로 돌아오면서 중경정부와 비밀리에 협의한 사항이 있어 삼합회에 대한 복수를 원하는 부하의 요구를 쉽게 받아들일 수가 없어 머뭇거렸다. 다른 부하들도 이구동성으로 두월생 앞으로 나와 머리를 숙이며 똑같은 진언을 되풀이했다.

두월생은 오랫동안 조직 간에 벌어진 수많은 사건으로 부하들이 무참하게 죽었던 것을 누구보다 잘 알고 있는 사람이었다. 그는 적과 싸움을 하기보다는 그 적을 대화로서 승복시키는데 능란한 타고난 귀재였다. 잠시 후 두월생이 입을 열자 부하들은 두목의 말에 귀를 기울였다.

"너희들의 분노는 우리 조직 전체의 분노다! 부하의 죽음을 막지 못한 잘못은 너희들에게 있는 것이 아니라 두목인 나에게 있다. 내가 내리는 명령으로 인해 또 다른 부하들이 생명을 잃게 된다면 그 또한 내 책임이다. 지금은 시국적으로 싸움을 할 때가 아니다. 복수를 접어라! 이것이 나의 명령이다!"

조직원들은 두목의 말이 상상 이외여서 모두 놀라는 표정으로 두목의 얼굴을 쳐다보았다. 그러나 두목의 말은 곧 명령이며 복종 그 자체였다. 그의 명령에 불복한다는 것은 곧 죽음을 뜻하는 것이라 청방의 조직원은 아무도 두목의 말에 토를 달지 못했다.

두월생은 청방의 서열 2위인 통자반의 대장 조쟈이징을 남경로에 특사로 보냈다. 조쟈이징은 두목의 편지를 가지고 남경로로 들어갔다. 차가 입구에 다다르자 길이 갑자기 차 한대 겨우 지나갈 정도로 좁아졌다. 그 앞에는 기관총으로 무장한 삼합회 조직원들이 차에 타고 있는 사람들의 신분을 확인 한 후 차를 통과시켜 주고 있었다. 조쟈이징은 불안한 마음으로 차 윈도우를 내리며 그들을 바라보았다. 앞차가 통과되자 젊은 조직원들이 총을 겨누며 긴장한 표정으로 조쟈이징이 타고 있는 차로 다가섰다. 조쟈이징이 먼저 그에게 말을 건넸다.

"나는 청방의 조직원이다. 너희들의 향주(부두목)를 만나러 왔다. 나를 그곳으로 안내해라!"

조쟈이징의 말이 끝나기 무섭게 삼합회의 젊은 조직원은 그에게 총을 겨누며 차에서 내리라고 명령했다. 그가 차에서 내리자 조쟈이징을 뒤로 돌려 세운 후 그의 몸을 수색했다. 별다른 흉기가 발견되지 않자 몸을 다시 바르게 선 후 물었다.

"누구를 만나려고 이곳에 왔나?"

사내는 조쟈이징을 쏘아보며 조금이라도 이상한 행동을 하면

바로 총으로 쏠 자세를 취하고 있었다. 조쟈이징은 그런 사내의 마음을 꿰뚫어 보기라도 하듯 침착하게 부두목 왕빠이를 만나러 왔다고 하자, 총을 든 조직원이 고개를 끄덕이며 그를 차에 태워 남경로 안으로 데리고 들어갔다. 잠시 후 꼬불꼬불한 골목길을 돌아 차가 멈춰서자 골목의 여기저기에서 총을 든 수십 명의 조직원이 앞으로 뛰쳐나와 차 주위를 에워쌌다. 차 안에 같이 타고 있던 동료가 손을 들어 괜찮다는 신호를 보내자 그들은 긴장을 풀며 제자리로 돌아갔다.

남경로 일대는 철통같은 경비가 펼쳐져 있었다. 조자이징은 내심 놀라면서도 겉으로는 일체 내색을 하지 않았다. 잠시 후 왕빠이의 부하가 검은 띠를 꺼내 조쟈이징의 눈을 가리고 그의 왼팔을 잡은 채 조심스럽게 계단 아래로 안내하였다. 사내가 그의 머리에 가린 검은 띠를 풀어주자 앞쪽 의자에 앉아 있는 한 사내가 보였고, 그를 중심으로 열댓 명의 사내들이 총을 겨누고 조자이징을 바라보고 있었다. 의자에 앉아 있던 왕빠이가 말했다.

"여기까지 오시느라 고생이 많으셨소! 내가 그대가 찾던 향주(부두목) 왕빠이요! 당신은 누구시오?"

조쟈이징은 겸손한 태도로 두 손을 모아 머리를 숙였다.

"나는 청방의 조쟈이징이라고 하오."

왕빠이도 예전부터 그의 이름을 들은 바 있어 자리에서 일어나 그에게로 다가서서 정중하게 자리에 앉도록 권했다. 조쟈이징 역시 왕빠이가 삼합회의 따거가 가장 신임하는 부하라는 것을 알고 있는 듯 서로 정중한 태도로 대화를 나누기 시작했다. 잠시 후 아가씨들이 청색 자기에 담은 차를 가지고 와서 찻잔에 따르자 김이 모락모락 오르며 차 향기가 그윽하게 퍼졌다. 조쟈이징이 차를 한 모금 입에 갖다 대고 난 후 찻잔을 내려놓으며 말했다.

"얼마 전 저희 조직원들의 불찰로 인해 남경로에 많은 근심을 끼쳐드렸습니다. 저의 보스께서 사과의 편지를 보내게 되어 이렇게 가지고 왔습니다."

조쟈이징은 품에서 편지를 꺼내 왕빠이에게 건네자 이를 받아 든 왕빠이가 편지의 겉봉을 찢어 내용물을 코에 맡아보기 시작했다. 잠시 후 아무런 반응도 나타나지 않자 편지를 품에 집어넣고 다시 조쟈이징과 대화를 나누었다. 조쟈이징이 듣던 대로 삼합회의 조직은 비밀결사대 출신들로서 고도로 훈련된 자들로 구성되어 있어 그런지, 편지 하나까지 냄새를 맡아보고 이상이 없을 때 두목에게 전달하는 치밀함은 실로 놀랄만 하였다. 중국은 옛날부터 암살법의 하나로서 독극물을 편지지에 뿌려 전달하여 상대를 죽이는 방법을 사용했기에 검사를 한 것이었다.

"잠시만 여기서 기다려주시면 저희 따거의 답신을 받아 오겠습니다."

왕빠이의 정중함에 조쟈이징은 마음이 놓였다. 왕빠이가 안으로 들어가 건물을 빠져나와 다른 건물 안으로 들어갔다. 문 입구에는 총을 든 젊은 부하들 수십 명이 왕빠이를 향해 머리를 숙였다. 왕빠이가 손을 들어 인사를 한 후 5층으로 올라가자 그곳에도 여러 명의 부하들이 총을 들고 서 있었다. 왕빠이가 몇 칸의 방을 지나 어느 방 앞에 멈추어 서서 문을 두드리자 안에 있던 부하들이 작은 구멍으로 밖을 내다본 후 왕빠이임을 알아보고 문을 열어 주었다. 왕빠이가 방으로 들어서서 따거를 쳐다보았다.

"왕빠이, 수고가 많구나! 그래 무슨 일이라도 있는 것이냐? 안색이 좀 들떠 보이는구나!"

"아, 네. 그것이……."

왕빠이가 머뭇거리며 말하자 따거가 그의 곁으로 다가가서 어깨를 두 손으로 감싸 안았다.

"그래, 요즘 조직의 일로 마음 고생이 크겠구나?"

왕빠이는 따거의 위로에 손사래를 쳤다.

"아닙니다, 저희들이 오히려 따거를 편안하게 모시지 못해 송구할 따름입니다."

"아니다! 다, 내 불찰이다. 그래 무슨 일이 있는 게냐?"

"네, 따거. 청방의 두목인 두월생 보스께서 사과의 편지를 보내왔습니다."

"뭐라고 두월생 보스께서……."

왕빠이가 편지 봉투를 건네자 따거는 편지를 꺼내 내용을 읽기 시작했다.

'김따거, 당신의 명성은 익히 들어 잘 알고 있습니다. 중국 전 지역은 물론이거니와 홍콩을 비롯한 대만 등 화교권에 속한 나라에서도 당신이 중국의 백성을 위해 투쟁했던 업적을 높게 평가하고 있습니다. 나, 두월생은 가난하고 비천한 몸으로 태어나 보스가 되었지만 민족을 버리면서까지 조직생활을 하지 않으려고 홍콩으로 도피했다가 얼마 전에야 돌아왔습니다. 저희 조직의 나이 어린 조직원들의 불찰로 불미스런 일이 벌어진 것에 대해 깊이 사과드립니다. 따거가 생명을 바쳐 장학량 장군께 헌신하고 목숨을 버리면서까지 대원들을 무사하게 연안으로 도피시킨 영웅적 행위를 진심으로 존경합니다. 이 두월생의 사과를 받아주셔서 내란을 종식하듯 상하이의 싸움을 중단하여 민족의 미래를 위한 길로 함께 나가기를 희망합니다. 따거가 양해하신다면, 이 두월생 혼자 따거를 방문해 사과하겠습니다.

두월생 올림.'

따거는 역시 청방의 보스인 두월생이 자기보다 한 수 위인 보스라고 생각했다. 그의 지위가 훨씬 높은 위치에 있음에도 불구하고 동족 간에 벌어지는 싸움을 막으려고 자신을 낮추며 사과의 편지를 보내는 그의 용기야말로 진정 위대한 보스만이 할 수 있는 일이라고 생각했다.

며칠 후 삼합회의 피습으로 쑥대밭이 댔던 예원 요정의 밀실에서 두월생과 따거가 자리를 함께 했다. 요정 안팎으로 청방의 조직원들과 삼합회의 조직원들이 품속에 무기를 감춘 채 두 보스의 밀약을 지켜보고 있었다. 만에 하나라도 불행한 사태가 일어난다면 오늘 밤 예원 요정은 두 조직 간의 피비린내 나는 혈전의 장소가 될 것이 분명했다. 조직원들의 얼굴이 긴장감으로 굳어 있었다. 밀실 앞에는 조쟈이징과 왕빠이가 함께 대화를 나누고 있었다. 종업원들이 차와 음식을 담은 접시를 들고 방문 앞에 이르자 두 사람은 앞을 가로막으며 음식을 문 앞에 내려놓게 하고 그들을 돌려보냈다. 그리고 자신들이 직접 음식을 방안으로 들고 들어가 테이블 위에 차려놓고 다시 문밖으로 나왔다. 잠시 후 두월생이 따거에게 음식을 권하는 소리가 들렸다.

"자, 식기 전에 드십시오. 이곳의 요리는 자식이 부모에게 효를 하듯 정성들여 만든다고 하지 않습니까?"

따거는 두월생의 얼굴을 지긋이 바라보았다. 아무리 보아도 거친 세대를 살아온 조직의 두목으로는 보이지 않았다.

"아니, 무엇을 그리 쳐다보시오? 내가 따거에게 무례가 되는 말을 하였다면 용서하시오!"

두월생은 따거가 정면으로 자기의 얼굴을 쳐다보자 당황한 듯이 말했다.

"아, 아닙니다. 저는 단지 보스의 얼굴을 쳐다보며 잠시 딴 생각을 했습니다."

"아, 그래요 나는 또 따거께서 심기가 좋지 않아 그렇게 쳐다보고 있나 크게 염려했습니다. 하하하!"

두월생이 웃음을 짓자 그 소리가 밀실 밖까지 들렸다.

"장학량 장군을 한번 만나보셨습니까?"

두월생은 따거에게 깊은 호감을 갖고 있던 보스였다.

"국공합작 이후 장개석 총사령관님과 함께 남경으로 떠나신 이래로 아직 뵙지 못했습니다."

"아, 그래요. 그렇지 않아도 조만 간에 중경으로 오라는 총사령관님의 연락이 있어서 내가 그곳으로 갈 것 같습니다. 그때 장군을 뵙게 되면 따거의 얘기를 해도 되겠습니까? 따거께서 장학량 장군에게 충성스러운 부하였다는 것을 이대로 묻혀두기에는 너무 애석한 일이라고 생각합니다."

두월생은 따거의 삶이 자신이 겪어온 삶과 비슷하다는 동질감을 느끼고 있던 참에 이번 기회에 그의 마음을 드러내 놓았던 것이다.

따거는 장학량 장군을 미워해 본 적도 원망해 본 적도 없었다. 단지 가슴으로 사랑했던 한 여인을 잃어버려야 했던 그 슬픔만이 기억에 남아 있을 뿐이었다.

"아닙니다, 아직은 장군님을 뵐 때가 아닌 것 같습니다."

두월생과 따거는 조직의 보스를 떠나 형제 같은 우애로서 많은 대화를 나누었다.

"내가 따거의 괜한 과거를 들춰내 마음을 아프게 했구려. 마음이 상했다면 용서하시오!"

두월생은 진심으로 따거를 이해하는 사람이었다. 그 날 밤 둘은 많은 대화를 나누었다. 누가 먼저라고 할 것도 없이 서로 제의해 두월생과 따거는 의형제를 맺었다.

1940년 12월에 두월생은 국민당과 황금영의 직계인 따거의 지원 하에 중국 각 폭력 조직의 연합체인 인민행동위원회를 조직하면서 중국 전체 폭력 조직의 총수령이 되었다. 따거는 그를 키워

준 대부 황금영이 노환으로 은퇴하자 명실상부한 삼합회의 대부가 되어 의형인 두월생을 정신적으로 모시게 되었다. 두월생은 따거에게 상하이의 가장 큰 도박장인 공싱 클럽과 도태를 맡기고 1941년 12월 태평양 전쟁이 발발한 후 주거지를 중경으로 옮겨 형서(폭력 조직의 총본부)의 총부를 만들면서 전국적 세력으로 키워 나갔다. 두월생이 상하이를 떠나자 따거의 세력은 날로 번창해졌다. 두월생이 관리하던 프랑스 조계지의 공싱 클럽과 도태(작은 도박장) 운영을 거의 도맡아 관리하며 이익금의 절반 이상을 중경에 있는 두월생에게 보냈고, 두월생은 그 돈을 중경정부의 자금으로 제공했다. 장개석의 중경정부는 군자금이 쪼들리자 두월생으로 하여금 각 지방의 폭력배가 운영하는 도태를 상대로 군비를 충당하도록 압력을 가하기 시작했다.

상해는 도박과 아편과 윤락의 도시였다. 청나라 이래 도박을 금지시켰다가 건륭황제 이후 다시 도박이 성행해 근대에 이르러 절정을 이루었다. 근대 도박은 오락성이 대폭 감소한 반면, 영리성이 크게 증가하여 직업적인 도박꾼과 도박 조직이 생겨나게 되었다. 청방과 삼합회는 조계의 치안담당 부서인 포방(경찰)에서 일정한 권력을 획득하였다. 이후 상해에서는 포방에 의지하는 전문적인 도박 장소인 '도태'가 생겨나게 되었다. 공공 조계에서 가장 먼저 생겨난 도태는 점차 각 조계로 확산되어 성황을 이루었다. 도태는 포방의 묵인 하에 반공개적으로 영업을 하고 대신 보호비를 상납하였는데 청방과 삼합회의 우두머리가 경영을 담당하였다.

프랑스 조계에서 가장 큰 세력을 형성하고 있던 황금영과 두월생은 도박장 안전을 책임지는 '포대각' 임무를 맡아 도박장에 발을 들여놓았다. 도박장 부근에는 각종 불량배들과 노상강도가 도박꾼을 위협하는 존재가 되자 두월생은 노상강도 두목과 도태 사장들을 설득해 도태의 이익금 10%를 노상강도 조직에 지급하는 조건으로 원만하게 해결하였다. 조계 당국은 도박을 묵인함으로서 상당한 이득을 얻게 되었지만, 도박을 금지하라는 여론이 강하게 일어나자 하는 수 없이 단속을 하게 되었다. 이때 도박꾼들이 포방에 붙잡혀 굴비 엮듯이 포승줄에 묶여 줄줄이 거리로 끌려 다니는 처벌을 받았다. 이렇게 체면을 구긴 도박꾼들이 도태의 출입을 끊어버리자 도태의 수입이 급감했다. 도박은 낮 시간 때와 밤 시간 때로 나누어 하루에 두 차례씩 영업을 하고 있었다. 두월생은 낮 시간 때에는 자기의 식솔들을 시켜 도태에서 도박하게 한 후 포방으로 하여금 도태를 급습하게 하였다. 그리고 밤에는 진짜 도박꾼들을 불러들여 도박을 하도록 하였다. 이리하여 도태업자와 포방들의 이익 또한 보장받게 되었다. 황금영과 두월생은 20년대 중반기에는 직접 도박장을 개설하였다. 이들이 개설한 도박장은 서양식과 중국식 도박이 모두 가능했으며 또 휴식과 여자를 제공받을 수 있는 복합적인 구조로 되어 있었다. 이러한 복합적인 도박장이 개설됨으로써 청방과 삼합회는 더욱 큰 경제적 이득을 보장받게 되었다.

프랑스 조계지 내에 있는 상하이의 3대 도박장의 한 곳인 공싱 클럽 안은 자욱한 담배 연기와 여자들이 뿜어내는 짙은 향수 냄새가 뒤엉켜 묘한 매력을 발산하고 있었다. 룰렛과 바카라 게임을 하기 위해 대여섯 명의 남녀들이 연신 칩을 숫자 위에 걸고 있었다. 바카라 테이블 앞에는 벌써 몇 시간째 고액의 배팅을 하고 있던 중년 남성이 매 게임마다 딜러에게 패하자 짜증이 나는지 딜러를 향해 게임의 판돈을 올리자고 요구하고 있었다. 도박장의 규칙상 도박꾼이 판돈을 올리자고 요구해도 딜러는 윗사람의 승인 없이는 판돈을 올릴 수가 없었다. 중년 사내가 지배인을 불러 달라고 했다.

잠시 후 하얀색의 중국 치파오 치마를 입은 여지배인이 사내의 곁으로 다가왔다.

"손님, 게임 중 무슨 불편한 일이라도 있으십니까?"

사내는 지배인을 알고 있는 듯 반가운 표정으로 지배인에게 말했다.
"불편한 점이 좀 있어서 딜러에게 요구했는데 잘 들어 주지를 않는군요."
지배인이 사내의 얘기를 다 듣고 난 후 딜러에게 확인을 하자 딜러가 상기된 얼굴로 조금 전 사내가 했던 말을 그대로 말했다. 지배인은 미소를 띠며 그 사내의 곁으로 다가가 테이블 옆에 가지런히 앉았다. 짙은 향수 냄새가 사내의 코를 찔렀다.
"저는 이곳의 지배인인 이지청이라고 합니다."
지배인이 자기 소개를 하자 사내는 안주머니에서 금으로 만든 명함집을 꺼내 거드름을 피면서 명함을 한 장 건네주었다. 이지청은 삼합회의 보스 황금영의 며느리로서 도박판과 유흥업소에서 잔뼈가 굵은 여자였다. 이지청은 재빠르게 명암을 훑어보았다. 요즘 상해에서 가장 잘 나간다는 상하이 화자은행의 총재였다. 이지청은 내심 놀라면서도 겉으로 속마음을 드러내지 않고 애교석인 목소리로 말했다.
"총재님께서 저희 공싱 클럽을 찾아주신 것을 영광으로 생각합니다."
이지청은 상하이의 웬만한 명사들이 다 알고 있을 정도로 상류

사회에서 미와 색을 갖춘 여자였다. 총재는 지배인이 자기를 알아주자 기분이 한결 좋아졌는지 도박꾼이 해서는 안 될 초고액 배팅을 요구했다. 이지청은 총재가 자기만족에 도취되어 방관하는 사이 재빠르게 눈으로 딜러에게 사인을 보내자 딜러가 갑자기 배를 움켜쥐고 고통을 호소했다. 이지청이 딜러의 곁으로 다가가서 귓속말로 무엇인가를 말하자 그녀는 이지청의 말을 알아차리고 테이블을 떠나 안쪽으로 들어갔다. 잠시 후 아주 앳돼 보이는 딜러가 요염한 차림으로 바카라 테이블 쪽으로 다가왔다. 딜러가 카드 샤프질을 서투르게 하자 총재는 이지청을 바라보며 회심의 미소를 지었다. 이지청이 총재의 속마음을 꿰뚫어 보기라도 한듯 말을 던졌다.

"저 딜러는 손님들의 손을 타지 않은 아이라 총재님께서 각별하게 예뻐해 주셔야 합니다."

이지청의 말이 끝나자 총재는 딜러의 몸매를 훑어보며 군침을 흘렸다. 도박판에서 게임이 끝나면 도박꾼의 질에 따라 여자를 제공하기 때문에 나이 어린 딜러는 고급 손님에게 인기가 많았다. 총재가 바카라의 최저 금액을 100원, 최고 금액을 500원으로 요구하자 이지청은 딜러에게 그 금액을 받아들이라고 사인을 보냈다. 중국 돈 100원은 집 한 채를 살 수 있는 돈이었다. 딜러가 카드를 판 위에 깔아 놓자 도박꾼들이 숫자 위에 칩을 걸려고 하였다. 순간 총재가 손을 뻗어 그들의 배팅을 가로막았다. 손님들에게 양해를 구하며 배팅할 수 있는 권리를 자기에게 팔라고 하자 도박꾼들은 흔쾌히 그의 부탁을 들어주었다. 바카라 판에서는 한 사람 당 한도액이 정해져 있어 다른 사람의 패를 사야만 다른 패에도 돈을 걸 수가 있었다. 이것을 일명 '말을 사서 뛴다' 고 한다. 총재는 다섯 군데에 깔아 놓은 패에 100원짜리 칩을 한군데에 하나씩 걸었다. 빅게임이 벌어지자 주위에 있던 도박꾼들이 테이블 주위로 몰려들었다. 딜러가 돌리는 카드가 판 위에 떨어지자 총재는 느긋한 시선으로 카드의 숫자를 확인하고 있었다. 딜러의 패가 총재의 패보다 높자, 딜러는 앙증맞게 미소를 지으며 총재가 걸은 판돈을 자기 앞으로 쓸어갔다. 몇 차례나 딜러에게 패하자 총재의 얼굴이 붉어지기 시작했다. 그의 앞에 수북하게 쌓아 놓았던 칩들이 차츰 줄어들자 총재는 지배인을 불렀다. 이층 위쪽에서 딜러를 마주보며 사인으로 게임을 지시하던 이지청이 딜러의 사인을 통해 총재가 칩이 떨어진 것을 알고 미소를 지으며 테이블로 다가섰다. 총재는 이지청에게 손가락으로 자기의 칩이 있는 쪽을 가리켰다.

이지청은 능청스럽게 말했다.

"어머 총재님, 칩이 떨어지셨나봐요? 이걸 어쩌나? 오늘 제가 쓸 수 있는 한도 금액이 초과해서 지배인의 입장에서는 곤란한데 이걸 어쩌죠?"

이지청의 연기는 일품이었다. 도박장에서 빌려주는 돈은 위기감을 느끼지 않게 되면 변제 날짜를 잘 지키지 않기 때문에 고급 손님에게 돈을 빌려줄 때는 깡패 조직에게 차용해 빌려주는 형식을 취했던 것이다. 이지청의 소개로 총재는 삼합회의 조직원이 운영하는 전포(돈을 빌려주는 곳)의 조직원에게 거금 100만원을 차용했다. 그날따라 딜러의 숫자가 총재의 숫자보다 한 끗발이 높은 숫자로 계속 들어와 딜러가 번번이 이겼다. 총재는 많은 돈을 잃고 어린 딜러를 껴안고 호텔로 갔다. 그 이후로 화자은행 총재가 공싱 클럽에서 잃은 돈은 수천만 원이 넘었다.

화자은행은 구시대의 전포 금융시대를 뛰어넘은 현대적 개념의 은행으로 중국 금융의 획을 긋는 은행이었다. 중국 전지역의 지점이 16개에 이르렀다. 이지청의 상술로 상해의 수많은 갑부들과 상류 인사들이 공싱 클럽으로 몰려들어 가산을 탕진하자, 그 소문이 중경의 장개석에게까지 흘러 들어갔다.

장개석의 중경정부는 군비가 소진되자 아들 장경국을 두월생에게 보내 전국의 인민행동위원회(전국폭력조직)의 두목급들이 운영하는 도박장과 매춘업소 및 윤락촌의 이익금 중 상당액을 중경 정부에 바치라고 지시했다. 두월생은 무거운 짐을 안고 1945년 9월초 상하이로 다시 돌아와 따거와 자리를 같이 했다. 두월생은 몇 년 만에 만나는 동생과의 기쁨보다는 장경국의 지시를 어떻게 받아들여야 할지 압박감이 더 컸다. 평생을 의리 하나로 살아온 두월생으로서는 중경정부의 요구를 다 들어 줄 수만은 없는 일이었다.

"형님, 얼굴에 수심이 깊어 보이십니다. 동생인 저에게 말 못할 정도로 괴로운 일이라도 있으신 지요?"

따거가 두월생의 근심스러운 얼굴을 보고 말하자, 그는 긴 한숨을 내쉬며 근간에 중경에서 일어났던 일들을 봇물 터지듯 쏟아 놓기 시작했다.

"아우님, 나는 지난 20년 간 장개석의 중경 정부를 위해 공산당과 싸웠고 수많은 살상을 하며 악역을 도맡아 왔소. 그리고 동족에게 아편과 도박으로 벌어들인 상당액을 중경정부의 군비로 충당하며 이 고난의 시대를 살아온 산 증인이기도 하오. 그런데 이 시점에서 장개석 총사령관은 전국의 형서(조직폭력배 단체)에 가입되어 있는 두목들에게 무리한 요구를 하고 있소. 그들이 벌어들이는 수익의 40%를 바치라고 하니 나로서는 부당한 요구를 받아들일 수가 없소. 장개석은 음흉한 지도자라서 자기의 명령에 따르지 않으면 다른 사람을 시켜 나를 제거할 것이오.

이제 나도 상해를 떠나야 할 시점이 된 것 같소. 동생과 함께 홍콩으로 갈까 하는데 동생의 생각은 어떻소? 장개석의 국민당 정부의 앞날이 그리 밝은 것만은 아니요. 국민적 지지도가 날로 떨어지고 있으며 공산당이 승기를 잡고 있는 시국이라 조만간 중국을 뒤엎을만한 민중혁명이 일어날 것으로 예상하오."

두월생은 진지한 표정으로 자신이 고심하고 있던 문제들을 동생에게 털어놓았다.

따거는 두월생의 얼굴을 바라보았다. 두월생은 수십 년 간을 조폭 두목으로 살아오면서 민족을 위해 헌신했지만, 이제 말없이 역사 속으로 사라지는 길을 택하지 않으면 안 되었다. 그렇게 하지 않으면 비정한 정치권력의 도마 위에서 누군가에게 칼을 맞고 비참하게 쓰러질 것이 자명했다.

"그런데 형님, 저는 지금도 누군가를 꼭 찾아야 할 사람이 있습니다. 그 사람은 내가 살아 있는 삶의 전부이기 때문에 지금 이곳을 떠날 수 없습니다.

그러나 형님은 서둘러야 합니다. 벌써 상하이 화동국 공안부에서 형서의 조직원들과 일본에 투항한 장소림파의 잔당들과 친일

파들의 검거를 계획하고 있답니다. 장개석은 형님의 의중을 떠보고 난 후 검거 지시를 내릴 것입니다."

그 날 두 사람은 많은 대화를 나누었다.

1945년 8월15일 일본이 패망한 후 상하이의 조계지가 없어지고 국민당이 공개적인 활동을 할 수 있게 되자 상하이 폭력배들의 운신의 폭도 좁아지게 되었다. 두월생은 점점 정계에서는 멀어져 갔으나, 그 대신 상업, 금융, 교통, 문화, 교육, 언론 등의 방면에서 활동하며 부를 축적했다.

황금영의 며느리이며 공싱 도박장의 지배인이었던 이지청이 거액의 돈을 빼돌려 영국으로 달아난 사건이 발생하자 상하이 검찰국은 바짝 긴장을 하고 관련자들을 조사하는 한편 조폭조직의 명단을 작성하기 시작했다.

1948년 10월 장개석은 재정 위기를 맞으면서 장경국을 상하이로 파견해 자금을 모으게 했다. 이때 두월생은 전국의 형서에 가입되어 있는 조직으로부터 모금이 어렵게 되자 이 사실을 장경국에게 알렸다. 장경국은 상하이 상공회의소에서 유명 인사들을 개별적으로 만나 재정적인 도움을 호소했으나 큰 성과를 거두지 못했다. 이에 장개석은 두월생의 아들을 구속시킴과 동시에 화자은행의 총재를 비롯해 청방과 삼합회 등의 조직들이 운영하고 있던 도태의 행동대원과 두목을 구속하기 시작했다. 상하이 경찰과 공안국은 장개석의 명령이 떨어지자 신분 고하를 막론하고 리스트에 올라 있던 폭력조직의 두목과 친일파, 부패 저명인사들을 무더기로 잡아들여 조사했다. 그들을 잡아가면서 시민들에게 장개석 정부의 위세를 보이기 위해 굴비 엮듯 줄줄이 밧줄에 묶어 거리로 끌고 갔다. 분노에 찬 시민들이 침을 뱉고 돌을 던지며 욕을 해도 경찰은 못 본 체 넘어갔다. 하루아침에 권력의 테두리에서 벗어난 그들의 얼굴은 풀이 죽어 보였다. 화자은행에 돈을 맡긴 늙은 노파가 밧줄에 묶여 끌려가는 화자은행 총재에게 달려들어 멱살을 부여잡고 악다구니를 썼다.

"내 돈 내놔라 이놈! 그 돈이 어떤 돈인데, 네놈이 놀음판에서 그 돈을 다 잃어버리느냐 이놈!"

노파는 분노를 삭이지 못하고 통곡을 하며 울부짖었다. 왕빠이가 가쁜 숨을 몰아쉬며 화평호텔로 들어섰다. 로비에는 사복 경찰들이 매서운 눈초리로 호텔 출입자를 주시하며 살피고 있었다. 며칠 전 따거는 자기의 보스였던 황금영을 찾아가 마지막 인사를 드렸다. 황금영은 칠순의 나이였지만 아직도 기품을 잃지 않을 만큼 정정해 보였다. 그의 며느리인 이지청이 해외로 도망가자 심한 충격을 받아 사람 만나기를 꺼리고 있었다.

"보스, 지금 상해 경찰과 공안국에서 형서에 가입되어 있는 자들의 명단을 압수해서 체포 중에 있습니다. 당분간 홍콩으로 피신하시는 게 어떠신지요?"

따거는 진심으로 황금영을 존경하는 부하였다. 그의 도움이 없었다면 상하이에서 이만한 위치에 오를 수 없을 것이다. 황금영은 따거에게 지금껏 단 한 번도 말하지 않았던 사실을 털어놓기 시작했다.

"내 걱정은 하지 말고 여기를 빨리 떠나도록 해라. 그리고 네가 잘 되기를 바랐던 김 노인을 생각해서라도 너는 조선으로 돌아가야 한다."

황금영의 입에서 김 노인이라는 말이 나오자 따거는 놀라움에 두 눈을 둥그렇게 뜨고 황금영을 쳐다보았다.

"아니! 보스께서 어떻게 저희 의부를 아시는지요?"

황금영은 미소를 지으며 김 노인과의 관계를 털어놨다.

"너의 의부께서 돌아가신 장작림(장학량 장군의 부친) 장군과도 친분이 가까우셨던 관계로 알게 된 이래 우리는 형제처럼 지내왔다. 네가 서안에서 탈출해 상하이로 왔을 때도 네 의부로부터 우리는 많은 도움을 받았다."

따거는 상하이에 도착한 지 십여 년이 지나도록 의부인 김 노인을 찾지 않고 있었는데, 김 노인은 수시로 자기 안부를 걱정하였다는 말을 듣자 가슴이 미어졌다. 황금영은 따거에게 서둘러 조선으로 피신하라고 말했다.

왕빠이가 따거의 방으로 들어서자 따거는 왕빠이가 들어온 것도 모르고 깊은 시름에 잠겨 있었다. 상하이에서는 국민당 정부 소속의 특무대원들과 검찰국 요원들이 하루가 멀다 하고 범죄자들을 색출해 잡아 가두고 있었다. 지난 수십 년간 중국의 폭력배들은 권력의 상층부와 연관이 되어 있어 하급 관리들은 쉽사리 폭력배들을 구속하지 못했었다. 장개석의 직접적인 지시로 불의를 저지른 자들을 척결하라는 명령을 받게 되자 상해 공안국은 두월생의 아들 뚜웨이핑의 구속을 필두로 종횡무진 권력의 칼자루를 휘두르기 시작했다.

왕빠이가 따거의 심중을 간파했는지 조심스럽게 말을 꺼냈다.

"따거, 무슨 생각을 그렇게 골똘히 하십니까?"

"어, 왕빠이 언제 왔나?"

"예, 조금 전에 들어 왔습니다."

"음 그래, 갔던 일은 잘됐나?"

"네, 잘됐습니다."

"그곳 사람들은 어떻던가?"

"네 따거, 그들은 가난하게 보였지만 용맹과 기개가 있어 보였습니다. 그리고 거액의 돈을 기부한 사람의 이름을 꼭 알려달라고 했지만 밝히지 않고 돌아 왔습니다."

"잘했다. 내가 상하이에서 마지막으로 하는 좋은 일이 될 듯싶구나. 왕빠이, 동생들과 빨리 여기를 떠나라! 시간이 없다. 나머지는 내가 알아서 처리하마."

따거가 왕빠이에게 떠나라는 지시를 내렸다. 두목의 명령은 생명과도 맞바꿀 수 없을 만큼 무서운 것이 조직의 규칙이었다.

그러나 왕빠이는 따거를 정면으로 쳐다보며 말했다.

"따거, 저는 떠날 수가 없습니다. 언젠가 제가 청방의 총에 맞고 쓰러졌을 때 따거께서 이렇게 말씀하셨습니다. '왕빠이, 죽어서는 절대 안 된다. 우리는 살아도 같이 살고, 죽어도 같이 죽어야 한다.' 기억하십니까? 그런데 저보고 따거를 남겨두고 떠나라고 하십니까? 비록 조폭으로 살아왔지만 따거를 알게 된 이후로 저는 고통 받는 우리 민족을 생각하면서 살았습니다. 그래서 저는 지금 죽어도 여한이 없습니다. 권력의 칼자루를 쥔 자들이 우리를 어떻게 생각하든 그것은 중요하지 않습니다. 또한 권력자들로부터 이용의 가치가 끝나 토사구팽을 당한다고 해도 우리는 역사 속에서 부끄럽지 않은 야인으로 기록될 것입니다. 명예롭게 따거를 따르도록 허락해 주십시오!"

왕빠이는 가슴에 차고 있던 모시나강 권총을 꺼내 자기의 관자놀이에 갖다 대자 따거가 왕빠이의 이름을 크게 불렀다.

"왕빠이! 사랑하는 나의 동생아, 우리에게 다가올 시련이 험할지라도 비겁한 야인이 되지 말자."

따거는 왕빠이의 총을 거두어 품에 집어넣게 하였다. 따거는 여러 은행에 예치해 둔 돈을 꺼내 동생들에게 골고루 나눠주며 풍랑이 몰아치는 상하이를 떠나도록 명령했다.

장개석 사령관의 직속 부하였던 군통국장인 대립 대교(대령)와 상해 부시장인 번한년은 따거를 동생처럼 도와주던 장개석의 실세여서 그의 구속을 막기 위해 노력하고 있었다. 중경 정부의 상층부에서 최종 구속자 결정이 상하이 공안국으로 발송된 날짜는 1949년 3월 초순이었다.

상하이 폭력조직을 소탕하라

발신 : 중경 정부 법무대신 장경국
수신 : 상하이 공안국 번한년 부시장 앞

    지난 십 수 년간 친일파와 사회 지도층의 부정부패로 인해 국가의 기강이 무너지고 국민들이 많은 고통을 받았다. 이제 국민당 정부는 치안을 바로잡아 민생복지에 전념할 것이다. 친일, 아편, 도박, 매춘 등으로 국민을 사지로 몰아넣는 불량한 자들은 지위 고하를 막론하고 엄벌에 처하라.

중경정부의 공문을 받아 든 공안부장 요수석은 긴급회의를 소집했다. 수사관들이 민첩하게 국장실로 들어왔다.

얼마 전 두월생의 아들을 구속한 젊은 검사가 부장의 표정을 살피면서 말했다.

"부장님, 중경정부로부터 사정에 관한 공문이 하달된 것이 아닙니까? 제 추측이 맞는다면 조금도 주저할 것이 없습니다. 구속자의 범위만 알려주시면 저희들이 조치를 취하겠습니다."

젊은 검사는 자신감에 차 있었다. 잘못된 역사관을 바로잡아 보겠다는 의지가 분명해 보였다. 부장이 별도로 작성한 구속자의 명단을 검사에게 넘겨주자 젊은 검사는 공손한 태도로 서류를 받아서 읽어 나가다가 실망스러운 표정을 지었다.

"아니 부장님, 이 명단에 청방의 두목인 두월생과 삼합회의 보스인 황금영은 왜 빠져있됐습니까? 그들의 구속을 제외한다면 이것은 신정부의 개혁에 따른 사정이 아니지 않습니까? 검찰이 소신껏 범죄자를 구속할 수 있도록 권한을 주십시오!"

부장은 중경정부의 명령을 거절할 수 있을 만큼 담력이 센 사람이 아니었다. 부장이 머뭇거리며 질문에 대한 답을 피하자 젊은 검사는 부장에 대한 실망감을 표시했다.

그러나 결국 부장도 젊은 검사의 명분론을 견디지 못해 청방의 부두목급들과 삼합회의 실질적 보스인 따거와 부두목 왕빠이 등 도태의 두목급들을 체포하라는 명령을 하달했다. 수사관들은 부장의 지시가 떨어지기가 무섭게 회의에 들어갔다. 청방과 삼합회의 조직원들을 체포할 수사관들이 각각 정해지자 팀별로 체포 계획을 세우기 시작했다. 젊은 검사는 부장으로부터 범죄자들이 반항할 시에는 발포해도 좋다는 명령을 받자 한층 기분이 고무돼 체포조에 합류했다.

1949년 3월 중순경 유난히 차가운 바람이 상하이에 몰아치고 있었다. 조계지가 없어진 탓으로 밤거리를 헤매며 윤락을 일삼던 여인들의 발길이 뜸해져 상하이의 거리는 황량하고 쓸쓸해 보였다. 자정이 조금 넘은 시간, 검은 시보래 자동차들이 조용하게 화평호텔 근처로 다가왔다. 사람들이 차에서 민첩하게 내려 화평호텔 입구와 뒤쪽 출구를 차단했다. 총을 빼든 젊은 검사와 수사관들이 호텔 로비로 들어서자 프론트에 앉아 있던 직원들이 화들짝 놀라 몸을 일으켜 세웠다. 젊은 검사가 안주머니에서 작은 수첩을 꺼내 확인하며 따거가 묵고 있는 방으로 올라갔다. 수사관 한 명이 직원들 앞에 놓여 있는 전화통을 잡아당겨 선을 끊어버렸다.

그런데 체포조가 검찰국을 떠난 바로 그 시간 한 통의 전화가 따거에게 걸려 왔다. 따르릉. 따거가 수화기를 들자 굵직한 목소리가 들려왔다.

"피하시오 동지!"

따거는 그동안 돌봐줘서 감사했다는 인사를 끝내고 수화기를 내려놓았다.

따거와 왕빠이는 며칠 전 부하들을 모두 다 고향으로 돌려보낸 후 무기들을 깨끗하게 치우고 자기들에게 다가올 운명의 시간을 기다리고 있었다.

젊은 검사와 수사관들이 탄 엘리베이터가 5층에 멈추자 수사관들은 총을 겨누며 민첩한 자세로 복도를 향해 돌진했다. 수사관들이 연신 주위를 흘깃거리며 둘러보았다. 조직원들부터의 공격에 대비해 만반의 준비를 하고 있었지만 복도에는 개미 새끼 한마리도 볼 수가 없었다. 고개를 갸웃거리며 앞서가던 젊은 검사가 따거가 머무르는 방 앞에 멈추어서서 수사관들에게 손가락으로 '이 방'이라는 표시를 하자 수사관들이 문 옆으로 바짝 달라붙어 총을 겨누었다.

똑똑똑. 젊은 검사가 문을 두드리자 따거는 왕빠이의 얼굴을 지긋이 바라보며 앞에 놓인 술잔을 건네주었다.

"사랑하는 아우야, 우리는 야인으로서 부끄럽지 않은 혼을 가지고 살아왔다. 이제 시간이 온 것 같다."

둘이 마지막 술잔을 들이킬 때 문을 박차고 안으로 뛰어드는 소리가 고요한 정적을 깨며 화평호텔에 울려 퍼졌다. 젊은 검사는 수사관들이 따거에게 총을 겨누자 손으로 총을 거두라는 신호를 했다.

"나는 상하이 공안국 검사입니다. 당신을 살인 및 살인 교사 혐의로 구속하러 왔습니다."

젊은 검사가 말을 끝내자 따거는 조금도 망설임 없이 두 팔을 내밀었다. 검사는 따거의 얼굴을 쳐다보았다. 두려움이 없어 보였다.

상하이 인민검찰원 공안수사 검사실 안에는 따거를 검거한 젊은 검사가 따거를 취조하고 있었다. 검사는 따거에게 도저히 이해가 되지 않는 의문점이 있어 오히려 공손한 태도로 취조를 하기 시작했다.

"당신은 살인 및 살인 교사 혐의로 사형에 처해질 수 있는 중죄인으로 체포되었습니다. 사전에 충분하게 도피할 수 있었는데도 피하지 않은 이유가 무엇입니까?"

따거는 검사를 정면으로 바라보며 말했다.

"나는 도피를 할 만큼 비겁자가 되고 싶지 않았을 뿐이오."

"비겁자가 되고 싶지 않아서 도피를 하지 않았다는 말입니까?"

"그렇소."

"그렇다면 당신을 인민중앙위원회에 가입시킨 자가 두월생이 맞습니까?"

"아닙니다. 나 스스로 가입했을 뿐 어느 누구도 나에게 명령을 내릴 자는 없습니다."

"그래요? 그러면 두월생이 관리하던 공싱 클럽과 도태를 운영하며 벌어들인 막대한 돈을 매달 두월생에게 보냈다고 하는데 매월 보낸 돈의 액수는 얼마나 됩니까?"

"아닙니다. 나는 두월생 선생에게 돈을 보낸 적이 없습니다."

"뭐라고요? 당신은 두월생과 국민당 수뇌부에 있는 자들에게 매달 정기적인 상납을 해오지 않았소?"

젊은 검사는 화를 벌컥 내며 책상을 힘껏 내려쳤다. 책상 위에 있던 잉크병이 바닥에 떨어져 검은 잉크가 부챗살처럼 흩어졌다.

"지금 당신은 사형에 준하는 범죄자로서 검찰의 조사를 받고 있소. 다른 범죄자들은 자기가 지은 죄를 스스로 자백하고 사형을 받지 않으려고 안달하고 있는데 당신은 모든 죄를 혼자 도맡아 뒤집어쓰려 하고 있소. 도대체 당신이 바보가 아니라면 현 시국이 어떻게 돌아가고 있는지는 알아야 하지 않겠소? 당신이 불법 도박과 아편 매춘으로 벌어들인 돈을 정기적으로 두월생을 통해 권력의 상층부에 상납해 왔다는 증거를 우리는 가지고 있소. 사실을 솔직하게 말한다면 당신은 최소한 사형만은 면할 수 있을 것이오. 자, 어떻게 생각하시오?"

검사는 따거를 회유해 조폭들의 뒤에 숨어 있는 눈에 보이지 않는 커다란 세력을 파헤쳐 보고 싶었다.

"권력자들이란 이용 가치가 없다 싶으면 토사구팽 시킨다는 사실을 여태껏 모르고 있었단 말이오?"

젊은 검사는 자기가 생각했던 대로 수사가 진척되지 않자 수사관을 불러 왕빠이와 부하들을 데려오라고 지시했다. 잠시 후 포승줄에 묶인 왕빠이와 그 부하들이 초췌한 모습으로 검사실 안으로 들어왔다. 왕빠이가 따거를 보자 허리를 굽히며 정중히 인사했다. 따거의 얼굴은 조금도 두려움이 없어 보였다.

검사는 왕빠이를 향해 질문했다

"당신은 삼합회의 향주로서 따거를 도와 온갖 범죄를 도맡아 처리했소. 지난 1940년 11월1일 당신의 두목이 상하이 예원 요정을 습격해 청방의 조직원들을 총기로 사살하라는 명령을 내려 당신이 집행했다고 하는데, 그 사실이 맞나?"

검사는 신경질적으로 왕빠이를 통해 따거의 비리를 찾아보려고 애를 쓰고 있었다. 왕빠이가 고개를 가로 저었다.

"저희들은 예원 요정을 습격한 사실이 없으며 청방과 대립한 적도 없습니다. 누가 저희더러 청방을 습격해서 사람을 죽였다고 하는지 증인을 불러주십시오."

검사는 따거를 위시해 모든 조직원들이 사건을 부인하자 고개를 가로 저으며 부하들을 데려가라고 명령했다. 왕빠이가 검사실 밖으로 나가자 검사는 그동안 삼합회의 비리를 조사한 내용을 토대로 따거와 협상을 시도했다.

"당신이 모든 사건을 부인하게 되면 우리는 두월생과 황금영을 잡아들이지 않을 수가 없소! 만약에 두월생과 황금영이 잡혀 들어오면 전국의 깡패들은 당신이 그들을 배신해서 잡혀 들어갔다고 생각할 것이오. 어떻소, 내 말이?"

젊은 검사는 따거가 의리와 명예를 생명처럼 여기는 사내라는 것을 간파하고 그의 약점인 의리를 치고 들었던 것이다. 따거는 분노하듯 소리쳤다.

"절대로 그분들만은 구속돼서는 안 됩니다. 당신이 나에게 요구하는 것이 무엇이오?"

따거는 검사를 증오의 시선으로 바라보았다. 젊은 검사는 내심 자기의 계략이 먹혀 들어가고 있다는 판단이 들자 최근 상하이에서 가장 이슈가 되고 있는 두월생의 아들 두웨이핑과 황금영의 며느리인 이지청이 해외로 빼돌린 돈의 액수와 은행에 대해 집중적으로 묻기 시작했다.

　장개석이 애초에 이들을 구속하려던 것도 군비가 상하이에서 예상외로 걷히지 않자 누군가를 시범 케이스로 삼고자 했던 것이었다. 따거는 두웨이핑과 이지청을 먼발치에서만 봤을 뿐 가까이 접하지 않아 그들을 잘 모른다고 진술했다. 검사가 난감한 표정을 지었다. 따거를 구속하기 전에 호언장담하며 공안국장의 처사를 비판했던 그였다. 위기에 처한 젊은 검사로서는 무슨 계략을 꾸며서라도 따거의 죄상을 밝혀내 기소를 시켜야만 했다. 며칠이 지나 검사는 왕빠이가 사주한 청방 부하 살인사건의 목격자를 붙잡아 대질심문을 벌였다. 그 당시 인력거를 끌고 가던 조직원이었다. 그는 따거로부터 많은 돈을 받고 고향으로 돌아가지 않고 다른 도박장에서 돈을 탕진하고 아편을 거래하다 살인 혐의로 구속된 것이었다. 검사는 그를 설득해 사형을 면해주는 조건으로 따거로부터 지시를 받고 청방의 조직원을 살해했다는 허위 진술을 받기에 이르렀다. 검사는 따거에게 큰 죄명을 찾지 못하자 그 죄명을 적용해 살인 및 살인 교사죄와 매춘 및 도박 등의 죄로 기소했다.

한편 밖에 있던 두월생은 신문을 통해 따거 혼자 모든 죄를 뒤집어쓰고 기소가 되었다는 소식을 듣고 모든 인맥과 지인들을 총동원해 구명운동에 나섰다. 공싱 클럽에서 벌어들인 돈을 두월생과 그의 아들인 두웨이핑이 절반 이상을 가지고 갔음에도 따거는 입을 열지 않았다. 두웨이핑이 구속된 지 6개월 만에 재판에서 풀려나자 두월생은 편지를 써서 교도소 간수인 조직원을 통해 따거에게 보냈다.

'동생 보게나. 우리 사이에 새삼 무슨 말이 필요하겠소. 권력이란 바람 앞에 티끌 같은 것이라 어디선가 세찬 폭풍이 몰아치면 그 티끌은 흔적 없이 사라지고 만다는 것을 새삼 느끼게 되었소. 나날이 조여 오는 장개석의 압박으로 부득이 하게 상하이를 당분간 떠나 있으려고 하오. 동생을 사지에 남겨두고 떠난다는 것이 마음에 걸리지만 먼 훗날의 도약을 위해 지금의 이 어려운 위기를 피해야만 할 것 같소. 이 형이 다시 돌아오는 날까지 건강에 유의하기 바라오.
사랑하는 동생에게 두월생 드림.'

따거는 편지를 읽고 난 후 증거를 남기지 않으며 편지지를 씹어 삼켜 버렸다. 그 편지를 받은 날로부터 며칠이 지나지 않아 두월생은 전 가족들을 데리고 홍콩으로 건너갔다. 두월생이 홍콩으로 달아나자 장개석은 두월생이 장개석의 군비를 충당하기 위해 만들었던 인민중앙위원회인 형서의 두목급들을 무작위로 잡아들여 두목급은 사형, 중간 두목은 무기 등 중형에 처했다.

상하이 형무소는 십여 채의 목조 건물로 지어진 낡은 건물로 부채꼴 형태를 하고 있었다. 간수들은 사무실에서 중앙을 통해 죄수들이 머무르는 사동 안으로 들어가게 만들어져 있었다. 외부에서는 중앙 통로를 통하지 않고서는 사동 안으로 발을 들여놓을 수 없도록 굵은 철창이 둘러쳐져 있었다. 중앙 통로의 좌측에는 사형장 안으로 들어가는 좁은 철문이 있어 사형수가 사형집행을 받는 날이면 어김없이 그 문이 개방되었다. 사형수의 시체는 사형장 뒤편의 작은 출구를 통해 간수가 죄수들을 데리고 시체를 리어카에 싣고 나가 뒷산 공동묘지에 매장했다. 담 안에는 붉은 벽돌로 지어진 이층 관사가 죄수들이 갇혀 있는 사동을 한눈에 내려다 볼 수 있게 지어져 있었고 그곳에 형무소 소장실이 있었다. 그 옆으로는 작은 연못이 예쁘게 만들어져 있어 봄철이면 한밤중 개구리 울음소리에 잠을 이루지 못할 정도였다. 중앙 복도에는 죄수들이 간수에게 매맞는 비명소리가 복도를 타고 전사동으로 울려 퍼졌다.

중범죄자들이 갇혀 있는 3동은 형서에 가입한 폭력 조직원들의 두목급들과 행동대원들이 주로 갇혀 있었다. 국민당 정부가 공산당에게 밀리는 형국이 되자 남경정부는 폭력 조직의 후환을 두려워해 공산당에 가입한 전력이 있는 자들과 사형선고를 받은 죄수들의 처형을 조기에 집행하기에 이르렀다. 청방 조직의 사형수가 밤마다 절규했다.

"세 사람의 스승이시여 불쌍한 나를 도와주십시오."

청방의 조직원들이 위기에 빠졌을 때 조직원들끼리 통하는 암호였다. 전에는 교도소의 간수들도 청방의 조직원들이 많아서 이 암호를 외치면 발벗고 나서서 도와주곤 했지만 시국이 변함에 따라 간수들도 청방의 조직에서 대거 이탈하고 있는 실정이었다.

사형집행은 대체로 오전에 이루어졌다. 집행이 있는 날은 중앙 복도와 사형수가 들어 있는 사동 부근에 무장을 한 간수들이 드문드문 서 있었고 사형장 입구로 들어가는 철문을 열어 놓았다. 죄수들은 이것을 보고 사형집행이 있다는 것을 감지할 수가 있었다. 따거는 1심에서 사형선고를 받고 항소를 제기하고 있었다.

아침 식사를 마치고 나자 소지부(밥 등을 나눠주는 형이 확정된 죄수)가 눈에 보이지 않았다. 방안에 있던 죄수들이 시찰통(간수들이 방안을 드려다 볼 수 있게 철창으로 만든 작은 창문) 너머로 통방(손짓으로 하는 대화)을 했다. 한 죄수가 자기의 손으로 목을 자르는 시늉을 해 보이자 마주보며 통방을 하고 있던 죄수가 고개를 끄덕거리며 누군가 사형이 집행된다는 것을 알아차렸다.

　잠시 후 소란스러운 구둣발 소리가 복도 입구 쪽에서 들려왔다. 점점 더 그 소리가 가깝게 들려왔다. 방안에 있던 죄수들이 따거의 얼굴을 흘깃 훔쳐보았다. 따거는 눈을 감고 있었다. 간수들이 따거의 방을 지나쳐 위쪽으로 올라간 지 잠시 후 '철커덕' 하는 감방 문이 열리는 소리가 들렸다. 방안에 있던 사형수가 간수들에게 끌려 나가지 않으려고 악을 쓰며 버티는지 소란스러운 소리가 복도를 타고 들려왔다. 간수들이 사형수에게 달려들어 양팔을 잡고 방안에서 끌어내리려고 했다. 사형수는 안간힘을 쓰며 방에서 나가지 않으려고 몸부림을 치고 있었지만 간수들에 의해 질질 끌려나와 복도 입구 쪽으로 사라졌다. 잠시 후 총소리가 희미하게 사형장 쪽에서 들려오자 소지부들이 점심 식사를 나눠주는지 복도가 시끌벅적거렸다.

　중국 국민은 국민당의 횡포를 눈감아 주지만은 않았다. 승승장

구하던 장개석의 남경정부가 부정부패하여 중국 인민들로부터 외면당하기 시작한 것이다. 1945년 일본의 항복 이후 중국 국민당과 공산당은 미국의 중재로 공동 정부를 구성하기 위한 협상을 시작하였으나 실패로 끝났다. 본격적인 내전에 돌입했다. 국민당 군은 숫자상으로 공산당에게 우세하였고 미국의 지원으로 무장하고 있어 유리한 국면을 선점했다. 그 결과 중국 공산당 본부가 있던 연안을 점령하기도 했다. 그러나 무리하게 점령지를 늘이고 국민당 군을 분산시키는 전략적 오류를 범했다. 거기다가 국민당 정부의 총체적인 부패와 장개석 경제정책으로 인한 인플레이션으로 경제가 붕괴되고, 이미 떠나버린 중국 인민들의 민심이 어우러져 1948년부터는 공산당에게 밀리는 상황이 되었다.

1948년 가을 린뱌오가 지휘하는 동북인민해방군이 만주에서 국민당 군을 격퇴하는 것을 시작으로 전세는 역전되었다. 1949년 2월에는 공산당이 베이징을 함락시킨데 이어 파죽지세로 밀어붙여 4월에는 양자강을 건너 국민당 정부의 수도 난징을 함락시켰다. 5월에는 최대 도시인 상하이가 함락되었고, 10월에는 국민당 손에 남아 있던 최후의 도시인 청두마저 함락되었다. 장개석 국민당 정부는 타이완으로 도피하였다. 이때 장개석은 장학량 장군을 강제로 함께 데리고 갔다. 1949년 10월 1일 모택동은 베이징에서 중화인민공화국의 건국을 선포하고 국가 주석에 취임하였다. 30여 년 간 중국의 오지를 맴돌며 농민 혁명을 주도했던 공산당이 일본의 패망을 계기로 실세를 잡기 시작해 결국에는 승리를 이끌어낸 것이다.

 1949년 5월 말경 따거가 두월생으로부터 편지를 받고 며칠이 지나자 교도소 분위기가 확연하게 달라지기 시작했다. 하루가 멀다 하고 집행되던 사형집행이 중지되었다. 공산당이 상하이를 점령하자 국민당에 충성하던 소장과 간수들의 모습이 하룻밤 사이에 흔적도 없이 사라져버렸다. 교도소 안은 적막한 고요로 휩싸였다.

 따거와 같은 동에 감금되어 있던 공산당 조직원인 죄수들이 감방 밖으로 뛰쳐나와 붉은 공산당 깃발을 흔들며 공산당 만세를 외쳤다. 그들 중에 한 사람이 오른팔에 붉은 완장을 두르고 남아 있던 간수들을 지휘했다. 그는 간수들의 사무실에서 죄수들의 신상 기록표를 검토해 공산당원들을 방에서 불러내 간수 역할을 분담시켰다. 하룻밤 사이에 교도소의 위상이 뒤바뀌자 공산당을 박해한 전력이 있던 자들은 숨소리조차 제대로 쉬지 못할 정도로 몸을 움츠리며 그들의 눈치를 살펴야만 했다.

 다음날 군인을 실은 트럭이 교도소 안으로 들어왔다. 그들은 민첩한 동작으로 차에서 내려 움직이기 시작했다. 트럭 앞자리에 타고 있던 젊은 장교가 차에서 내려 간수 사무실 안으로 들어가자 공산당원 죄수들이 기다렸다는 듯 '공산당 만세'를 목이 터져라 외쳤다. 옆에 있던 간수들도 덩달아 그들과 함께 두 손을 높이 올려 따라했다. 젊은 장교는 그들의 앞에 서 있는 죄수를 알아보고 반가운 표정으로 그에게 다가가서 양팔로 힘껏 껴안았다.

"동지 얼마나 고생이 많았습니까? 주은래 동지께서도 제일 먼저 동지의 생사를 걱정하셨답니다."

사내는 장교가 위로하는 말에 눈물을 글썽이며 제대로 말을 잇지 못했다. 장교는 그를 극진하게 예우하며 소파에 앉게 하였다. 사내는 1945년 일본 패망 이후 2차 국공합작이 결렬되자 공산당 편에 서서 국민당과 대립하다 구속되어 무기형을 선고받고 복역 중이었다. 장개석 정부도 그의 항일 전력과 민중의 지지도를 감안해 총살만은 면해주고 있었다. 그는 공산당의 입장에서는 위대한 지도자였다. 그 날 이후로 교도소의 체재는 급속도로 바뀌어 갔다.

공산당 수뇌부에서는 상해의 요직에 있던 국민당 소속 간부들을 대거 숙청해 교도소에 가두기 시작했다. 처벌 방법도 공개 인민재판을 통해 인민 스스로가 숙청자들을 처단하게 하는 방법을 택했다. 지난 수십 년 간 중국의 빈민층 인민들은 제국주의와 결탁한 권력자와 군벌과 부농들의 권세에 눌려 핍박을 받아온 사람들이 대부분이었다. 그들의 울분을 공산당에 저항한 세력들에게 돌려세울 절호의 기회를 책략가인 모택동과 주은래가 놓칠 리 없었다. 부정부패와 친일 등에 가담한 저명인사들은 공산당의 이름이 아니더라도 인민들 스스로가 그들을 적발해서 관청으로 끌고왔다. 경찰과 검찰은 공정한 조사를 할 겨를도 없이 공산당원들의 진술만으로 재판에 회부시켰다. 상해인민재판실에서는 공산당을 탄압하는데 앞장섰던 친일 세력과 형서의 가입자들을 일렬로 세워 항변의 기회도 주지 않은 채 '앞자리는 사형, 뒷자리는 무기' 하는 식으로 인민재판이 진행되었다. 재판관은 옆자리에 앉아 재판을 지켜보는 상해군사관리위원회 소속 간부들의 눈치를 보며 판결을 내려야만 했다. 국민당 체제 하에 진행하던 재판과는 전혀 다른 것이었다.

상해군사관리위원회 위원장실에서는 긴급회의가 소집되었다. 각계 각층에 속한 공산당 간부들과 상하이를 대변하는 국영기업체의 관리들이 신임 위원장과 상견례를 하기 위해 길게 놓인 책상의 양옆으로 도열해 있었다. 신임 위원장과 특별위원의 입장을 기다리고 있는 중이었다. 참석자들은 신임 위원장의 눈에 벗어나지 않기 위해 옷매무새를 가다듬고 있는 모습이었다. 잠시 후 문이 열리고 양쪽 어깨에 누런 별이 달린 군복을 입은 사내와 피부가 하얗고 예쁘장해 보이는 여성이 회의실 안으로 들어왔다. 그 여인의 어깨 위에는 대교(대령)의 계급장이 붙어 있었다. 그들은 예리한 눈빛으로 주위 사람들을 둘러보며 회의실 안쪽으로 들어갔다. 그들의 얼굴은 한 치의 빈틈도 없어 보일 정도로 날카로워 보였다. 위원장과 특별위원이 자리에 앉자 일행도 자리에 앉았다. 위원장은 옆자리에 앉아 있는 특별위원을 손으로 가리키며 소개를 했다.

"이쪽은 공산당 중앙특별위원이며 상해의 여성특별위원으로서 시장을 대신해 모든 권한을 가지고 여러분을 지도할 것이오! 특별히 여러분들이 기억해 둘 것은 특별지도위원은 중국 서안혁명에 참가해 혁혁한 공을 이룬 장본인이라는 점을 잊지 마시오!"

위원장의 소개가 끝나자 특별지도위원은 가볍게 그들을 향해 목례를 했다. 특별 지도위원이 낭랑한 목소리로 위원장의 경력을 소개했다.

"여기 계신 위원장 동무께서는 과거 장학량 장군의 부관으로서 서안혁명에 참가해 혁혁한 공훈을 남기셨으며, 모택동 주석의 권유로 공산당에 가입해 수많은 전투에서 공적을 남기신 위대한 장군이십니다."

소개가 끝나자 자리에 함께 한 사람들이 일제히 위원장을 향해 고개를 숙여 예의를 표하였다. 장군의 왼쪽 명찰에는 '진의'라는 이름이 크게 쓰여 있었고, 특별위원의 왼쪽 명찰에는 '서휘'라는 이름이 쓰여 있었다.

역사란 그 시대에 가슴 아픈 사람들을 어루만져 주는 마법사이 기도 했다. 서로 엇갈린 운명이 이제 그들 앞에 어떤 형태로 전개될 지 아무도 예측할 수가 없었다.

진의 장군은 4병단 사령관인 진강을 공안국장으로 임명해 그로 하여금 공산당의 업무지침을 하달하게 했다.

"민생치안을 안정시켜 인민들의 생활을 보호하는데 주력하고 친일하거나 공산당에 대항한 자들과 도박, 아편, 매춘, 사채 등으로 인민들의 고혈을 뽑아 먹는 자들을 발본색원하여 엄단에 처하라! 어떠한 권력층도 인민 위에 존립할 수는 없다. 또한 국민당 장개석 정부가 조직한 형서에 가입한 경력이 있는 자들은 모두 잡아들여 엄중한 처벌을 가하되 국민당 정부에 의해 사형을 선고 받은 자들에게는 항변의 기회를 줘서 죄의 유무를 판단하여 처벌하라! 이 점을 관리들은 명심하기 바라며 인민으로부터 뇌물을 받는 자들은 지위 고하를 막론하고 엄벌에 처할 것이다. 이상!"

회의에 참여한 관리들은 앞으로 몰아칠 사정의 회오리바람을 피하기 위해 잔꾀를 써보려고 했지만 그들에게는 통하지 않는다는 것을 절실하게 느끼고 침울한 표정으로 회의실을 나섰다.

다음날 상해 군사관리위원회실 안에서는 새로 임명된 공안부국장 양범이 한아름의 서류를 들고 지도위원에게 결재를 받기 위해 사무실 안으로 들어섰다. 공안부국장인 양범이 그가 들고 있던 서류 뭉치를 책상 위에 올려놓자 서휘는 그 서류를 살펴보기 시작했다. 그가 들고 온 서류는 장개석 정부에서 구속시킨 중범죄자와 사형수들에 관한 집행 자료였다. 자료를 얼마쯤 읽고 있던 서휘가 깜짝 놀라 그 서류를 다시 한 번 꼼꼼하게 살피기 시작했다. 서류의 왼쪽 위에 큼직하게 '사형수 김대물'의 이름과 공안국장의 붉은 도장이 찍혀 있었으며 본적은 조선인으로 쓰여 있었다.

삼합회의 보스 사형수 김대물

사형수 김대물. 서휘는 김대물이라는 이름을 보는 순간 혹시 잘못 본 것은 아닌지 자신의 눈을 의심했다. 그래서 몇 번이나 보고 또 보았다. 틀림없는 김대물이었다. 죽은 줄로만 알았던 그가 살아 있다니. 서휘는 주체할 수 없는 혼란 속으로 빠져들었다. 10년 전 서안비행장을 탈출할 때의 기억이 떠올라 두 눈에 눈물이 글썽거렸다. 그녀는 공안부국장에게 김대물에 대한 죄상을 묻기 시작했다.

"이 자는 무슨 죄로 사형을 받았습니까?"

"네, 그 사람은 상하이를 주름잡던 폭력조직의 두목으로 살인을 교사하고 인민에 독이 되는 아편과 도박 매춘을 하다가 체포되어 사형을 선고받은 자입니다."

공안부국장의 설명이 끝나자 서휘는 고개를 갸웃거리며 서류를 자세하게 훑어보며 지적하기 시작했다. 사건이 국민당 정부로부터 조작된 것이라는 생각이 들었다.

"서류상으로는 뚜렷하게 이 자가 살인을 지시했다고 보기가 어려운데, 혹 다른 사실이 있는 것은 아닙니까?"

공안부국장 양범은 서휘가 날카롭게 범죄사실을 분석하고 지적하자 머리를 조아리며 대답했다.

"제가 아직 그 사건에 대하여 정확하게 파악하지를 못했습니다. 자세히 알아보고 빠른 시일 내에 다시 오겠습니다."

서휘는 공안부국장에게 당분간 사형수의 사형집행을 중지하라는 명령을 내렸다. 공안부국장은 사형집행 결제를 받기 위해 왔다가 지도위원으로부터 반대 의견을 듣게 되자 당황하며 연신 머리를 굽실거렸다.

공안부국장이 방문을 나서자 서휘는 서둘러 위원장실로 올라갔다. 그녀가 위원장실의 문을 열고 안으로 들어서자 진의 장군은 반가운 표정으로 맞았다.

"아니? 지도위원님께서 손수 제 방을 찾아주시다니 중국 천지가 놀랄 지경입니다."

　진의 장군은 지난 10여년간 단 한 번도 그녀 스스로가 자기를 찾은 일이 없어 놀랐던 것이다. 그녀의 얼굴은 무엇인가에 들떠 있는 듯했다.

　진의 장군이 먼저 말을 꺼냈다.

　"무슨 좋은 일이라도 있는가 보죠? 서휘 동무의 안색이 오늘따라 환해 보이니 말입니다."

　진의가 농담 섞인 어조로 말을 하자 서휘는 반색을 하며 말하기 시작했다.

　"장군님, 지금부터 10여년전 서안을 탈출할 때 기억이 나십니까?"

　"아니, 그것을 왜 새삼스럽게 묻습니까? 우리가 죽기 전에는 그 일을 어떻게 잊을 수가 있겠습니까?"

　"그렇지요, 죽기 전에는 그 일을 영원히 잊을 수 없을 겁니다. 김 동지의 희생이 없었더라면 오늘 우리가 이러한 자리에 함께 서 있을 수도 없었겠지요?"

　"아니, 갑자기 김 동지의 얘기를 왜 꺼내시는 겁니까?"

　진의 장군이 이상하다는 듯 서휘의 얼굴을 바라보며 묻자 서휘는 입술을 지그시 깨물며 말을 이었다.

"김 동지가 죽지 않고 지금 상하이에 있습니다."

서휘의 말이 끝나자 진의 장군이 깜짝 놀랐다.

"아니! 지금 뭐라고 말씀하셨소? 김 동지가 살아있다고 말했소?"

"네, 그렇습니다! 살아있습니다!"

진의 장군은 서휘의 말이 끝나기가 무섭게 재차 물었다.

"어디에 살고 있소? 그래, 김 동지의 몸은 건강하답니까?"

"그것까지는 아직 확인을 하지 못했습니다."

진의 장군은 김 동지가 살아 있다는 반가운 소식을 서휘로부터 듣게 되자 그를 만나고 싶은 욕구가 솟구쳐 올랐다.

"장군님, 긴요하게 보고 드릴 사항이 있습니다."

"그게 뭡니까? 자 편하게 말해 봐요!?"

진의 장군은 서휘의 큼직한 눈동자를 바라보며 그녀의 입에서 무슨 말이 나올까 하는 기대감에 사로잡힌 표정이었다. 서휘가 공안부국장이 올린 서류의 내용을 그대로 장군에게 얘기하자 장군은 심각한 표정으로 고개를 끄덕거리며 무엇인가 깊은 생각을 하는 듯했다. 그의 두 눈에는 무엇인가 중요한 결정을 내려야 한다는 의지가 엿보였다.

진의가 침묵을 깨고 입을 열었다.

"지도위원께서 자세하게 조사해 주십시오. 그의 사형만큼은 우리 손으로 막아야 합니다. 김 동지는 우리의 은인이기 전에 중국 인민의 영웅입니다. 그런 그를 장개석 정부가 내린 사형선고를 그대로 집행하게 내버려 둘 수는 없습니다."

진의 장군의 김 동지를 구하고자 하는 의지는 분명하고 뚜렷해 보였다.

서휘는 장군이 자기와 같은 생각을 가져주자 장군의 얼굴을 쳐다보며 마음속으로 고마움을 느꼈다. 진의는 그런 서휘의 마음을 꿰뚫어 보기라도 하듯 수화기를 집어 들었다. 부관의 씩씩한 목소리가 수화기를 타고 들려왔다.

"네, 장군님!"

"음, 상하이 교도소 소장실로 연결해라."

"네, 즉각 시행하겠습니다!"

부관은 전화 교환수를 통해 교도소 소장실로 연결했다.

"네, 교도소 소장실 부관입니다. 누구를 찾으십니까?"

"여기는 진의 장군님의 부관실이다. 소장을 바꿔라!"

소장의 부관은 허겁지겁 서둘러 소장실로 전화를 연결했다. 직무대리인 소장이 수화기를 받아들고 꼿꼿한 자세로 입을 가까이 들어대고 말했다.

"네, 교도소장 대교(대령)입니다!"

공산당 혁명의 공훈자이며 모택동 주석이 가장 아끼고 있는 장군의 전화에 교도소장은 혼이 빠져나갈 정도로 당황해 수화기를 잡은 손이 떨렸다.

"나는 진의 장군이다. 귀관이 교도소장을 대리하고 있나?"

"네, 그렇습니다!"

"음, 수고가 많다."

"아닙니다! 장군님의 전화를 받게 되어 영광입니다."

교도소장은 공산당 혁명의 전설적인 장군으로부터 전화를 받자 몸 둘 바를 몰랐다.

"지금부터 내가 하는 말은 귀관만 알고 비밀리에 진행해야 한다, 알겠는가?"

"네, 명령에 따르겠습니다."

"중경정부 하에 사형을 선고받은 죄수들의 사형집행은 내 명령 없이는 절대로 집행하지 말고 군사관리위원인 서휘 대교의 지시에 따르도록 하라! 곧 관리위원이 그곳을 방문할 것이다."

장군은 짧게 명령을 내리고 수화기를 내려놓았다.

"우리가 함께 교도소를 방문해 김 동지를 만나보는 것이 어떻겠소?"

서휘는 눈을 지그시 감고 골똘히 생각하다가 살며시 눈을 뜨며 말했다.

"장군님, 우리가 죽음의 사지에서 벗어나 지금 이 자리까지 올 수 있었던 것은 모두 다 김 동지의 헌신적인 희생 때문에 가능했다고 생각합니다. 그러나 그 희생은 김 동지 한 개인의 희생이기 전에 일본에 의해 억압받던 중국 인민과 조선 백성들의 희생이기도 합니다. 그 사람들의 희생의 대가로 우리는 새로운 혁명의 시대를 맞이한 것입니다. 우리 앞에는 중국 인민을 위해 공정하게 다뤄야할 중대한 일들이 산재해 있습니다. 인민의 눈을 두려워하지 않았던 장개석 정부는 인민이 외면해 붕괴되었습니다. 저와 장군님은 김 동지에 대한 희생을 억압받는 인민을 보살펴달라는 의지로 받아드려야 한다고 생각합니다. 먼발치에서 김 동지를 바라보는 것이 김 동지를 더욱 더 자유스럽게 하는 일이며 진정 그를 돕는 일이 아닐까 생각합니다."

진의 장군은 서휘의 말을 듣고 탄식 소리가 저절로 터져 나왔다.

다음날 서휘가 교도소를 방문하자 교도소장은 소장실로 안내를 했다. 소파에 앉은 서휘는 소장에게 서류를 넘겨줬다. 소장은 공손하게 서류를 받아 내용을 꺼내 읽기 시작했다.

'부정부패와 공산당을 탄압한 죄로 사형을 선고받은 자들은

신속하게 사형을 집행하라. 상해군사관리위원장 진의, 특별지도위원 서휘.'

또 한 장의 서류에는 조선인 김대물은 중국 공산당 혁명에 혁혁한 공훈이 있는 자로, 그 사형집행을 당분간 유예하라. 위원장 진의.'

소장은 두 장의 서류를 읽고 나자 즉시 검찰로부터 사형집행 지시를 받아 집행할 것을 보고했다. 서휘가 소장에게 부드럽게 말을 꺼냈다.

"소장님, 김대물이라는 사형수를 옆에 계신 정치보안부의 상교(중령)께서 면회를 좀 해야 하는데 특별하게 보안이 된 방이 있습니까?"

소장은 관리위원의 말이 끝나자 옆에 앉아 있던 사복 입은 사내를 쳐다보며 말했다.

"네, 지도층들의 구속시 면회를 시키는 특별면회실이 있는 것으로 압니다."

"아, 그래요. 그것 참 잘 됐군요. 그러면 김대물의 면회를 좀 부탁드립니다."

소장은 국가정치보안부의 특별면회는 중앙당에 속한 기밀적인 조사라는 판단이 들어 전화로 즉시 김대물을 특별면회실로 데려오라고 지시했다.

특별면회실은 일반 죄수들의 면회실과는 달리 면회인과 죄수가 철창을 사이에 두고 마주 앉아서 충분하게 의사소통을 할 수 있게 되어 있었다. 면회를 입회한 간수는 면회실 옆에 따로 유리창으로 막아놓은 방에서 면회를 하는 사람들의 동작을 살펴 볼 수 있었다. 죄수 쪽에서는 교도관들의 움직임을 알 수 없게 코팅 처리된 유리가 부착되어 있었다. 서휘가 먼저 옆방으로 들어가 앉자 빠른 걸음으로 정치보안부 상교가 면회실 안으로 들어가 앉았다.

잠시 후 문이 열리자 간수를 따라 대물이 면회실 안으로 들어왔다. 대물이 두리번거리며 주위를 둘러보았다. 낯선 사내가 자기를 면회하러 온 것에 대해 경계하는 눈빛이었다. 간수가 대물에게 의자에 앉으라는 권유를 하고 면회실 밖으로 나갔다. 대물은 한층 더 이상한 느낌이 들었는지 쉽사리 말을 꺼내려고 하지 않았다. 정치보안부원이 대물에게 먼저 말을 꺼냈다.

"김대물씨, 이상하게 생각하지 마시고 편하게 대화를 나누십시다. 나는 정치보안부의 조 상교라고 합니다."

그의 소개가 끝나자 대물이 가볍게 인사했다. 유리 너머에서 대물의 얼굴을 바라보던 서휘는 왈칵 눈물이 쏟아져 두 손을 얼굴에 갖다 대고 흐느끼기 시작했다. 서휘는 울음소리가 유리벽 너머로 들리지 않게 하려고 입을 틀어막고 있었지만 십여 년 간 사랑과 슬픔을 가슴에 안고 살아왔던 비애가 봇물처럼 터져 나왔다.

　서휘는 감정을 애써 억누르며 대물을 바라보았다. 대물의 얼굴에는 여러 군데 철조망에 찢긴 흔적이 남아 있었지만, 그의 얼굴에서는 사형수라는 느낌이 조금도 들지 않을 정도로 불안감을 찾아볼 수 없었다.

　대화를 나누던 정치보안부원은 왼쪽 손가락으로 철창 아래에 붙어 있는 책상 위를 '토독똑똑 토독똑똑똑' 하고 장난 비슷하게 두드리고 있었다. 대물이 무심코 그의 손놀림을 쳐다보다가 두 눈을 번뜩거리며 보안부원을 쳐다보았다. 보안부원은 조금도 개의치 않고 입으로는 몇 가지 신문 사항을 묻고 있었지만 그의 손놀림은 빠른 속도로 움직이고 있었다. 대물의 얼굴이 긴장한 표정으로 바뀌었다. 아니, 저 신호는 장학량 장군의 비밀결사 대원들만이 사용하는 수신호인데 어떻게 저 신호를 저 사람이 쓰고 있는 것일까? 대물은 놀라움을 감추고 그가 빠르게 움직이는 손놀림을 주시하며 신호를 자세하게 듣고 있었다.

　'지금 당신은 위험한 상황에 처해 있다. 조만간 뻐꾸기가 당신을 찾아갈 것이다. 그 날 그 곳을 날아가라.'

대물은 그가 보내는 수신호의 내용을 알아듣고 '또또도독독톡 톡. 고맙소, 도와줘서. 그러나 뻐꾸기가 날아가고 싶어도 방 안에서 도와주는 사람이 없으면 날아갈 수 없습니다.'

대물이 수신호를 보내자 또다시 보안부원이 답신을 보냈다.

'그것은 염려하지 마시오. 조만간 당신의 부하들이 그쪽으로 날아갈 것이오.'

유리창 너머에서 그들의 동작을 지켜보던 서휘는 안도의 숨을 내쉬었다. 정치보안부원은 충분하게 대물이 수신호를 파악하자 '당신의 행복을 빌겠소.' 하는 여운을 남기고 밖으로 나갔다. 옆에서 그들을 지켜본 서휘는 면회실 밖으로 나가는 대물의 뒷모습을 바라보며 한없이 흐느껴 울었다.

교도소에서 돌아오는 내내 서휘는 얼마나 울었는지 두 눈이 퉁퉁 부은 채로 상해 군사관리위원회에 도착해 진의 장군의 방으로 들어섰다.

진의 장군이 놀라는 표정으로 서휘에게 다가서서 그녀의 두 손을 움켜쥐며 말했다.

"너무 슬퍼하지 마시오. 나도 지금 그곳으로 달려가 김 동지의 얼굴을 보고 싶소. 그러나 당신이 말했듯이 나에게는 인민을 위한 더 큰 일이 남아 있어서 김 동지가 겪고 있는 고통을 바라보면서도 그의 곁으로 가깝게 다가서지 못하는구려. 나를 이해해주구려. 그러나 김 동지는 우리가 살아 있는 한 그도 살아 있을 것이오."

다음날 이른 아침부터 사동 복도가 시끄럽게 술렁대기 시작했다. 죄수들이 통방을 나누는 소리가 대물의 귀에 들려왔다.

"야, 어제 사형수들이 사 오 명씩 죽어나갔는데. 오늘은 몇 사람이나 죽을까?"

사동 안의 죄수들은 사형집행에 관한 얘기 뿐이었다. 잠시 후 4~5명의 간수들이 손에 커다란 장부를 들고 사동 안으로 들어왔다. 몇 달에 한번 씩 죄수들의 방을 바꾸는 전방 시간이었다. 죄수들은 귀를 기울이고 자기의 수인번호를 들으려고 하고 있었다. 간수가 한 방씩 문을 열고 수번과 이름을 부르며 옮겨갈 방을 알려주자 죄수들은 빠른 동작으로 교도소에서 지급 받은 붉은 보따리에 소지품들을 챙겨 넣기 시작했다. 때로는 감방에서 정들은 동료들과 헤어지기가 싫은지 전방을 거부하다 간수들에게 끌려나가 죽도록 몰매를 맞고 독방에 갇히기도 했다. 전에 있던 간수들은 삼합회로부터 막대한 뇌물을 정기적으로 받아 이들을 잘 돌봐주었지만 공산당이 교도소를 관리한 이후로는 싸늘한 회오리 바람이 몰아쳐서 형서에 관련된 사람들은 숨소리조차 크게 쉴 수 없을 정도로 두려움에 떨어야 했다.

　간수가 방문을 열고 왕빠이를 15방으로 옮기라고 말하자 왕빠이는 짐 보따리를 챙겨 간수의 뒤를 따라 15방으로 향했다. 간수장이 빠른 손놀림으로 방 자물쇠를 열자 '철커덕'하는 차가운 금속성 소리와 함께 방문이 열렸다. 먼저 전방되어 온 동료들이 왕빠이를 쳐다보며 미소를 짓자 그도 눈을 찡긋하며 반가운 표정을 지었다. 간수는 따거만 그 방에 남겨두고 전에 있던 죄수들을 모두 다른 방으로 전방시켰다. 왕빠이를 비롯하여 그의 조직원 4~5명이 따거의 방으로 전방되자 따거는 동생들과의 만남에 기분이 한결 좋아 보였다

　15방 위쪽으로는 사형집행을 기다리는 사형수와 중죄인들을 함께 혼합시켜 놓은 방이었다. 아무리 흉악범이라도 사형수 앞에서는 맥을 못 추기 때문에 간수들은 일부러 흉악범들을 사형수 방에 집어넣곤 하였다.

　다음날 아침 진의 장군을 암살하려다 체포되어 사형을 언도받은 간첩 유전덕이 간수들에게 양팔이 끼인 채 복도를 거쳐 사형장 쪽으로 끌려가면서 장개석 만세를 외쳐도 아무도 그를 돕고자 나서는 사람이 없었다. 간수들은 유전덕의 양팔을 꽉 잡고 푸른색이 칠해진 사형장 입구의 철문을 열고 안으로 들어갔다. 사형

장 안은 어른 키 두 배 정도의 높이로 붉은 담이 쌓여져 있었다. 유전덕이 발버둥 치며 소리를 지르자 간수들이 달려들어 가죽으로 만든 입마개를 입으로 쑤셔 넣었다. 겨우 신음소리만 입 밖으로 새어나왔다. 간수들은 입구 맞은편에 박아놓은 굵은 통나무에 유전덕을 포승줄로 묶고 검은 천으로 눈을 가렸다. 잠시 후 교도소장과 간수장 등 여러 명의 사람들이 사형장 안으로 들어왔다. 간수장이 사형수 앞에서 사형집행 서류를 읽어 주자 그는 머리를 좌우로 흔들며 발버둥 쳤다. 옆에 있던 한 스님이 목탁을 두드리며 염불을 외우자 총을 든 4~5명의 간수들이 일렬로 서서 그를 향해 총을 겨눴다. 간수장이 오른손을 내리며 발포 신호를 하자 간수들이 일제히 방아쇠를 당겼다. 요란한 총소리가 울려 퍼졌다. 사형수의 앞가슴에서 붉은 피가 튀었다. 사형수가 머리를 떨구자 소장과 간수장은 씁쓸한 표정을 지으며 사형실 밖으로 사라졌다.

뻐꾸기 교도소를 탈출하라

자정이 가까운 시간, 어둠을 뚫고 시보레 한 대가 남경로를 빠져나와 하이탄 쪽으로 빠른 속도로 달리고 있었다. 이따금 움푹 패인 도로를 지나 때마다 차가 튀어 올라 요동을 쳤지만 모자를 깊게 눌러쓴 사내는 아랑곳하지 않고 앞만 보고 달릴 뿐 속력을 늦추지 않았다.

차가 상하이 외각에 위치한 상하이 교도소 부근에 다다르자 사내는 한적한 곳에 차를 세워두고 민첩한 동작으로 차에서 내렸다. 트렁크 속에 들어있던 묵직한 배낭을 끄집어내어 어깨에 메고 교도소 담장 옆으로 접근했다. 교도소는 어른 키 세배 높이로 담이 둘러쳐져 있었고, 그 둘레의 네 귀퉁이에 높은 초소를 설치해 간수들이 교도소 안팎의 동정을 살피고 있었다.

이따금 간수가 초소 위를 왔다 갔다 하며 서치라이트를 안팎으로 비추고 있었다. 사내는 교도소 내부를 잘 알고 있는 듯 어두운 담벼락을 돌아 초소와 초소 사이의 한가운데에 멈추어 섰다. 사내는 손목시계를 연신 들여다보며 몸을 움츠려 대기하고 있었다. 얼마쯤 시간이 지나자 초소 위의 간수들이 교대하는 모습이 희미하게 보였다. 그로부터 30분 남짓 지나자 사내는 배낭에서 쇠고리가 달린 밧줄을 꺼내 담 옆으로 바짝 달라붙어 원을 그리듯 밧줄을 돌리기 시작했다. 잠시 후 사내가 탄력을 받은 밧줄을 담 위로 던지자 '철커덕'하며 쇠고리가 담에 걸리는 소리가 들렸다. 사내는 재빠르게 밧줄을 타고 담을 넘어가 세 번째 사동 근처로 신속하게 접근해 갔다.

세 번째 사동은 꽤 큰 동이었다. 건물은 붉은 벽돌로 지어졌고 방마다 굵은 쇠창살로 만든 견고한 창문이 있었다. 방안에는 희미한 전등불이 켜져 있었다. 이따금 죄수들의 쿨럭 거리는 기침 소리가 창문을 타고 들려왔다. 사내는 빠른 걸음으로 사동 벽에 몸을 밀착시키며 한발한발 조심스럽게 걸음을 옮겼다. 중간쯤에 이르자 사내는 품 안에서 무엇인가를 꺼내 입에 대고 불기 시작했다. 새소리 비슷한 소리가 바람을 타고 철창 사이로 울려 퍼졌다. 순간 방안에서 잠들은 척 누워 있던 따거가 두 손을 입에 갖다 대고 역시 새소리 비슷한 소리를 내려고 철창 밖에 흰 수건을 걸어 두고 잠자리에 다시 누웠다. 복도에서 간수들이 방마다 시찰구(방안을 드려다 볼 수 있는 작은 구멍)로 방안을 들여다보며 죄수들이 잠들어 있는가를 확인하며 맞은 편 복도 쪽으로 걸어갔다. 사내는 철창 밖에 걸린 흰 수건을 발견하고 멈춰 서서 배낭에서 무엇인가를 꺼내 철창 안으로 던져 넣고 재빠르게 담 옆으로 사라졌다.

따거가 철창 사이로 손을 내밀어 작은 보따리를 잡았다. 그리고 잠자리로 다시 들어가 담요 안에서 보따리 안을 펼쳤다. 보따리 안에는 군용 대검 한 자루와 쇠고리가 달린 밧줄이 들어 있었다. 왕빠이가 띵채(작은 유리로 만든 거울)로 식구통(밥을 넣어주는 작은 문) 틈 사이로 복도를 살폈다. 간수가 맞은 편 방 끝을 살피고 출입구 앞쪽에 있는 간수실로 들어가자 따거에게 엄지손가락을 치켜세웠다. 누워서 자는 척하고 있던 부하들이 빠른 동작으로 일어나 삼각형 모양으로 서로의 팔을 잡았다. 따거는 날쌘 동작으로 그들의 어깨 위로 올라서서 옆에 차고 있던 대검을 꺼내 들고 대검 끝을 천장의 나무 송판의 틈새로 집어넣고 힘껏 젖혔다. 부식된 송판이 '우지직' 소리를 내며 송판에 박힌 못이 한 두 개 빠져나갔다. 망을 보고 있던 왕빠이가 엄지손가락 신호를 다시 보내자 따거와 동생들이 빠른 동작으로 잠자리에 누워 잠든 척 했다. 간수의 구둣발 소리가 문 앞을 지나 다른 방 쪽으로 사라지자 그들은 민첩하게 다시 천장의 송판나무 사이에 대검의 뾰족한 끝 부분을 쑤셔 넣고 힘껏 안쪽으로 젖혔다. '우두둑'하며 송판에 박혀있는 못이 뽑혀 작은 틈이 생겼다. 따거는 흘러내리는 땀을 손으로 훔치며 틈 사이로 대검을 쑤셔 넣고 송판을 뜯어나갔다. 따거의 밑에서 삼각형으로 몸을 받치고 있던 동생들이 따거의 움직임에 따라 신속하게 몸을 조금씩 옮기자 한결 천장을 뜯기가 수월해졌다. 따거는 반쯤 떨어져 나간 천장의 송판 사이로 두 손을 밀어 넣어 온힘을 다해 송판을 잡아당겼다. 천장의 송판 한 쪽이 뜯겨졌다.

옥사 입구에서 '철커덕'하는 출입구 문을 여는 소리가 들려오자 따거는 재빠른 손놀림으로 뜯어진 송판을 천장 속으로 밀어 넣고 내려와 다시 잠자리에 누웠다.

교대를 한 간수가 한 방 한 방 시찰구를 들여다보며 순시했다. 간수가 방 앞에 이르러 쇠창살 사이로 따거와 동생들이 잠들어 있는 모습을 바라보며 의미 있는 웃음을 지어 보였다. 간수가 철창을 가볍게 두드리기 시작했다. 눈을 감고 자는 척하던 따거는 실눈을 뜨고 간수를 쳐다보았다. 간수의 두드림은 삼합회의 조직원만이 사용하는 신호였다.

'나는 조직원이요. 빨리 움직이시오!'

따거가 알았다는 신호를 보내자 간수는 고개를 끄덕거리며 다른 방 쪽으로 걸어갔다. 따거와 동생들은 신속하게 일어나 같은 동작으로 또 한 장의 송판을 천장에서 뜯어내자 따거는 날렵하게 몸을 비집고 천장 안으로 올라섰다. 따거는 대검의 뾰족한 끝 부분을 기왓장이 받쳐져 있는 나무 송판 사이로 찔러넣어 판자를 뜯어내기 시작했다. 판자가 한두 장씩 뜯겨지자 그 위에 덮여 있던 기왓장들을 조심스럽게 손으로 받아 천장 위에 쌓아두었다. 천장 아래에는 죄수들이 잠들어 있어 만에 하나라도 발각되면 탈옥은 물거품이 되는 것이었다.

잠시 후 사람 하나가 겨우 빠져나갈 수 있을 만큼의 공간이 뚫렸다. 그 구멍 사이로 하늘의 별빛이 보였다. 일행은 조심스럽게 기왓장 밖으로 나와 건물의 끝 부분으로 조심스럽게 걸어갔다. 따거가 밧줄을 두 줄로 만들어 굵은 서까래에 걸고 밑으로 내렸다. 왕빠이가 제일 먼저 줄을 타고 내려와 담 옆의 작은 나무 사이에 몸을 숨기고 주위를 살폈다. 곧바로 동생들이 내려왔다. 따거가 마지막으로 내려와 밧줄을 잡아당겨서 재빠르게 어깨에 감고 동생들이 있는 쪽으로 달려갔다. 이따금 '콜록 콜록'거리는 죄수들의 기침소리가 감옥의 고요한 정적을 깨고 철창 밖으로 들려왔다.

따거는 쇠고리를 밧줄에 다시 묶어 담 위로 힘껏 던져 올렸다. 쇠고리가 담 벽에 걸리자 동생들이 재빠른 동작으로 담 옆으로 달려와 밧줄을 잡고 오르기 시작했다.

왕빠이가 담을 넘어가는 순간 교도소 안을 순찰하던 간수가 후레시를 비추며 담 옆으로 다가오고 있었다. 따거는 작은 나무 사이에 몸을 숨기고 그가 다가오기를 기다렸다. 간수가 후레시를 비추며 걸어오다가 담 옆에 늘어져 있는 흰 밧줄을 발견하고 후레시를 담 위로 비추는 순간 따거는 재빠르게 간수에게 달려들어 그의 얼굴에 주먹을 날렸다. '어쿠'하는 비명소리를 지르며 머리를 앞으로 숙일 때 목 뒷부분의 급소를 내려치자 그 자리에 꼬꾸라졌다. 따거는 간수의 주머니 안에 들어 있던 호루라기를 끄집어내어 멀리 던져버렸다. 왕빠이가 담을 넘자 따거가 밧줄을 잡고 민첩한 솜씨로 담 위로 올라갔다. 그리고 담 너머로 뛰어내려 재빠르게 어둠 속으로 몸을 숨겼다.

잠시 후 '앵앵앵!' 하며 사이렌 소리가 요란스럽게 울렸다. 초소 위에 있던 간수가 서치라이트를 교도소 안팎으로 비추었다.

"따거! 탈옥이 발각된 것 같습니다. 서둘러 벗어나야 합니다."

왕빠이가 거친 숨을 몰아쉬며 말하자 대물이 동생들을 뒤돌아보았다.

"자, 서둘러라. 이곳에서 멀리 벗어나지 못하면 우리는 잡히고 만다."

동생들은 가쁜 숨을 몰아쉬며 대물을 따라 필사적으로 달아나고 있었다. 사무실 안에 있던 간수들이 사이렌 소리에 허둥지둥거리며 무기고에서 총을 받아들고 출동했다. 간수들이 총을 들고 교도소 정문을 나와 두 갈래로 갈라져서 수색했다. 교도견을 풀어놓자 개가 사납게 짖으며 탈옥범의 뒤를 쫓기 시작했다. 따거는 개소리가 가깝게 들려오자 차도 쪽으로 방향을 바꿨다. 숨이 턱 끝까지 차 오른 동생들은 헉헉거리며 대물의 뒤를 따랐지만 훈련으로 단련된 대물의 체력에는 미치지 못했다.

한편 간수들 이외에도 그들을 뒤쫓고 있는 사람이 한 사람 더 있었다. 그는 오른손에 무전기를 들고 누군가와 통신을 주고받으며 거리를 두고 쫓아오고 있었다. 탈옥범들이 차도 쪽으로 달아나자 사내는 무전기를 통해 말했다.

"뻐꾸기 도로 쪽으로 날아간다. 그물을 치기 바란다, 오버."

"뻐꾸기 그물을 칠 준비가 끝났다, 오버."

반대편에서 신호를 보내오자 사내는 발걸음을 재촉하며 탈옥범들의 뒤를 바짝 쫓아갔다.

대물이 뒤돌아보며 말했다.

"왕빠이, 차가 지나가면 무조건 세워라! 이대로 도망치다간 체력이 떨어져 모두 잡히고 만다."

"네, 따거!"

왕빠이는 대물의 말이 끝나기가 무섭게 차를 잡으려고 도로 한복판으로 나아갔다. 맞은 편 쪽에서 헤드라이트를 비추며 차 한 대가 맹렬한 속도로 달려왔다. 왕빠이와 동생들이 두 손을 치켜들며 차를 가로막았다. 차가 요란한 브레이크 소리를 내며 그들 앞에 멈춰섰다.

순간 따거는 하필이면 군용 트럭임을 알아채고 동생들을 향해 소리쳤다.

"튀어라!"

트럭 뒤에 타고 있던 군인들이 민첩한 동작으로 차에서 뛰어내려 따거와 동생들을 향해 총을 쏘아댔다. 따따따따. 총알이 빗발치듯 땅바닥에서 튀었지만 이상하게 총을 맞은 사람은 한 명도 없었다.

계급장도 붙어 있지 않은 군인들은 탈옥범들에게로 다가와 총끝으로 손을 머리 위에 올리고 트럭에 타라고 지시했다. 따거와 동생들이 불안한 마음으로 트럭 위로 오르자 군인들은 조금도 틈을 주지 않고 그들을 향해 총을 겨누며 노려보았다. 따거는 그들이 시종일관 한마디도 하지 않고 노련하게 움직이고 있는 것을 보고 특수 훈련을 받은 군인이라고 짐작했다. 차가 얼마 쯤 달리자 군인 하나가 배낭에서 검정 띠를 꺼내 왕빠이에게 건네주며 눈을 가리라고 손짓했다. 따거가 매섭게 쳐다보자 군인은 총부리를 들이대며 빨리 눈을 가리라고 재촉했다. 따거가 고개를 끄덕이자 동생들은 알았다는 듯이 일제히 검정 띠로 눈을 가렸다. 얼마쯤 달려 차가 멈추자 군인들은 탈옥범들을 차에서 끌어내린 후 그들의 팔을 붙잡고 어딘가로 데리고 갔다. 계단을 열댓 발 쯤 내려갔을 때 철문을 닫는 소리가 들렸.

잠시 후 지휘관인듯한 군인이 우렁찬 목소리로 탈옥범들에게 명령했다.

"띠를 벗어도 좋다! 그러나 일체 어떤 말도 하지 마라! 명령에 불응할 시 즉결처분하겠다!"

군지휘관의 말이 끝나자 탈옥범들은 눈에 가린 검정 띠를 벗고 주위를 둘러보았다. 앞쪽 벽에는 커다란 초상화와 중국 국기가 붙어 있었다. 탈옥범들의 주위를 둘러쌓고 있는 군인들의 표정은 날카롭고 빈틈이 없어 보였다. 잠시 후 체격이 우람한 사내가 철문을 열고 안으로 들어서자 군인들이 일제히 그를 향해 거수경례를 했다. 사내는 거만한 표정으로 말했다.

"이 자들이 교도소를 탈옥한 자들인가?"

"네, 그렇습니다!"

사내는 날카로운 시선으로 탈옥범들을 쳐다봤다.

"당신들은 지금 탈옥범으로 중죄를 지은 사람들이오. 우리는 당신들의 태도 여하에 따라 교도소로 돌려보낼 수도 있고 사살할 수도 있소. 내 말이 무슨 뜻인지 알겠소?"

사내가 말을 마치자 대물이 그의 얼굴을 정면으로 쳐다보며 말했다.

"당신들이 어떤 사람들인가는 알고 싶지 않지만 여기 있는 내 동생들의 신변만큼은 보호해 주기 바라오."

대물과 사내의 시선이 불꽃 튀듯 교차했다. 사내가 한풀 꺾인 표정으로 말했다.

"당신이 이들의 두목이오?"

대물이 고개를 끄덕거렸다.

"우리는 당신들에게 두 가지를 제안하고 싶소? 하나는 교도소로 돌아가는 것이고 또 하나는 인민들을 위해 당신들의 목숨을 바치는 것이오. 선택은 자유지만 결정은 바로 내려야 하오."

사내의 말은 비수처럼 싸늘하게 대물의 폐부를 파고들었다.

"부하들을 사지로 몰아넣을 두목은 아닌 것 같아 보이는데……."

사내가 대물의 표정을 살피며 말끝을 흐렸다.

"동생들을 피신시켜 준다면 나는 얼마든지 당신이 요구하는 대로 따를 수 있지만 해를 끼칠 때는 용서하지 않을 것이오. 노엽게 생각하지 마시오!"

"우리는 당신이 조선인이라는 것을 알고 있소. 조국으로 돌아가는 길이 이 자들을 돕는 일이고, 우리 인민들이 당신에게 진 빚을 마지막으로 갚는 일이오. 아 참, 당신이 조선으로 돌아가거든 SOS 특수훈련을 같이 받았던 장준하 동지를 찾아 안부를 전해주시오."

사내가 부하들을 향해 명령했다.

"저 자들을 부대로 데리고 가라!"

군인들이 부하들을 데리고 나가려고 하는 순간 왕빠이와 부하들이 대물에게 무릎을 꿇고 마지막 인사를 했다.

"따거, 어느 하늘 아래에서든 행복하십시오. 저희들은 따거의 영원한 동생입니다."

그들은 대물을 위해 목숨을 바치는 길을 선택했다. 부하들이 문 밖으로 사라지자 사내가 큰소리로 말했다.

"준비해 둔 옷을 가지고 와라."

옆에 있던 한 사병이 보따리를 풀어 한 벌의 옷을 꺼내주며 눈짓을 하자 대물이 빠른 동작으로 갈아입었다. 사내는 대물에게 큰 가방 한 개를 건넸다.

"이 가방에는 소중한 것이 있으니 조선으로 들어갈 때까지는 열어 보지 마시오. 이 편지는 압록강을 넘어갈 때 읽어보도록 하시오. 자 나갑시다."

대물을 태운 짚차가 상하이역에 도착하자 사내는 빠른 걸음으로 대물을 데리고 역 안으로 들어갔다. 플랫폼에는 북경을 거쳐 신의주와 평양까지 들어가는 열차가 대기하고 있었다. 사내는 특실 예약석에 대물을 앉혔다.

"이 당원증은 앞으로 유용하게 사용할 수 있을 것입니다. 중국의 인민들은 김 동지의 영웅적인 업적을 잊지 않을 것입니다. 건강하십시오."

뻑! 기차의 기적 소리가 울리자 사내는 대물을 향해 정중하게 경례를 하고 객실을 나섰다. 기차가 서서히 상하이 역을 떠나기 시작했다.

 기차 안은 17년 전과는 전혀 다른 분위기였다. 모택동의 얼굴이 새겨져 있는 붉은 배지를 단 승무원이 객실을 오가고 있었으며, 일본인은 한 사람도 보이지 않았다. 공산당 간부로 보이는 자들이 거드름을 피우며 무용담으로 이야기꽃을 피우고 있었다. 기차가 북경을 거쳐 봉천 안동을 지나 진강산 역에 이르자 겨울 눈꽃을 구경하기 위해 진강산을 찾은 많은 관광객들이 즐거운 표정으로 기차에서 내렸다. 대물은 그들의 모습을 바라보며 17년 전 김 노인과 함께 일본군에 쫓겨 달아나던 모습을 머릿속에 그려보았다.

 조국이 가까워질수록 알 수 없는 미래가 그의 가슴을 무겁게 억눌렀지만 기차가 하얀 눈으로 덮인 압록강 철교로 접어들자 품속에서 편지를 꺼내들고 읽기 시작했다.

 '김 동지, 지금쯤이면 하얀 눈이 소복하게 쌓여 있을 압록강을 지나가고 있겠군요. 서안에서 비극적인 운명으로 헤어진 이래 수많은 세월동안 김 동지에 대한 고마움이 제 인생의 그림자가 되어 그리움으로 변해갔답니다. 하지만 그토록 보고 싶던 사람을 눈 앞에 두고도 만나지 못했던 한 여인의 기구한 운명을 이해해 주리라 믿습니다. 부디 건강하시고 다시 만나게 되기를 기원합니다.

 서휘 올림.'

'아니, 이 편지를? 그렇다면 나를 탈옥시킨 것이 서휘 동지였단 말인가? 정말 당신은 얼음장보다도 더 차가운 여자요. 한 번만이라도 당신의 얼굴을 볼 수 있게 해줬으면 좋았을 것을.

 무정한 사람 같으니라고…….

 이제 가면 언제 당신을 만날 수 있단 말이요?

 언제…….'

십여 년을 하루 같이 그녀를 그리워하며 살아왔던 대물의 두 눈에는 눈물이 그렁그렁 고여 있었다.

— 끝 —

2편에서 계속 이어집니다.